M.J.RIVER

Fuck BEAUTY

IMPRESS

© privat

M. J. River ist studierte Übersetzerin und Dolmetscherin. Sie lebt mit ihrem Mann und den zwei Söhnen in München, wo sie seit ihrer Elternzeit freiberuflich als Nachhilfelehrerin für Erwachsene und Jugendliche arbeitet. Ihr Schreibstil ist locker, frech und zynisch – genauso wie sie selbst. Und auf eben diese Art widmet sie sich in ihren Romanen mit einer gewissen Leichtigkeit den schwierigen Themen, ohne deren Ernsthaftigkeit zu verharmlosen.

An alle Freunde da draußen: Dieses Buch ist für euch. Danke, dass ihr immer aufeinander aufpasst und füreinander da seid.
Danke, dass es euch gibt.

Vorbemerkung für die Leser*innen

Liebe*r Leser*in,

dieser Roman enthält potenziell triggernde Inhalte. Aus diesem Grund befindet sich hier eine Triggerwarnung. Am Romanende findest du eine Themenübersicht, die Spoiler enthält.

Entscheide bitte für dich selbst, ob du diese Warnung liest. Gehe während des Lesens achtsam mit dir um. Falls du auf Probleme stößt und/oder betroffen bist, bleibe damit nicht allein. Wende dich an deine Familie und an Freunde oder suche dir professionelle Hilfe.

Wir wünschen dir alles Gute und das bestmögliche Erlebnis beim Lesen dieser besonderen Geschichte.

M. J. River und das Impress-Team

Prolog

»Fahr los, beeil dich! Wir müssen hier weg. Jetzt fahr endlich!«, brülle ich ihn an, als ich mich auf den Beifahrersitz des Vans schwinge.

»Beruhig dich, ich fahr ja schon.« Hastig wendet er das Auto und fährt mit quietschenden Reifen an.

Im Seitenspiegel kann ich einen alten Jeep erkennen, der mit einer Vollbremsung an der Unfallstelle hält. Zwei Typen springen heraus. Obwohl sie im Seitenspiegel rasend schnell immer kleiner werden, kann ich mir denken, wer die beiden sind.

Fuck.

Ich könnte wetten, *sie* hat mich erkannt. Ich habe es in ihren Augen gesehen.

Und wenn sie mich erkannt hat, muss sie verschwinden. Auf eine Leiche mehr oder weniger kommt es auch nicht mehr an.

Während der Van auf der Straße Richtung Festland davonbraust, lasse ich meinen Frust weiter an ihm aus.

»Du beschissener Idiot! Wo hast du deinen Führerschein gemacht? Hast du nicht gesehen, dass die Karre auf der Kreuzung stand? Wie kann man nur so verdammt dämlich sein!«

Er erwidert nichts, sondern starrt stur geradeaus.

Warum bin ich permanent von gehirnamputierten Losern umgeben?

»Wir sollten nach der Fracht schauen«, murmelt er nach einer Weile. »Wenn die beschädigt ist, werden wir nicht bezahlt und das ganze Risiko war umsonst. Abgesehen davon müssen wir sie dann entsorgen.«

Mein Brustkorb schmerzt wegen des Gurtes, der während des Aufpralls tief in meinen Oberkörper geschnitten hat.

Generyt wische ich mir übers Gesicht.

Das wäre mehr als ärgerlich.

***

Nach einer halben Stunde haben wir das Festland erreicht.

»Fahr rechts ran«, befehle ich ihm barsch.

Als der Van steht, springe ich heraus, laufe zügig um das Fahrzeug herum und öffne eine der Flügeltüren.

Die Fracht sieht in der Tat beschädigt aus.

So eine verfickte Scheiße!

Rasend vor Wut knalle ich die Tür wieder zu und ziehe die Glock aus meinem hinteren Hosenbund. Danach schwinge ich mich erneut auf den Sitz.

»Fahr weiter! Wir müssen sie tatsächlich entsorgen.«

1

Junie

»Hast du endlich alles?«, drängelt Connor schon wieder.

»Ja, hab ich, ist ja gut.« Ich streiche mir die blonden Haare aus dem Gesicht. Sie reichen mir mittlerweile bis zu den Hüften, ich müsste sie eigentlich schneiden lassen.

So, noch eine klitzekleine Tasche in den Kofferraum geschmissen und dann …

»Ernsthaft, Junie?« Danny faltet sich hinter das Steuer seines bonzigen schwarzen Dodge Rams. »Wir fahren für zwei Wochen ins Haus. *Zwei* Wochen. Du siehst so aus, als müssten wir dir bei einem Umzug helfen.«

Darauf erwidere ich nichts, denn ganz ehrlich?

Männer.

Sie haben null Ahnung, was Frau alles so braucht.

Von Sam – meinem kleinen Grinch – kommt nur ein heiseres, rauchiges Lachen. Man kann sie vom Kofferraum aus kaum erkennen, da der Beifahrersitz sie beinahe verschluckt. Nur ihre Füße, deren Zehennägel knallrot lackiert sind und in Flipflops stecken, kann ich von hier aus sehen, weil sie sie auf dem Armaturenbrett des riesigen Schiffs von einem Auto abgelegt hat.

»Leute, lasst uns mal in Ruhe. Ihr wollt schließlich auch, dass wir gut aussehen.« Mit ihrer Winzlingsfaust knufft sie Danny in die Seite. »Also beschwert euch nicht, weil wir eine Tasche mehr dabeihaben.«

»*Eine* Tasche? Willst du mich verarschen?« Connor schwingt seinen Hintern auf den Rücksitz. »Das ist euer ganzer Hausrat.«

Energisch schließe ich den Kofferraum, der zugegebenermaßen überwiegend mit Sams und meinen Gepäckstücken beladen ist, und klettere zu Connor auf die Rückbank.

»Allein die Nagellackfläschchen nehmen die Hälfte deines Weekenders ein«, mault er weiter, sieht mich dabei jedoch mit seinen türkisblauen Karibikaugen verschmitzt an.

Noch bevor ich mich anschnallen kann, zieht er mich an seine Seite und gibt mir einen dicken Kuss mitten auf den Mund. Sein ganz eigener Duft, eine leicht holzige Mischung aus Basilikum und Mandarinen, steigt mir in die Nase und seine weichen Lippen schmecken nach *Juicy-Fruit*-Kaugummi.

»Können wir jetzt fahren?« Danny sieht mich über den Rückspiegel mit seinen dunkelbraunen Augen leicht genervt an. »Oder wollt ihr erst noch eine Nummer schieben?«

»Oah, Danny, Steilvorlage«, stöhnt Sam auf und schiebt sich ihre Sonnenbrille auf die Nase. Jetzt sieht sie aus wie eine Hummel auf Ecstasy, da das Ding mindestens siebzig Prozent ihres Gesichts ausmacht. »So kommen wir nie los und ich will heute unbedingt noch eine Runde schwimmen.«

Ich rutsche von Connor weg und schnalle mich an.

»Keine Ahnung, auf was ihr so lange wartet. Ich bin schon längst so weit«, entgegne ich grinsend und greife nach Connors Hand. Wie von selbst krabbeln meine Finger zwischen seine.

»Auch noch frech werden«, feixt Danny, fährt sich durch die dunkelbraunen Haare, die er inzwischen um einiges kürzer trägt, und startet den Motor.

Es ist Juli in New England und wir sind auf dem Weg nach Cape Cod ins Ferienhaus von Dannys Eltern.

Sam hat mit ihm wirklich eine gute Partie gemacht. Der Witz an der Sache ist, dass es erstens völlig ungewollt war und es ihr zweitens piepegal ist, dass seine Familie in Geld schwimmt.

Recht hat sie. Danny hat in unserem dritten Jahr an der Universität in Rhode Island nämlich mehr als bewiesen, dass seine Qualitäten in keiner Weise daran zu messen sind, dass er aus einem reichen Elternhaus stammt.

Nun liegt das vierte Unijahr hinter uns und es ist der letzte Sommer, den wir in absoluter Freiheit genießen können. Danach steht der Umzug an. Wir ziehen alle vier nach Boston und werden so zum Glück nicht voneinander getrennt sein.

Das ist auch Connors großem Können zu verdanken, da er im April von den New England Patriots gedraftet wurde. Unglaublich, er spielt in der nächsten Saison tatsächlich als Runningback bei der NFL mit! Stolzer könnte ich nicht sein. Ich freue mir regelrecht ein Loch in den Bauch für ihn, da er sich das letzte Jahr mächtig den Hintern dafür aufgerissen hat.

Da die *Pats* ihr Stadion in Foxborough haben und somit auch dort trainiert wird, wird sich Connors Arbeitsweg in Zukunft auf dreißig Minuten beschränken – länger fährt man von Boston aus nicht dorthin. Damit kann er leben und wir können zusammenziehen, da ich mich auf Meeresbiologie spezialisiert habe und dies dort studieren kann.

Danny hingegen bleibt beim Strafrecht – das war so klar –, und Sam hat sich endgültig für Psychologie entschieden.

Doch was auch immer die Zukunft noch für uns bereithält: Jetzt wird erst einmal der Sommer in vollen Zügen genossen.

***

Und der fängt mit einem ellenlangen Stau auf dem Highway an. Die Hitze flirrt über den Asphalt und lässt ihn in der Sonne leicht gebogen aussehen. *Vampire Weekend* mit ihrem gleichnamigen Album dröhnen durch die Boxen von Dannys Dodge und ich bin verflixt froh über die Klimaanlage im Auto. Ansonsten würden wir jämmerlich eingehen.

»War klar, dass wir mitten in die Rushhour kommen.« Sam zupft nervös an ihrem Gummiband herum. Danny wirft ihr während des Fahrens einen raschen Seitenblick zu und umschließt ihr zierliches Handgelenk kurz mit seiner Pranke.

Die beiden geben nach wie vor ein ulkiges Bild ab: er so groß und muskulös wie Hulk, sie so klein und zierlich wie eine Elfe. Oder eben Schneewittchen. Den Spitznamen, den Danny ihr vor eineinhalb Jahren verpasst hat, ist sie bisher nicht losgeworden. Und ich denke, der wird ihr auch erhalten bleiben.

Connors Arm baumelt mittlerweile um meine Schulter und meine Finger sind mit seinen verhakt.

»Entspann dich, Sam«, fordert er sie lachend auf. »Ist ja nicht so, als hätten wir heute noch große Pläne.«

»Das nicht, aber ich bevorzuge das kühle Nass und nicht den stickigen Straßenverkehr«, gibt sie müde zurück und reibt sich ungeduldig über den Arm.

»Wir sind in einer Stunde da, dann kannst du immer noch schwimmen gehen«, beruhigt Danny sie. »Oder surfen, wenn du dich traust.«

»Was heißt da *wenn*? Ich trau mich alles.«

Das stimmt wohl. Dass sie die Mutigste von uns allen ist, hat sie im dritten Unijahr mehr als bewiesen. Mich schüttelt es nach wie vor, wenn ich an die Zeit zurückdenke, als ... Nein, daran werde ich jetzt nicht denken. Ganz bestimmt nicht. Ich will mir nicht die Laune vermiesen lassen.

Da denke ich lieber an ...

»Ach, du Schande!«, entfährt es mir. »Haben wir die Weißweinkisten eingepackt?«

Sam fängt schallend an zu lachen. »Mann, Junie, ich dachte schon, du hast deinen Bikini vergessen. Stattdessen kannst du nur an Weißwein denken, das ist so typisch.«

»Was denn? Wir fahren in den Urlaub und Urlaub ohne Weißwein ist wie Sex mit Gummi: ganz okay, aber eben längst nicht so gut«, verteidige ich mich postwendend.

»Bin ich froh, dass ich die Kisten ins Auto gepackt habe«, erwidert Conner, wackelt dabei anzüglich mit den Augenbrauen und legt seine große Hand auf meinen nackten Oberschenkel. Etwas Längeres als Shorts bei dem Wetter zu tragen geht nicht. Da würde ich vor Hitze draufgehen. Außerdem fühlt sich seine raue Hand auf meiner nackten Haut immer so gut an.

Seit eineinhalb Jahren sind wir nun zusammen und ich kann von meinem Sex-auf-zwei-Beinen einfach nicht genug bekommen. Keine Ahnung, wie er das macht. Ist mir auch egal. Hauptsache, er tut es. Meine Güte, und wie er das tut.

Jeez, ist das eine geniale Zeit!

2

Connor

Das Ferienhaus ist der absolute Wahnsinn. Es liegt unmittelbar am Meer im Örtchen Wellfleet by the Sea, ist im klassischen *Cape Cod*-Stil gehalten und eines der letzten Häuser vor dem White Crest Beach, einem bekannten Surfspot. Mit Danny war ich schon öfter zum Surfen hier, manchmal auch nur für ein Wochenende. Von der Uni in Rhode Island bis hierher sind es keine zwei Stunden Fahrzeit.

»Meine Güte, Danny, das ist ja der Hammer!«, ruft Junie ganz aus dem Häuschen, während sie ihre langen Beine aus dem Dodge schwingt.

Ich kann sie gut verstehen; das Haus ist ein einziger Traum. Es ist komplett aus Holz und zweistöckig gebaut, mit einer riesigen Veranda und zwei Hollywoodschaukeln zu beiden Seiten der Eingangstür. Linkerhand verläuft ein kleiner Trampelpfad am Haus entlang, zwischen den Dünen hindurch zum Strand.

»Dann ziehen wir mal ein, oder?« Danny zwinkert Junie zu, als er den Kofferraum öffnet und auf die Dutzenden Taschen unserer Mädchen zeigt, während ich unsere Surfboards vom Autodach schnalle.

Die beiden Schlafzimmer liegen links und rechts an der Rückseite des Hauses und haben einen phänomenalen Meerblick mit direktem Zugang zur Terrasse sowie zum Strand.

Kurz nachdem wir sie bezogen haben, kann ich Sam ausmachen, die in ihrem roten Bikini wie ein geölter Blitz über den Strand aufs Meer zuflitzt. Ihre Füße fliegen über den Sand und die pechschwarzen Haare hat sie sich zu einem unordentlichen Knoten auf dem Kopf hochgesteckt. Sie kann verdammt schnell rennen.

»Sie konnte es wohl nicht mehr erwarten«, stelle ich schmunzelnd fest, als ich Danny, der wie ich inzwischen in seinen Boardshorts steckt, auf der Terrasse antreffe.

Junie ist noch im Bad mit der Sonnenmilch zugange.

»Nope. Sie nervt mich schon seit heute früh um vier damit.« Er rollt leicht genervt mit den Augen und setzt sich sein Basecap auf.

»Seit vier Uhr früh? Ach du Scheiße.« Erschrocken sehe ich ihn an.

Ich weiß, dass Sam nach wie vor ab und zu Albträume hat, doch ich hatte gehofft, dass sie seltener geworden sind.

Danny kann nach all den Jahren gut in meinem Blick lesen.

»Nein, nicht deswegen. Alles ist okay, keine Sorge. Sie hat sich bloß so auf den Urlaub gefreut, dass sie kaum geschlafen hat.«

Ach so.

Wie ein glücklicher, verknallter Vollidiot sieht er ihr lächelnd hinterher. »Die zwei haben uns ganz schön in der Tasche.«

»Aber so was von. Und ganz ehrlich? Es gibt nichts Genialeres«, bestätige ich zufrieden.

»Was macht ihr zwei noch hier?«, ruft uns Junie, die aus der offenen Schlafzimmertür an uns vorbeisaust und Sam über den Strand hinterhersprintet, zu.

Heiß sieht sie aus. Ihr Körper, der in einem schlichten schwarzen Bikini steckt, ist der absolute Traum. Braun gebrannte, schlanke Endlosbeine wirbeln den Sand auf, ich kann das Muskelspiel ihrer knackigen Pobacken sehen. Die blonde Mähne fliegt wild im Wind hinter ihr her. Als wäre sie direkt aus *Baywatch* gejoggt. Mein All-American-Girl.

Nie hätte ich gedacht, dass ich nach dieser langen Zeit immer noch so scharf auf sie sein könnte wie am ersten Tag. Da habe ich mich wohl geirrt. Allerdings überrascht es mich nicht, da abgesehen von ihrem Hammerkörper bei ihr auch die inneren Werte stimmen. Dieses Gesamtpaket gibt es äußerst selten. Wenn mir vor dem College jemand erzählt hätte, dass ich dort so eine Wahnsinnsfrau kennenlernen würde, hätte ich ihm lauthals ins Gesicht gelacht. Vor Junie hatte ich nämlich keinen Plan, dass so eine Wahnsinnsfrau überhaupt existiert. Sie ist mein Sechser im Lotto.

»Du hast einen Blick drauf, als würdest du sie am liebsten auf der Stelle flachlegen wollen. Jetzt werden erst mal Wellen gecheckt, du notgeiler Sack.« Danny rammt mir grinsend seinen Ellbogen in die Seite, bevor er sich sein Surfboard schnappt. Die Leash hat er sich bereits um den Knöchel gebunden.

Kurz überlege ich, ob ich mein Shortboard oder auch mein Mini-Malibu nehmen soll, entscheide mich jedoch aufgrund der Wellen für Letzteres. Außerdem kann Junie dann auch surfen. Das Shortboard ist nur etwas für Fortgeschrittene, da es wesentlich kleiner und wendiger und daher von der Handhabung auch deutlich schwieriger ist. Das Mini-Malibu hingegen ist eher für chilligeres Surfen geeignet. Also genau richtig für die heutigen Wellen.

Meine Sonnenbrille schmeiße ich auf das Badehandtuch, das sich auf einer der sechs Sonnenliegen befindet, greife mir danach das Board und spurte Danny hinterher. Unsere Mädchen sind längst im kühlen Nass angekommen.

Sobald ich knietief im Wasser stehe, werfe ich mich auf das Brett und paddle Danny hinterher, der gerade mit einer Eskimorolle durch die erste Welle taucht, um hinter die Brandung zu gelangen.

Durch unsere vom Footballtraining ausgeprägte Schultermuskulatur fällt uns beiden das Paddeln zum Glück nicht schwer. Ich weiß noch, wie ich als kleiner Junge mit dem Surfen angefangen habe. Da war ich meistens schon platt, als ich hinter der Brandung ankam. Das war ätzend, weil da das Surfen eigentlich erst richtig anfängt.

Ich hole Danny ein, tauche ebenfalls durch die ersten Wellen und setze mich mit meinem Brett zwischen den Beinen neben ihm ins Wasser.

Nun heißt es warten. Surfen besteht zu achtzig Prozent aus Paddeln und Warten.

Während wir ausharren, schwimmen die Mädchen an uns vorbei, um weiter raus ins tiefere Meer zu kommen, das in der Sonne glitzert und funkelt. Meine Fresse, ist das ein sensationeller Start in den Urlaub.

»Nimm du die, ich krall mir die nächste. Alter vor Schönheit!«, ruft Danny mir feixend zu und deutet hinter sich auf eine Welle, die sich langsam aufbaut und gemächlich auf uns zurollt.

Also lege ich mich auf das Board, drehe meinen Kopf, um sie im Auge zu behalten, und paddle zum richtigen Zeitpunkt kräftig an. Ich spüre, wie sich das Brett durch den Wasserdruck leicht anhebt, springe mit den Füßen darauf und gleite in sie hinein. Es fühlt sich an wie Fliegen. Ich habe beim Surfen jedes Mal das Gefühl, die Welt gehöre für ein paar Stunden mir.

Während die Welle allmählich ausrollt und mich zum Strand trägt, springe ich kopfüber ins Wasser und schwimme zum Ausgangspunkt zurück.

Als ich mich wieder hinter die Brandung setze und Danny beim Surfen beobachte, taucht plötzlich Junie unter meinem Board durch und reißt mich am Bein zu sich ins Wasser.

»Jetzt bin ich dran«, prustet sie, nachdem ich sie aus Rache dafür ins Wasser getunkt habe, und wirft ihren sexy Körper aufs Brett.

Die Leash binde ich ihr um die schlanke Fessel, lasse eine größere Welle vorbeirollen und schubse sie dann am Tail in eine kleinere hinein. Wendig und schnell kommt sie auf die Füße, balanciert mit den Armen ihr Gewicht aus und lässt sich anmutig von ihr davontragen.

Ich kann mir einfach nicht helfen: Mein Sunshine ist die schärfste Meerjungfrau, die ich je gesehen habe.

***

Nachdem wir eineinhalb Stunden beim Surfen waren, liegen unsere Mädchen vollkommen hinüber auf den Sonnenliegen.

»Ich glaub, heute Abend kann ich meine Arme nicht mehr heben«, jammert Sam, die platt wie eine Miniflunder auf ihrem Handtuch liegt.

»Macht nichts. Für das, was ich mit dir vorhabe, brauchst du die eh nicht.« Danny grinst sie dreckig an.

»Keinen Dirty Talk bitte, wenn ich noch keinen Schluck Alkohol getrunken habe«, stöhnt Junie und versucht sich möglichst elegant auf den Bauch zu drehen. Das klappt nur bedingt, da sich die Bändchen ihrer Bikinihose in den Ritzen der Sonnenliege verfangen haben.

»So ein Mist. Hilf mir mal, Grinch.« Sie stupst Sams Bein mit ihrem großen, bunt lackierten Zeh an.

»Kann nicht. Bin tot«, haucht Sam gespielt dramatisch und bewegt sich keinen Millimeter.

»Wozu brauch ich Feinde, wenn ich eine Freundin wie dich habe«, mault Junie.

Dann erbarme ich mich mal.

»Verflixt, Connor, du sollst mir das Bändchen nicht aufziehen, sondern es aus der blöden Ritze fummeln«, knurrt sie mich an, nachdem ich mich faul zu ihr hinübergebeugt und an den beiden Enden des Bändchens gezogen habe. Dadurch ist sie zwar aus ihrer Lage befreit, dafür habe ich aber auch freien Blick auf eine sexy Pobacke.

Mmh ... lecker.

»Selbst schuld. Wieso ziehst du dir auch so ein Teil an?« Ich weiche ihrem Schlag gekonnt aus, nachdem sie es unter Fluchen wieder fest verknotet hat. Fix gebe ich ihr einen festen Klaps auf den Hintern und springe auf, um ihrer Retourkutsche zu entgehen und ins Haus zu sprinten.

»Das kriegst du zurück!«

Ich lache. Das soll sie mal versuchen.

»Bringst du uns was zu trinken mit?«, ruft mir Danny, der dabei ist, die Leash seines Boards vom Sand zu befreien, hinterher.

»Bier? Und Weißwein für die Ladys?«, frage ich zurück und öffne den Kühlschrank, um die Getränke herauszunehmen.

Danny brummt zustimmend, während von Junie kommt: »Mit Eis, bitte!«

Ist mir klar. Egal was sie trinkt, überall müssen Eiswürfel hinein.

Als ich zurück auf die Veranda komme und jeder von uns versorgt ist, setze ich mich zu Junie auf die Liege; Danny tut es mir bei Sam gleich.

»Auf einen hammermäßigen Urlaub!«, ruft Junie ausgelassen, hebt ihr Glas und strahlt wie ein Glühwürmchen im Dunkeln.

Und während sie sich freut, bekomme ich langsam Schiss ... und zwar so richtig.

3

Junie

»Ich glaub, ich habe mich ernsthaft überfressen.« Sam wirft sich stöhnend in ihrem Gartenstuhl zurück. »Ich brauche einen Schnaps.«

»Der betäubt nur die Magenwände. Wirklich helfen tut er auch nicht«, erklärt Danny besserwisserisch und lümmelt sich entspannt auf seinem Stuhl herum. »Kräutertee wäre gut.«

»Willst du mich umbringen? Den hab ich zuletzt als Kind getrunken, und da fand ich ihn schon eklig«, schießt es entsetzt aus ihr heraus und sie sieht verzweifelt zu mir. Mit der Hand wedelt sie ein paar Mal vor ihrem Gesicht hin und her, um zu verdeutlichen, wie bescheuert sie ihren Freund in diesem Moment genau findet.

Connor gluckst und ich muss leider zugeben: »Er hat recht, Grinch. Aber wir finden sicher trotzdem einen Schnaps für dich, wenn du magst.«

Danny rappelt sich schwer vom Stuhl auf und stapelt die Teller aufeinander.

Allmählich bewege ich mich ebenfalls in die Vertikale und helfe ihm beim Abräumen. Keine Ahnung, wie viele Steaks wir gegrillt und verputzt haben, aber es ist nichts mehr übrig geblieben. Das liegt zum großen Teil an unseren Männern. Sie verdrücken wahre Berge an Essen.

Während Connor sein Bier gemütlich austrinkt, folgt Sam uns in die Küche.

»Ich laufe noch ein wenig am Strand entlang. Gott, ich bin dermaßen vollgefressen … so kann ich auf keinen Fall einschlafen.« Sie hält sich dramatisch ihren flachen Bauch.

Danny grinst schief von oben auf sie hinunter und legt ihr eine Hand auf den Hintern. »Wer hat denn was von Schlafen gesagt?«

»Du Ferkel«, antwortet sie prompt. Zum Nachdruck schlägt sie seine Hand weg und bückt sich, um den Geschirrspüler einzuräumen.

»Dann mal los! Aufräumen können wir später auch noch und ich will mir noch mal die Wellen ansehen, bevor es stockfinster ist.« Ich schnappe mir Connors große Hand, der gerade zu uns gestoßen ist, und ziehe ihn wieder zur offenen Terrassentür hinaus. Er riecht dermaßen lecker, dass ich ihn vorhin am liebsten gleich in der Dusche besprungen hätte, wenn Danny nicht gewesen wäre, der auf sofortige Nahrungszufuhr beharrte – er ist unausstehlich, wenn er Hunger hat.

Aber aufgeschoben ist nicht aufgehoben.

Connor zieht mich an seine Seite und legt mir einen Arm um die Schulter. Meine Hand krabbelt in die hintere Hosentasche seiner Shorts, während wir zum Meer schlendern.

Die Wellen sind deutlich kleiner geworden, platschen friedlich ans Ufer und mir geht es einfach nur gut. Entspannt lehne ich meinen Kopf an seine Schulter und wir bleiben stehen, um auf Sam und Danny zu warten. Seine Nase steckt er in meine Haare und schnuppert daran. Das macht er immer so.

»Mein Sunshine-Duft«, brummt er selig.

Automatisch lege ich meinen Kopf leicht in den Nacken und Connor kommt mir ein Stück entgegen. Mit meinen eins sechsundsiebzig bin ich zwar groß, aber noch lange nicht so riesig wie Connor mit seinen eins achtundachtzig.

Seine Lippen fühlen sich weich und warm an. Sie schmecken nach Bier und leicht salzig, was vermutlich an der würzigen Seeluft liegt. Die ausgeblichenen blonden Haare fallen ihm in die Augen und kitzeln meine Stirn.

Sanft knabbert er an meiner Unterlippe. Mit einem Ruck drückt er mich fest an sich, während sich seine Hände um meinen Hintern legen; ich kann seine Härte an meinem Bauch spüren. Seine Zunge gleitet in meinen Mund und umkreist meine neckisch. Mehr muss er nicht tun, damit sich das warme, wohlbekannte Ziehen zwischen meinen Beinen ausbreitet. Er bringt mich immer so verflixt schnell auf Touren.

Ich fahre mit den Händen an seinem Rücken entlang unter das T-Shirt und kann seine ausgeprägte Rückenmuskulatur unter meinen Fingerspitzen spüren. Langsam ziehe ich mich aus seinem Mund zurück und beiße ihm kurz, aber fest in die Unterlippe.

»Fuck, Sunshine, wenn du so weitermachst, kannst du den Strandspaziergang knicken«, murmelt er heiser.

Weil ich es nicht lassen kann, nehme ich eine Hand von seinem Rücken und streife damit spielerisch seine Shorts entlang – natürlich genau auf der *richtigen* Höhe.

»Du willst es wirklich wissen, oder?«, knurrt er.

»Hört auf, euch gegenseitig abzulecken, das könnt ihr später immer noch tun!«, ruft Sam uns schon von Weitem zu, als sie sich mit Danny an der Hand auf den Weg zu uns macht.

Connor blitzt mich aus seinen inzwischen dunkelblauen Augen an.

»Das werde ich dir heimzahlen ...« Dabei kneift er mir mit beiden Händen fest in den Hintern.

Grinsend deute ich zwischen uns hinunter auf die Beule in seiner Hose.

»Mag sein. Aber jetzt musst du damit erst mal allein klarkommen.«

Seine Augen werden schmal. Er wird sauer. Sehr gut, dann wird er nachher durch die Decke gehen. Genauso wie ich es mag.

Ich lasse zufrieden von ihm ab und greife nach seiner Hand. Widerwillig lässt er sich von mir mitziehen.

»Du bist so was von geliefert«, höre ich ihn missmutig murren und kann mir ein Lachen nicht verkneifen.

»Was ist der Plan für den weiteren Abend?«, fragt Sam und kuschelt sich im Laufen an Dannys Seite. »Also, nachdem ich wieder meine Füße sehen kann«, schiebt sie hinterher, streckt ihren Bauch nach vorn. »Uff ... gefühlt fünfter Monat.«

Völliger Blödsinn. Ihr Bauch ist flach wie immer.

»Wow, wir gratulieren. Was wird's? Ein weibliches oder männliches Steak?«, gluckst Connor an meiner Seite.

»Hast du mir was verschwiegen, Schneewittchen?«, steigt auch Danny mit ein.

»Wer weiß? Ich bin gut im Geheimnisse-Haben.«

»Deswegen. Dir trau ich alles zu«, grummelt Danny.

Ich kann verstehen, dass er sich misstrauisch anhört. Sam hat ihn längere Zeit im Unklaren bezüglich ihrer Vergangenheit gelassen. Aus nachvollziehbaren Gründen, aber dennoch.

»Keine Sorge, das würde ich dir schon erzählen, da gehören ja zwei dazu.« Sie kichert mädchenhaft. »Aber keine Panik, ich hab nicht vor, in nächster Zeit Kinder zu bekommen. Windeln wechseln und der ganze Mist? Mit Anfang zwanzig braucht das doch kein Schwein. Meine Mom hat mir sehr anschaulich geschildert, wie das für sie war.«

Sams Mutter hatte sie damals mit gerade mal zwanzig bekommen und nie einen Hehl daraus gemacht, dass es für sie und auch für Sams Vater viel zu früh gewesen war, obwohl die beiden Sam absolut vergöttern.

»Ich habe keine Panik. Wenn es passiert, würden wir es sicher wuppen«, meint Danny selbstbewusst.

Klar, was sonst? Er traut sich alles zu. Die Türrahmen, die für sein riesiges Ego groß genug wären, müssen erst noch gebaut werden.

Mein Blick schweift über das Meer, das in der untergehenden Abendsonne nach und nach grauer wird.

»Komm schon, so ein Mini-Schneewittchen und ein winziger Thor wären doch ganz niedlich«, neckt Danny Sam weiter.

»Ein winziger Thor, ja? Na, das ist ohnehin ein Widerspruch in sich.« Sam wirbelt mit ihrem nackten Fuß den Sand auf. »Außerdem habe ich ja nicht prinzipiell Nein gesagt. Nur eben jetzt noch nicht. Erst mal will ich meine Zeit genießen und studieren. Dann sehen wir weiter.«

»Was ist mit dir, Junie? Willst du auch irgendwann Kinder haben?«, fragt Danny plötzlich und sieht mich aufmerksam von der Seite an.

»Du bist gar nicht neugierig, oder?«

Er grinst breit. »Nope. Immer frei von der Leber weg.«

»Ich habe mir darüber noch keine Gedanken gemacht.«

»Ach, komm schon, Junie«, bohrt nun auch Sam nach. »Wir sind dreiundzwanzig. Da hat man doch schon eine Vorstellung, ob man Familie will oder nicht.«

»Familie will ich schon, aber eben auch noch nicht sofort.«

»Schluss jetzt mit schmutzigen Windeln und Co. Wer hat Lust auf Nachtschwimmen?« Abrupt lässt Connor meine Hand los und zieht sich mit einer fließenden Bewegung das T-Shirt über den Kopf. Wie jedes Mal fällt mir auf, dass er aussieht, als wäre er vom Cover der *Men's Health* gesprungen.

Sein braun gebrannter Körper besteht nahezu nur aus Muskeln, doch sie sind nicht bodybuildermäßig aufgepumpt, sondern schön definiert, von den Oberarmen bis zum Sixpack. Man kann sehen, dass sie von knallhartem Training kommen und nicht von irgendwelchen Steroiden.

Aber auch wenn sein Aussehen schon der Wahnsinn ist, sein Charakter ist es noch viel mehr. Treu, clever, witzig, einfühlsam. Da ist es doch kein Wunder, dass ich mich nach dieser langen Zeit immer noch so sehr von ihm angezogen fühle wie eine Biene vom Blütenstaub. Er ist absolut perfekt.

Und er hat nach wie vor keinen blassen Schimmer, dass ich alles andere bin, nur nicht das.

Obwohl die Sonne bereits seit Längerem untergegangen ist und das Meer inzwischen pechschwarz vor uns liegt, sind die Temperaturen noch angenehm mild.

Danny klettert ebenfalls aus seinen Klamotten.

Ich werfe einen Blick zu Sam, die ihre sorgfältig gezupften Augenbrauen in die Höhe hebt und zu mir aufsieht.

»Ich weiß ja nicht, was mit dir ist, aber ich habe meinen Bikini noch an.« Verschmitzt sieht sie mich an und steigt zeitgleich aus ihrem kurzen Rock, während Danny und Connor schon ins Wasser sprinten.

Na, dann? Auf los geht's los!

4

Connor

Danny und ich sitzen mit einem Whisky auf der Terrasse und lassen den achtzehnjährigen McCallan unsere Kehlen hinunterrinnen. Natürlich ohne Eis und Wasser. Das wäre eine wahre Schande. Verflucht gut ist er, doch leider wird er nicht mehr hergestellt. Wie viel die zwei Kisten, die Dannys Vater davon noch im Keller gehortet hat, wert sind, will ich gar nicht wissen. Eine Flasche hat damals sicher um die hundert Dollar gekostet, als er noch produziert wurde. Nun ist der Preis natürlich dementsprechend exorbitant in die Höhe geschnellt.

Sowohl Danny als auch unser Kumpel David kommen aus einem ziemlich privilegierten Elternhaus. Das hat mich nie gestört, denn anders als manch andere haben die zwei niemals mit dem Reichtum ihrer Eltern geprahlt, sondern wollten seit jeher auf eigenen Beinen stehen. Keiner der beiden ist ein klassisch fauler Zögling, der sich auf seinem Familienvermögen ausruht. Ansonsten wären wir wohl kaum befreundet, im Gegensatz zu ihnen stamme ich nämlich aus einer kinderreichen Familie der Mittelklasse.

Meine Eltern haben von jeher hart gearbeitet, damit es uns an kaum etwas mangelte. Ehrgeiz und Fleiß sind daher zwei Tugenden, die sie uns von klein auf vorgelebt haben. Vermutlich konnte ich auch deswegen eines der beliebten Football-Stipendien ergattern, das mir ein Studium an der Universität in Rhode Island ermöglicht hat.

Mein älterer Bruder Dylan hat es als Erster von uns in die NFL geschafft. Er spielt ebenfalls für die New England Patriots, allerdings als Quarterback, was mir meinen Einstieg in der ersten Saison als Runningback extrem erleichtern wird.

Ich bin zwar nicht Danny mit seinem riesigen Ego, doch ich würde lügen, wenn ich leugnen würde, nicht verdammt stolz darauf zu sein, dass ich gedraftet wurde. Auf meinen Bruder bin ich es ohnehin. Die Jacksons werden die Pats rocken. Mein Leben ist gerade einfach nur genial.

Aber mir ist klar, dass das vorerst der letzte Urlaub für mich sein wird. Sobald die Saison startet, werde ich hart trainieren müssen. Härter als zuvor. Deshalb werde ich es hier noch mal richtig krachen lassen.

Die Wellen haben wieder an Größe und Geschwindigkeit zugenommen und schlagen kräftig an den Strand. Während der Hafer auf den Dünen leise im Wind knistert, lasse ich einen Schluck Whiskey in meinem Mund hin und her rollen. Torfig. Rauchig. Nach Honig schmeckt er auch ein wenig.

Danny gähnt und streckt seine langen Beine von sich.

»Alles klar bei euch beiden?«

»Warum?«, gebe ich verblüfft zurück, nachdem ich hinuntergeschluckt habe. »Wirkt es nicht so?«

»Doch, doch. Ich frage nur, weil doch bald der Tag der Tage ist.« Er grinst mich breit an. Von einem Ohr zum anderen. So sehr, dass die Narbe an seiner Schläfe Falten wirft.

O Mann. Der Tag der Tage …

»Erinnere mich bloß nicht daran«, stöhne ich und nehme nun einen etwas größeren Schluck.

»Kriegst du etwa Schiss?« Er tritt mir mit dem Fuß leicht gegen den Unterschenkel und blickt mich abwartend an. Wir können die Mädchen in der Küche lachen hören, anscheinend sind sie im Bad fertig.

»Ich muss duschen«, murmle ich ausweichend, ergreife die Chance und mache mich vom Acker.

Dannys tiefes Lachen dröhnt in meinen Ohren und manchmal kann er mich einfach nur am Arsch lecken.

***

Als ich aus dem Bad komme, ist Junie noch nicht in unserem Zimmer.

Die beiden Schlafzimmer sind jeweils mit einem Bad plus Dusche ausgestattet, sodass wir vier uns nicht in die Quere kommen können, was extrem angenehm ist. Danny duscht immer stundenlang. Ernsthaft. Er ist schlimmer als jedes Mädchen.

Flink greife ich nach frischen Boxershorts und schlüpfe in ein sauberes T-Shirt, bevor ich mich auf den Weg in die Küche zu unseren Mädchen mache. Danny ist – war klar – noch nicht fertig im Bad. Doch Sam und Junie wissen sich auch ohne uns zu beschäftigen und haben die zweite Flasche Weißwein gut im Griff.

Ich schnappe mir die fast leere Wasserflasche, die auf dem Küchentresen steht, und die letzten paar Schlucke gluckern durch meine Kehle.

Sam fuchtelt währenddessen mit einem Fläschchen Nagellack vor meinem Gesicht herum.

»So, die Fingernägel deiner Liebsten sind wieder auf dem aktuellen Stand«, informiert sie mich und kichert leicht angeheitert.

»Tadaaa!«, ruft Junie fröhlich, präsentiert mir stolz ihre frisch lackierten Nägel und piekst mir damit beinahe die Augen aus. Die Farben Rot, Weiß und Blau strahlen mir entgegen. Klar, was sonst, denn in zwei Tagen steht der Unabhängigkeitstag an.

»Passend zum 4. Juli«, trällert Sam.

In ihrem roten Tanktop und den Shorts, die den Union Jack aufgedruckt haben, sieht sie recht britisch aus. Doch das tut sie meistens.

»Zum 4. Juli also?«, wirft Danny, der frisch geduscht aus ihrem Schlafzimmer schlendert, spitz ein. »Deswegen hast du auch die britische Flagge auf deinem Hintern kleben, oder?«

»Na und? Erstens haben wir erst den 2. Juli«, Sam wackelt mit dem Zeigefinger. »Und zweitens habe ich sowohl die britische als auch die amerikanische Nationalität. Ich kann also machen, was ich will.«

Danny verdreht die Augen und ich schlinge die Arme um meinen auf einem Barhocker sitzenden Sunshine. Der Duft von Äpfeln und Kirschen steigt mir in die Nase. Ihre langen Haare sind noch feucht und die goldblonden Härchen an ihren Unterarmen stellen sich auf, während ich ihr leise, sodass nur sie mich verstehen kann, ins Ohr raune: »Ich hoffe für dich, dass deine Fingernägel schnell trocknen. Lange wirst du nämlich nicht mehr in der Küche sitzen. Deine Zeit läuft ab.«

Als ich mich nach vorn beuge, kann ich einen Blick in den Ausschnitt ihres nachtblauen Spagettiträger-Tops werfen und somit auf die perfekten Rundungen ihrer Brüste. Ihre Beine stecken in kurzen Nacht-Shortys.

Ich muss mich ernsthaft am Riemen reißen, um sie mir nicht wie der letzte Steinzeitmensch über die Schulter zu werfen und sie in meine Höhle zu schleifen.

Danny schnappt sich eine Flasche Wasser sowie Sams Hand. »Dann kannst du morgen ja immer noch machen, was du willst. Jetzt komm erst mal ins Bett. Ich bin total platt.« Mit diesen Worten und einem kurzen Nicken in unsere Richtung zieht er sein beschwipstes Schneewittchen energisch vom Barhocker und bugsiert sie in ihr Schlafzimmer.

Das ist mein Stichwort.

Bevor Junie noch irgendetwas erwidern kann, schnappe ich sie mir an der Taille und werfe sie mir jetzt tatsächlich über die Schulter.

Erst quiekt sie erschrocken auf und klammert sich danach kichernd an meinem T-Shirt fest.

»Ich habe dir gesagt, dass du fällig bist«, knurre ich, während ich mit der anderen Hand ebenfalls nach einer Flasche Wasser greife und meine sexy Beute anschließend schnurstracks in unser Zimmer schleppe. Ich hab's auf einmal eilig, und zwar ziemlich.

Mit dem Fuß schubse ich die Tür zu und donnere die Wasserflasche auf das Nachttischchen, bevor ich Junie auf das Bett werfe und mir auch schon mein Shirt über den Kopf reiße.

Frech grinst sie mich an und versucht, zum Kopfteil hochzurutschen, doch ich bin schneller, schnappe mir ihre Fußknöchel und nach einem festen Ruck daran liegt sie vor mir.

»Ausziehen«, fordere ich sie auf, meine Stimme klingt dabei seltsam tief und kratzig.

Ihre hellbraunen Augen werden schlagartig eine Nuance dunkler.

Ich lasse von ihr ab, trete einen Schritt vom Bett zurück und schlüpfe aus den Boxershorts. Ihr Blick gleitet an meinem Körper entlang nach unten. Als er an meinem Schwanz angekommen ist, leckt sie sich mit der Zunge leicht über die rosafarbenen Lippen.

Sie sollte besser schnell machen, sonst zerreiß ich ihr noch die blöden Nacht-Shorties.

Als könnte sie meine Gedanken lesen, zieht sie sich mit einer anmutigen Bewegung ihr Top über den Kopf, schlüpft aus den Shorts, hakt ihren BH auf und wirft die Klamotten achtlos neben das Bett. Lasziv spreizt sie die Beine, stellt sie aufs Bett, legt sich eine Hand auf ihre Mitte, die nach wie vor in einem weißen Spitzenslip steckt, und sieht mich abwartend an.

Ihre vollen, weichen Brüste heben und senken sich schneller, ihre zartrosa Nippel recken sich frech in die Höhe und die ewig langen blonden Haare fallen ihr in Wellen über die Schultern.

Sie sieht aus wie ein Engel. Ein verdammt sinnlicher Engel.

»Komm her«, raune ich, aber sie zieht nur eine braune Augenbraue in die Höhe.

»Du musst mich schon holen, wenn du mich willst.«

Fuck noch eins.

Bevor sie mit der Wimper zucken kann, bin ich schon über ihr, schubse sie an den Schultern aufs Bett, schnappe mir mit einer Hand ihre schmalen Handgelenke und halte diese über ihrem Kopf zusammen, während ich mit der anderen ihren Slip nach unten zerre.

Als ich bei den Knien angekommen bin, winkelt sie sie an, sodass ich ihn besser von ihren Beinen ziehen kann. Danach beuge ich mich zu ihr herab. »Du willst wirklich spielen, oder?« Sanft beiße ich ihr in die Halsmulde und fahre mit meiner Hand zwischen ihre Beine.

»Immer«, flüstert sie heiser, während meine Finger langsam von ihrem Knöpfchen an ihren Schamlippen hinuntergleiten. Als ich die seidige Nässe an ihrem Eingang spüre, muss ich mich zusammenreißen, damit ich nicht sofort über sie herfalle.

Ich lasse ihre Handgelenke los und umfasse ihre prallen Brüste. Meine Zunge umspielt erst ihre eine, dann die andere Brustwarze und ich beiße leicht hinein. Ich will sie schmecken. Jetzt.

Ungeduldig gleite ich mit meiner Zunge ihren flachen Bauch entlang, während sie ihre Hände in meine Haare krallt. Als ich an ihrer sensibelsten Stelle angekommen bin, umkreise ich sie erst sanft mit meiner Fingerspitze, bevor ich mit leichtem Druck direkt darüberlecke. Sie schmeckt leicht salzig und ganz viel nach Sunshine.

»Verflixt, Connor«, wimmert sie. Der Druck ihrer Nägel auf meiner Kopfhaut verstärkt sich.

Während ich mit zwei Fingern in sie eindringe, sauge ich ihr Nervenbündel in den Mund und fahre gleichzeitig mit der Zunge über die winzige Spitze. Das macht sie immer vollkommen verrückt.

Das Problem ist nur, dass ich mittlerweile so hart bin, dass es beinahe schmerzt, und ich mich kaum noch zurückhalten kann. Meine Finger gleiten immer wieder über den einen Punkt in ihrem Inneren, der sie jedes Mal durchdrehen lässt. Von hier unten kann ich sehen, wie sie sich fest auf die volle Unterlippe beißt, um ein lautes Stöhnen zu unterdrücken.

Sie macht mich so verflucht an.

Nach ein paar Minuten merke ich, wie sie sich um meine Finger zusammenzieht, also lasse ich von ihr ab.

»Du blöder …«, flucht sie atemlos, als ich mir wieder mit einer Hand ihre zierlichen Handgelenke schnappe und sie über ihrem Kopf in die Matratze presse.

Eins ihrer Beine lege ich mir auf den Rücken, ihr anderes drücke ich mit meinem Knie noch weiter zur Seite. Meine andere Hand fährt unter ihren süßen Knackarsch und hebt ihn leicht an, während ich meine Spitze an ihrem nassen Eingang positioniere.

»Jetzt bist du dran.« Mit einem einzigen harten Stoß dringe ich tief in sie.

Sofort umschließt sie mich warm und feucht, drückt den Rücken durch und beißt sich einmal mehr auf die Lippe.

Ich ziehe mich aus ihr zurück und hebe ihren Hintern ein wenig mehr an, um erneut tief in sie zu stoßen. Sie keucht auf und meine Eier werden härter. Ich weiß, dass sie meine Größe anfangs überfordert; ich weiß aber auch, dass sie genau darauf steht.

Meine Hand wandert von ihrem Hintern zu ihrer weichen Brust und drückt sie. Sie fühlt sich so verdammt gut an, dass ich mich zusammenreißen muss, um nicht sofort zu kommen. Das wäre viel zu früh, ich will sie voll und ganz auskosten.

Während meine Finger an einem ihrer süßen Nippel zupfen, stoße ich immer wieder tief und fest in sie.

»Schau mich an!«, verlange ich rau.

Sie öffnet ihre Augen, die vor Lust funkeln. Als sie ihren Kopf hebt und fest in meine Unterlippe beißt, drehe ich fast durch. Meine Hand rutscht von ihrer Brust zwischen uns und während ich sie weiterhin hart nehme, umkreist mein Daumen ihr geschwollenes Knöpfchen.

Unruhig beginnt sie unter mir zu zappeln und versucht sich aus meinem Griff zu befreien, doch sie hat keine Chance. Nicht, dass sie es wollen würde. Wäre es so, ließe ich sofort von ihr ab, überhaupt keine Frage.

Ich erhöhe mein Tempo, kann spüren, wie sie um mich herum zu zucken anfängt, und fahre mit meinem Daumen direkt über ihre inzwischen geschwollene Mitte.

»Gott, Connor«, stöhnt sie erregt und biegt sich mir entgegen.

»Du bist der absolute Wahnsinn, weißt du das?«, raune ich an ihrem Mund und beiße ihr in die Unterlippe. Zeitgleich erhöhe ich den Druck meines Daumens und massiere sie stärker.

Sie hält ihren Atem an.

Yep. Sie kommt.

Und wie.

Ihre inneren Muskeln ziehen sich ruckartig um mich zusammen, sie drückt ihren Rücken durch und dabei ihre göttlichen Brüste an meinen Oberkörper.

Scheiße, das ist so genial!

Mit vier harten und tiefen Stößen lasse ich ebenfalls los, spüre, wie meine Eier sich zusammenziehen, ein Blitz meine Wirbelsäule hinunterschießt und ich in drei langen Schüben in sie pumpe. Ich knurre laut hinter zusammengebissenen Zähnen auf, vergrabe dabei mein Gesicht in ihrer Halsmulde und merke, wie schwer ich atme.

»Du weißt schon, dass das heute noch nicht alles war, oder?«, keuche ich an ihrem Hals.

»Nichts anderes habe ich erwartet.« Sie lächelt mich erschöpft an.

Mein kleiner, versauter Sunshine … wie verrückt ich nach dieser Frau bin.

5

Junie

Meine Libido ist total k.o. und mein Herz pumpt wie nach einem Sprint. Sag ich doch, dieser Mann ist purer Sex auf zwei Beinen.

Connor sieht mich sanft an, lässt meine Handgelenke los und legt seine Stirn an meine, während ich auf einmal merke, wie groggy ich bin. Der halbe Tag im Wasser fordert allmählich seinen Tribut, ich bekomme meine Arme kaum wieder an die Seiten. Connor ist das Surfen gewöhnt, doch ich bin leider komplett aus der Form.

Im letzten Jahr war ich zwar ab und an mit ihm am Meer, aber das reicht natürlich nicht aus, um auch nur ansatzweise mit seiner Kondition mithalten zu können. Noch dazu bin ich jetzt ziemlich wund. Er ist extrem gut gebaut und erzeugt mit Sicherheit bei anderen Männern gewaltige Minderwertigkeitskomplexe. So sehr ich darauf auch stehe, heute schaffe ich unmöglich eine zweite Runde. Völlig ausgeschlossen.

Müde schließe ich die Augen, atme seinen Duft ein und meine Glieder werden immer schwerer. Ich bekomme kaum mit, wie er aufsteht und ins Bad läuft.

Wie erschossen liege ich auf dem Bett und kann mich kaum noch rühren.

Plötzlich spüre ich, wie er mich sanft mit einem warmen Waschlappen zwischen den Beinen säubert. Er ist der absolute Traummann.

Danach verschwindet er wieder im Bad und ich schaffe es gerade noch, mich auf der Seite zusammenzurollen.

O Gott, meine Arme …

Vielleicht sollte ich doch eine Magnesiumtablette nehmen? Oder zwanzig? Aber dafür müsste ich aufstehen oder zumindest meinen Mund aufmachen, um Connor darum zu bitten, doch nichts davon schaffe ich im

Moment. Ich merke nur noch, wie starke Arme mich an einen warmen Körper ziehen.

»Ich glaube, wir verschieben den Rest lieber auf morgen«, murmelt Connor in meine Haare und legt seine große Hand auf meinen Bauch. »Du bist ja total hinüber.«

Mehr als unverständlich brummen kann ich nicht mehr, so fertig bin ich.

Sein Daumen umkreist langsam und einschläfernd meinen Bauchnabel und mit seinem ruhig wummernden Herzen an meinem Rücken lasse ich los.

6

Connor

Junies Atem geht langsam und regelmäßig, daran erkenne ich, dass sie tief und fest schläft. Die Meeresluft und das Surfen haben sie fix und fertig gemacht. Ich hingegen kann noch nicht einschlafen.

Meine Gedanken kreisen immer wieder um diese eine Sache. Ich habe keinen Plan, wie sie reagieren wird, und muss mir einmal mehr eingestehen, dass ich ernsthaft nervös bin.

Ihre Haare kitzeln in meiner Nase, die ich in ihrer warmen Halskuhle vergraben habe, und ich atme tief ihren Duft ein. Dann muss ich grinsen. Ich komme mir vor wie ein Klebstoffschnüffler vor einer Tube Superleim.

O Mann.

Beinahe muss ich den Kopf schütteln, als ich mich auf den Rücken lege. Meinen Arm ziehe ich vorsichtig unter ihrem Kopf hervor, um sie nicht zu wecken. Danach schnappe ich mir die Wasserflasche, die ich auf das Nachttischchen neben mich gestellt habe. Gerade als ich einen tiefen Schluck davon nehmen will, höre ich einen dumpfen Schlag aus dem Wohnzimmer, dem ein verhaltenes Stöhnen und Gemurmel folgt.

Stirnrunzelnd stehe ich auf, schlüpfe in Boxershorts und T-Shirt und öffne lautlos die Schlafzimmertür, um nachzusehen, was da vor sich geht.

In der Küche brennt lediglich die kleine Lampe über dem Herd und wirft diffuses Licht in den Raum. Da ich aus der völligen Dunkelheit gekommen bin, bin ich froh darüber, weil sich so meine Augen nicht erst an die Helligkeit gewöhnen müssen.

Danny steht vornübergebeugt mit schmerzverzerrtem Gesicht an der Kücheninsel und reibt sich den Fuß, den er sich dort anscheinend angeschlagen hat.

»Kannst du auch nicht pennen?«, flüstere ich, während ich leise die Schlafzimmertür hinter mir schließe.

»Ich könnte schon. Sehr gut sogar. Noch besser könnte ich pennen, wenn ich wüsste, wo Sam ist«, raunt er, seine Hand massiert nach wie vor den Zeh.

»Wie meinst du das? Ist sie weg?«, frage ich verdattert.

»Ihre Bettseite ist zumindest leer. Im Bad ist sie auch nicht, da habe ich zuerst nachgesehen. Ist schließlich ihr Lieblingsort.« Damit spielt er auf die Zeit vor eineinhalb Jahren an, als sie sich des Öfteren vor Danny und auch uns im Badezimmer eingesperrt hat.

»Ich kapiere es immer noch nicht. Wo soll sie denn sein? Habt ihr euch gestritten?« Ganz offensichtlich stehe ich auf dem Schlauch.

Danny richtet sich mühsam auf. Seine Augen sind vom Schlaf ganz klein und seine Haare verwuschelt.

»Nein. Aber sie hat schon angedeutet, dass es sein kann, dass sie die ersten Nächte wieder schlechter schläft«, murmelt er erklärend und rubbelt sich kräftig mit beiden Händen übers Gesicht. »Anscheinend verkraftet sie Ortswechsel nicht besonders gut, vor allem nicht, wenn es sich um einen ihr fremden Ort handelt, an dem sie vorher noch nie war. Das war auch der Grund, weswegen wir noch nie hier waren. Sie hat es sich noch nicht zugetraut. Nach der ganzen Sache damals ist das auch kein Wunder.«

Okay. Klingt logisch.

»Aber wenn sie einen Albtraum gehabt hätte, hättest du das doch mitbekommen, oder? Und warum ist sie jetzt ... weg?«

»Ich bekomme nicht alle Albträume mit. So läuft das leider nicht. Es ist nicht so, dass sie jedes Mal schreit oder um sich schlägt. In der Zeit, in der der Prozess war, kam es vor, dass ich aufgewacht bin, weil sie nicht mehr neben mir lag und ich sie im Bad, unter dem Bett, im Schrank, in Such-dir-was-aus gefunden habe.« Er fährt sich unruhig mit der Hand über den Nacken. »Sie hat mir erklärt, dass sie manchmal aus ihren Träumen hochschreckt und diese, wenn sie richtig schlimm waren, nahtlos in eine Panikattacke übergehen. Dann geht sie auf Tauchstation.«

Das ist heftig.

»Aber so etwas hat sie lange nicht mehr gehabt. Ich kann es mir nur so erklären, dass sie aufgewacht ist und gar nicht begriffen hat, wo sie sich eigentlich befindet. Hier ist alles fremd für sie.« Ziemlich fertig sieht er mich an. »Es ist so viel besser geworden im letzten Jahr … und jetzt das. So eine Scheiße.«

»Das ist ganz schön übel, Bro. Warum hast du mir nie davon erzählt?« Aufmerksam mustere ich ihn. Ich dachte eigentlich, er wüsste, dass er mit mir reden kann. Dass ich da bin.

»Hätte es denn was geändert?«

Erst in diesem Moment fällt mir auf, dass er älter aussieht. Reifer. Das Unbeschwerte in ihm ist zwar noch da, doch es ist weniger geworden.

»Nein. Wohl nicht«, muss ich zugeben, füge jedoch noch hinzu: »Aber vielleicht hätte es dir gutgetan. Wäre einen Versuch wert gewesen, oder?«

Erstaunt sieht er mich an, als wäre er selbst nie darauf gekommen, und runzelt anschließend die Stirn.

»Ja. Du hast recht. Ich werd's mir merken.«

»Lass sie uns erst mal finden. Vielleicht ist es gar nicht so dramatisch«, versuche ich ihn zu beruhigen. Doch ein müder Blick aus seinen Augen reicht mir, um zu wissen, dass ich mir diesbezüglich keine Hoffnungen machen sollte.

Danny stößt sich von der Kücheninsel ab und geht auf die Terrassentür zu. Sie ist leicht geöffnet.

»Na toll. Dort draußen ist es viel zu dunkel, sie könnte überall sein. Verdammter Mist!«, flucht er leise zwischen zusammengebissenen Zähnen. »Nächstes Mal kaufe ich eine Kindersicherung.«

Ich muss mich zusammenreißen, um nicht laut aufzulachen. An der Situation ist nichts komisch, aber allein die Vorstellung, wie Sam darauf reagieren würde, hätte sie diesen Spruch gehört, lässt ein Glucksen meine Kehle hochsteigen.

»Nicht witzig, Connor«, knurrt Danny mich an.

»Sorry, ich weiß.« Er hat völlig recht und ich sehe ihm an, dass er sich ernsthafte Sorgen macht. Tue ich auch. Würde jeder, der weiß, durch was für eine Hölle Sam gegangen ist.

Ein kurzer Gedanke daran reicht und ich werde schlagartig ernst.

»Wir teilen uns auf, so geht es am schnellsten«, schlage ich vor. »Du gehst zum Strand hinunter. Ich schaue hier nach und gehe einmal ums Haus. Ich kann mir nicht vorstellen, dass sie in diesem Zustand weit gekommen ist.«

Danny sieht mittlerweile regelrecht verzweifelt aus.

»Dein Wort in Gottes Ohr, Bro«, seufzt er und verschwindet in der Dunkelheit.

Es ist stockfinster hier draußen und das Einzige, das einen schwachen Schein durch die große Terrassentür wirft, ist die Lampe über dem Herd. Kurz überlege ich, die zwei Flutlichter links und rechts an der Terrasse einzuschalten, entscheide mich dann aber dagegen. Das würde sie am Ende nur noch mehr durcheinanderbringen. Meine Augen scannen die Umgebung. Ich linse hinter jeden Liegestuhl, aber die Terrasse ist menschenleer.

Also mache ich mich auf den Weg ums Haus herum und spähe währenddessen in die Dünen, die das Gebäude von allen Seiten einkesseln. Wenn sie dort draußen ist, finden wir sie nie. Ich habe nicht einmal mein Handy dabei, das wenigstens eine Taschenlampenfunktion hätte, geschweige denn eine richtige Taschenlampe. Verflucht, warum haben wir Idioten nicht vorher daran gedacht?

Als ich mich umdrehen und auf den Weg zu Danny machen will, höre ich plötzlich ein leises Wimmern.

Unmittelbar erstarre ich in meiner Bewegung und versuche herauszufinden, woher es kommt. Durch das Rauschen der Wellen und den Wind kann ich es nicht genau lokalisieren. Beides ist zwar nicht besonders laut, aber da das Wimmern noch leiser ist, wird es davon beinahe verschluckt.

Als es wieder an meine Ohren dringt, wird mir ganz schwer ums Herz. Sam ist eine gute Freundin geworden und was hier gerade passiert, geht mir verdammt nahe.

Mein Blick sucht einmal mehr die Dünen ab, bis sie an der Seite des Hauses hängen bleiben und endlich, am hinteren Ende, kurz vor der vorderen Veranda, kann ich etwas ausmachen. Fast hätte ich sie übersehen, da nur das fahle Mondlicht auf die winzige Gestalt scheint, die sich da in der Hocke zusammengekrümmt an die Hauswand drückt.

Ich sehe mich nach Danny um, doch er ist noch nicht vom Strand wieder hochgekommen. Allein lassen will ich sie hier nicht – aus Angst, dass sie wieder abhauen könnte.

Scheiße, was mache ich denn jetzt? Mit Panikattacken habe ich zwar Erfahrung, aber nicht in diesem Ausmaß.

Zögernd laufe ich auf sie zu, schleiche beinahe, obwohl ich mir ziemlich sicher bin, dass sie mich ohnehin nicht hören kann. Dafür sind meine nackten Füße viel zu leise im weichen Sand.

Als ich bei ihr angekommen bin, prügelt ihre Erscheinung auf mein Herz ein. Sie hat sich ganz klein gemacht, den Kopf zwischen die Beine geklemmt, die Arme umschlingen ihre Knie und die Haare fallen ihr wie ein dichter Vorhang über die nackten Beine.

Ich gehe neben ihr in die Hocke. Sie hat mich noch nicht bemerkt und schaukelt auf ihren Fußballen vor und zurück.

Fuck.

Ich muss einmal kräftig schlucken und murmle dann leise: »Hey, Sam, magst du nicht reink …« Weiter komme ich nicht, da sie wie von der Tarantel gestochen kerzengerade nach oben schießt. Ihr ganzer Körper ist angespannt wie eine Stahlfeder und sie presst sich nahezu in die Hauswand hinein. Panisch starrt sie auf mich hinunter. Ich kann ihre Augen kaum erkennen, dafür reicht das Mondlicht nicht aus, aber sie wirken wie riesige Schatten in ihrem kleinen blassen Gesicht.

Bedächtig stehe ich auf und weiche einen Schritt zurück.

»Alles okay, Sam, du hast nur schlecht geträumt. Komm, lass uns wieder reingehen, ja?«, rede ich beruhigend auf sie ein, werfe gleichzeitig einen raschen Blick über die Schulter und kann Danny ausmachen, der suchend an der vorderen Hausecke steht.

»Hier!«, rufe ich ihm verhalten zu und kann nur hoffen, dass er mich hört. Herumbrüllen ist im Moment sicher keine gute Idee, am Ende macht Sam dann endgültig die Biege.

Doch als ich mich wieder zu ihr umdrehe, stelle ich fest, dass sie das körperlich gar nicht schaffen würde. Inzwischen hat sie die Hände auf ihre Knie abgestützt, ihr Rücken hebt und senkt sich unregelmäßig und schwer. Bilder von damals, als sie auf dem Quad überfallen wurde, schieben sich vor meine innere Linse.

Gerade will ich auf sie zugehen, als auch schon Danny neben ihr ist. Er stellt sich entschlossen vor sie hin und legt seine Hände an ihre Schultern.

»Komm schon, Kleine, ruhig atmen, okay?«, höre ich ihn über die Brandungsgeräusche hinweg raunen.

Unschlüssig stehe ich herum, weil ich nicht genau weiß, ob ich gehen soll, oder nicht, als mir Danny schon zunickt.

Yep. Das heißt dann wohl, ich soll.

Mit einem leisen Seufzer drehe ich mich um.

Teils bin ich wahnsinnig erleichtert, weil wir sie gefunden haben, teils verflucht traurig, weil ich gedacht habe, dass ... Ja, was habe ich eigentlich gedacht? Der beschissene Psycho, der für all das verantwortlich ist, sitzt im Knast. Es ist mittlerweile siebeneinhalb Jahre her. Bedeutet das nun automatisch, dass sie wieder okay sein muss?

Ich bin manchmal ehrlich ein Idiot. Anscheinend habe ich gar nicht gedacht. Manche Wunden sind so tief, dass sie nie oder nur sehr langsam heilen.

Ich kann für Sam nur hoffen, dass zumindest Letzteres der Fall sein wird.

7

Sam

Es wäre so schön gewesen, ich habe mich wirklich auf diesen Urlaub gefreut.

Rhode Island ist passé, wir sind für den Sommer frei wie die kleinen Wildschweinchen – und exakt die wollte ich eigentlich auch rauslassen – und jetzt stehe oder besser gesagt klebe ich hier an irgendeiner Hauswand mit einer ausgewachsenen Panikattacke.

Das hast du fein hingekriegt.

Du hättest mir auch mal helfen können.

Dass ich die erste Nacht von dem Monster heimgesucht werden würde, hatte ich schon befürchtet. Die Umgebung, das Bett, die Gerüche, alles ist mir fremd, und das reicht meinem Trigger schon aus, um sabbernd in die Startlöcher zu steigen. Weiß ich schon. Ist mir nicht unbekannt.

Allerdings habe ich nicht damit gerechnet, dass er so scheiße drauf ist und aus einem Albtraum gleich eine Panikattacke werden lässt. Ich habe mal wieder die Rechnung ohne den Trigger gemacht. Blöder Pisser. Dabei gab es dieses Mal, bis auf die ungewohnte Umgebung, keinen Grund dafür. Andererseits, wenn es immer einen Grund dafür gäbe, wäre es für ihn vermutlich nur halb so witzig. Warum sonst überfällt er mich manchmal vollkommen aus dem Nichts? Und warum sonst kann ich ihn mir manchmal vom Leib halten, obwohl er einen Grund hätte loszuwüten?

Na gut. Es ist so, wie es ist, daran kann ich nichts ändern.

Was mich allerdings ernsthaft ankotzt, ist die Tatsache, dass ich hier im Urlaub mit den Menschen bin, die ich liebe und denen ich bedingungslos vertraue, und trotzdem überfällt mich so eine beschissene Attacke. Dass ich ausgerechnet hier eine bekomme, macht mich gerade richtig sauer.

Und das ist gut so. Denn die Wut, die in mir hochsteigt, boxt der

Panikattacke mitten auf die Nase und drängt sie allmählich dorthin zurück, wo sie hergekommen ist.

Natürlich rieche ich das Meer, ich stehe ja fast drin, aber eben auch Minze und Zitrone. Ich fühle, wie ich ruhiger werde, noch bevor ich Dannys große und wie immer warme Hände leicht an meinen Schultern spüre; ich weiß, dass er es ist und nicht das Monster.

Es hat Monate gedauert, bis ich so weit war, dass ich ihn während eines Anfalls trotzdem noch erkennen konnte. Connor hingegen habe ich vorhin nicht erkannt. Für mich war er ein bedrohlicher schwarzer Schatten, der mir auf die Pelle gerückt ist.

Wenn die Panik mich überfällt, spult sich jedes Mal der gleiche grausame Horrorfilm aus meiner Vergangenheit vor meinen Augen ab. Währenddessen fühle ich mich, als wäre ich wieder mittendrin statt nur dabei – und das live und in Farbe. Daher erkenne ich in diesem Zustand niemanden; außer Junie und mittlerweile auch Danny. Es schiebt sich zuerst nur einer vor meine innere Linse, und das ist dieses verdammte Ungeheuer.

Obwohl es viele Jahre her ist, habe ich seinetwegen noch Albträume und ab und zu diese Anfälle. Das macht mich so wütend, doch ich weiß, dass ich nichts daran ändern kann.

An der psychologischen Betreuung kann es nicht liegen, da bin ich bei Tracy von jeher in besten Händen. Alles andere kann nur die Zeit richten – falls sie es jemals richten wird.

Danny geht einen weiteren Schritt auf mich zu und steht nun ganz dicht vor mir. Meine Nase berührt beinahe sein Shirt und ich kann seine Körperwärme auf meinem Gesicht spüren. Seine Hände an meinen Schultern beginnen sanften Druck auszuüben und ziehen mich langsam, aber stetig an seine Brust.

»Alles gut, Kleine. Du hast nur geträumt«, brummt er mit seiner tiefen Stimme.

Ganz leise höre ich den ruhigen, wummernden Herzschlag in seiner Brust und die engen Wände um mich herum weichen allmählich zurück.

Puh ... besser.

Mein vernarbtes Seelchen streift sich noch etwas widerwillig mit misstrauisch zusammengekniffenen Augen die Boxhandschuhe ab.

Ich lege meine Wange an seine Brust und seine Arme umschließen mich ganz. Ich bin noch ein bisschen aus der Puste, aber ich habe das Gefühl, wieder freier atmen zu können. Das ist das Schlimmste an diesen Attacken. Dass ich denke, ich ersticke. Kein schönes Gefühl.

Ich merke, wie ausgelaugt ich auf einmal bin. Wenigstens folgt danach nicht mehr die große Heulerei, wie es früher der Fall war.

Danny schiebt resolut seine Hände unter meinen Po, hebt mich auf seine Hüften und trägt mich, als würde ich nichts wiegen, in unser Schlafzimmer zurück.

Dann lässt er sich mit mir auf dem Schoß aufs Bett fallen und drückt meinen Kopf in seine warme, wohlriechende Halskuhle. Seine andere Hand zeichnet sanft kleine Kreise auf meinen Rücken.

Seelchen seufzt tief und drückt sich fest an sein wummerndes Herz.

»Sorry, Danny«, nuschle ich an seiner Haut, denn es tut mir ehrlich leid, diese vermaledeite Prinzessin-in-Nöten zu sein. Wenn auch nur noch ab und zu.

»Sam?«

Ich weiß sofort, dass ich in Schwierigkeiten bin. Erstens hört sich seine Stimme dezent angepisst an und zweitens nennt er mich *Sam*.

»Halt die Klappe, okay? Wenn du dich noch einmal dafür entschuldigst, bekommst du ein ernsthaftes Problem mit mir, hast du mich verstanden? Das habe ich dir schon so oft gesagt. Also hör auf damit!«

Ich hebe meinen Kopf und blicke ihm in seine Vollmilchschoko-Augen. Die Pistazienstückchen kann ich nicht erkennen, dafür ist es zu dunkel. Er sieht mich warm an, obwohl seine Augen ein wenig genervt funkeln. Ich habe so ein Glück, dass ich ihn kennengelernt habe.

Bevor ich meinen Kopf zurück in seine Kuhle lege, gebe ich ihm einen dicken Kuss auf seine warmen Lippen.

Danny seufzt zufrieden und meine Nase drückt sich direkt auf die Stelle, an der seine Halsschlagader puckert.

Wenn ich eine Schnecke wäre, wäre er mein Haus.

8

Junie

»Was brauchen wir noch für morgen?«, fragt mich Connor, der stirnrunzelnd vor dem offenen Kühlschrank steht und unsere Vorräte inspiziert.

Nur mit türkisen Boardshorts bekleidet, sieht er zum Anbeißen aus. Sein breites Kreuz verläuft v-förmig und dieser knackige Hintern ... Seine Haut hat einen schönen Bronzeton, die Sonne springt einem daraus buchstäblich entgegen.

Wir haben den ganzen Vormittag am Strand verbracht und neben dem Surfen zusätzlich noch Volleyball gespielt. Das wird mir langsam ehrlich zu sportlich. Klar laufe ich gern, aber wenn das so weitergeht, komme ich mir noch vor wie in einem Bootcamp. Meine Arme tun mir von gestern nach wie vor weh und keiner hat Erbarmen.

Sam war heute Morgen sogar schon am Strand joggen. Diese Frau ist wie besessen.

Träge schleppe ich mich von der Terrasse in die Küche, wische mir vorher den Sand von den Fußsohlen und stelle mich neben Connor. Ich würde am liebsten in den Kühlschrank kriechen, so heiß ist es heute. Außerdem habe ich zu viel Sonne getankt, meine Haut kribbelt leicht und spannt unangenehm. Da haben Sonnencreme und Basecap wohl nicht viel geholfen.

»Getränke haben wir genug, so, wie es aussieht.« Ich deute auf eine ganze Batterie an Bier- und Weißweinflaschen. »Fleisch und Fisch sind auch noch da, wir grillen ja sowieso wieder. Aber hat irgendjemand an ein paar Vitamine gedacht?«, will ich wissen und sehe mir den Inhalt genau an.

»Yep, ich. Hab ich immer dabei«, verkündet Sam, die mit ihrer halb leeren Skittles-Packung durch die Terrassentür schlendert. Bekleidet nur im roten

Bikini und kurzen Jeansshorts kommt sie auf uns zu und greift breit grinsend in die Tüte.

»Vitamine, Grinch«, stöhne ich kopfschüttelnd.

Mich wegen des Weißweins aufziehen und selbst dermaßen süchtig nach diesen knallbunten Kaubonbons sein, dass es kracht.

»Die sind bestimmt krebserregend, so farbenfroh, wie die sind«, kann ich mir nicht verkneifen und drehe mich wieder zum Kühlschrank.

Connor schnappt sich Zettel und Stift aus einem kleinen Korb auf der Kücheninsel und beginnt ihn vollzukritzeln. Im wahrsten Sinne des Wortes. Schreiben kann man das, was er da mit seiner Sauklaue veranstaltet, nämlich nicht nennen.

»Okay. Obst. Vorschläge? Wünsche?«

»Ananas, Melone und Äpfel.« Sam klettert auf einen Barhocker. »Und ein paar von diesen Aloe-Blättern.«

Connors Augenbrauen schießen unter seine von der Sonne gebleichten blonden Haare.

»Die kann man essen?«

»Nein, aber man kann sie aufschneiden und sich die Innenseite auf die Haut legen. Ist besser als jede After-Sun-Creme und so wie die Sonne hier vom Himmel knallt, können wir das gut gebrauchen. Außerdem fühlt es sich fantastisch an, wenn man sie im Kühlschrank lagert und sie sich nach einem Tag am Strand auf die Haut klatscht«, erklärt sie ausführlich und blitzt mich mit funkelnden Augen an. »Solange man nicht hineinbeißt. Du bist nämlich nicht der Einzige, der denkt, man könne sie essen.«

»Halt die Klappe, Grinch, da waren wir zwölf. Zwölf«, gebe ich augenrollend zurück, ziehe mir den Gummi aus den Haaren, wurschtle mir ein hohes Knäuel auf dem Kopf zusammen und zurre es fest, während Danny mit einem Stück *Mr. Zog's Sex Wax,* mit dem er eben die Boards gewachst hat, in die Küche trottet.

»Bei was wart ihr zwölf?«, will er neugierig wissen.

Sein beinahe dunkelbraun gebrannter Körper steckt in hellblauen Boardshorts, die Narbe an seiner Augenbraue sticht heute noch weißer hervor als sonst. Das weiße Basecap auf seinem Kopf trägt er mit dem Schirm im Nacken. Von der Statur her ist er zwar breiter und massiger gebaut als Connor, doch nicht weniger durchtrainiert.

Er greift nach einer Flasche Wasser und schwingt sich auf den Barhocker neben Sam, deren Haut nach wie vor den gleichen elfenbeinfarbenen Ton hat. Sie wird nicht braun. Nie. Höchstens rot. Damit kann ich sie herrlich ärgern. Aber ich kriege es ständig zurück, so ist es nicht. So wie jetzt.

»Als Junie dachte, die Blätter der Aloe seien zum Essen da ...«, platzt Sam lachend heraus. »Ihr hättet ihre Gesichtszüge sehen sollen, als sie volles Rohr ins Blatt gebissen hat. So was nenne ich Total-Entgleisung.« Mittlerweile hält sie sich den Bauch und hat einen ihrer Lachflashs.

Kleines Miststück.

Connor grinst mich an und legt mir einen Arm um die Schultern. »Sah bestimmt süß aus.«

»Ja, ja, ihr mich auch. Also: Ananas, Melone, Äpfel, Aloe-Blätter? Was noch?«, frage ich, um abzulenken, schnappe mir den Stift aus Connors Hand und schreibe jetzt den bescheuerten Einkaufszettel selbst. Keine Lust, später Hieroglyphen entziffern zu müssen.

»Salat, Gurken, Tomaten, Oliven«, schlägt Danny vor und sieht Sam kritisch von der Seite an, die fröhlich einen Kaubonbon nach dem anderen einen grausamen Tod sterben lässt. »Wir könnten mal etwas Gesundes vertragen. Und du ...« Er schnappt sich die Skittles-Packung aus Sams Händen. Mutig! »Hör auf, dir permanent diesen Zuckerscheiß reinzuziehen. Das ist schon die zweite Tüte heute und wir haben noch nicht mal Nachmittag.«

Sams Augen verengen sich zu Schlitzen. »Wehe, du nimmst mir noch einmal meine Skittles-Packung weg«, zischt sie. »Ich kann davon essen, so viel ich will. Ist schließlich meine Gesundheit, also hör auf mich zu bevormunden.«

Ich hätte Danny gleich sagen können, dass er das nicht wagen soll. Aber er ist lange genug mit ihr zusammen; es ist nicht so, als würde er sie nicht kennen.

Mit einem Hüpfer springt Sam vom Barhocker, reißt ihm die Tüte aus der Hand, wirft ihre Mähne nach hinten und stolziert auf die Terrassentür zu.

Hinter ihr kurbelt Danny seinen Mittelfinger hoch. »Irgendwann sind deine Arterien verstopft, und dann sag nicht, ich hätte dich nicht gewarnt.«

Sie dreht sich noch einmal um. »Lass das mal meine Sorge sein. Meine Skittles, meine Arterien.«

»Vielleicht setzt es ja doch irgendwann an und du wirst auf einmal kugelrund.«

Danny ist ernsthaft lebensmüde.

Sams Augenbrauen schießen in die Höhe und sie geht wieder einen Schritt auf ihn zu.

»Du bist so ein blöder …«, fängt sie an zu fauchen, doch Danny unterbricht sie.

»Die Arterien sind dir scheißegal, aber wenn es um deine Figur geht, flippst du aus?«

»Okay, Auszeit.« Connor stellt sich zwischen die beiden. »Wir müssen erst mal einkaufen gehen. Ihr könnt später weiterstreiten. Sam, du kommst mit mir und Junie und Danny bleiben hier. Es reicht, wenn wir beide fahren, sonst bekommen wir am Ende die ganzen Vitamine nicht ins Auto.«

Scherzkeks. Aber mir soll's recht sein. Ich habe ohnehin keine Lust auf ellenlange Schlangen vor den Kassen. Einen Tag vor dem 4. Juli dreht Amerika jedes Mal komplett hohl und kauft ein, als würde eine Hungerkatastrophe bevorstehen.

Allerdings ist aus Sam plötzlich die Luft raus.

»Magst du nicht mit Junie fahren?«, fragt sie ihn verlegen.

»Wieso? Habt ihr euch gezofft?«, will ich verblüfft wissen. Davon hat er mir gar nichts erzählt.

Sam sieht mich plötzlich so seltsam an … als würde sie sich für etwas schämen.

»Was ist hier los?« Stirnrunzelnd blicke ich zwischen den beiden hin und her.

»Das würde ich auch gern wissen. Das mit heute Nacht ist dir doch nicht unangenehm, oder?« Connor sieht sie freundlich an.

Sam wird knallrot, und das in Blitzgeschwindigkeit.

»Nichts ist los, Junie«, nuschelt Sam hastig und findet auf einmal außerordentlich großes Interesse an ihren Fußnägeln. »Ich habe heute Nacht nur schlecht geträumt und eine klitzekleine Panikattacke bekommen. Danny konnte mich nicht finden und Connor hat ihm bei der Suche geholfen. Das ist alles.« Peinlich berührt tritt sie von einem auf den anderen Fuß.

Das ist alles? Spinnt die?

»Da weckt ihr mich nicht?« Vorwurfsvoll starre ich unsere Männer an. Meine beste Freundin hatte eine Panikattacke und sie haben mir nicht Bescheid gesagt?

Und *klitzeklein* ist mit Sicherheit die Untertreibung des Jahrhunderts. Ich kenne Sam, deshalb weiß ich genau, dass sie bei Dingen, wegen derer sich andere um sie sorgen könnten – nichts kann sie weniger ausstehen –, immer untertreibt.

»Bist du bescheuert? Es reicht schon, dass Connor und Danny meinetwegen mitten in der Nacht wach waren. Da kannst doch wenigstens du schlafen«, wirft Sam auch sofort ein.

Manchmal macht sie mich richtig gehend sauer. Wenn es ihr schlecht geht, will ich es sofort erfahren, und das weiß sie auch. Weil es aber nichts bringt, mit ihr darüber zu diskutieren, habe ich es aufgegeben. Bei Sam muss man eben nehmen, was man kriegen kann.

»Du hast ewig keine mehr gehabt. Was ist passiert?« Ich trete näher an sie heran, blicke auf sie hinunter und mustere sie aufmerksam.

Da sie ahnen, was jetzt kommt, lassen uns die Männer Freiraum und verkrümeln sich auf die Terrasse.

»Ich weiß nicht so genau. Es lag bestimmt am Ortswechsel. Ich war ja noch nie hier. Wusste schon, wieso nicht«, antwortet sie niedergeschlagen. »Ich hab mich so auf den Urlaub gefreut und dann passiert gleich am ersten Abend so ein Schrott. Ich hoffe nur, dass es bei der einen Nacht bleibt. Die Albträume sind schon beschissen genug, aber nach Ewigkeiten wieder so eine blöde Panikattacke …« Frustriert schüttelt sie den Kopf. »Das kotzt mich so an. Und Connor hat sie mal wieder mitbekommen. Mir ist das so was von …«

»Schluss jetzt, Sam. Er ist ein guter Freund, dir muss das nicht peinlich sein. Vor keinem von uns. Wirklich nicht«, unterbreche ich sie energisch. Es wird höchste Zeit, dass sie das endlich mal schnallt.

Ich überwinde das letzte bisschen Distanz zu ihr und schließe sie fest in die Arme. Ihr Körper ist warm von der Hitze dort draußen, nur ihre Hände, die sie an den Rückenausschnitt meines Neckholderoberteils legt, sind wie immer kalt.

»Ich weiß schon. Ich arbeite dran«, murmelt sie an meiner Schulter, seufzt tief und befreit sich dann aus meiner Umarmung. »Was sollen wir sonst noch vom Einkaufen mitbringen? Ein kleines Feuerwerk? Hier kann man es sicher ordentlich krachen lassen.«

Ich lasse ihr den Themenwechsel durchgehen; ich habe alles gesagt, was ich sagen wollte. Auch wenn ich weiß, dass es nicht viel bringen wird. Die Scham in ihr ist so fest verankert wie ein Luxuskreuzer vor den Bermudas.

»Diese Böller verschmutzen das Meer und den Strand schon genug, da müssen wir nicht auch noch mitmachen«, meine ich. Es geht mir tierisch gegen den Strich, dass am 4. Juli jedes Mal so viel herumgeknallt wird. Klar ist es schön anzusehen, die Fische finden es allerdings sicher weniger lustig, wenn das giftige Zeug in ihr Wohnzimmer fällt.

»Spaßbremse. Du schaust es dir doch gern an.«

»Logisch, das leugne ich auch nicht. Aber es reicht doch, wenn alle anderen es machen.«

»Okay. Von deinem Standpunkt abbringen kann ich dich sowieso nicht.« Sie dreht sich um und tritt auf die Terrasse hinaus.

»Braves Kind«, rufe ich ihr zufrieden hinterher und strecke meinen Rücken durch. *Kracks, Kracks* und noch mal *Kracks* und alle Wirbel sitzen wieder am richtigen Platz. Danach schlendere ich ihr hinterher.

»Brrr, Junie, das ist so eklig, wenn du das machst. Du hörst dich jedes Mal an wie ein Skelett bei Dehnübungen.« Sam schüttelt sich, bevor sie sich ihr schwarz-rot gestreiftes Shirt von der Sonnenliege schnappt, über den Kopf zieht, ihre Tasche über die Schultern wirft und Connor zunickt. »Kommst du?«

Na bitte. Geht doch.

Danny wirft Connor seinen Autoschlüssel zu und die beiden machen sich auf den Weg. Hoffentlich lassen sie sich nicht von den einkaufswütigen, nationalstolzen Mitbürgern tottreten.

Gähnend schleppe ich mich in unser Schlafzimmer und lande mit einem Bauchplatscher auf dem Bett. Der Sport, die Sonne und das Meer machen mich alle.

9

Connor

Die Cape Cod Mall in Hyannis war proppenvoll. Sam und ich waren knackige zwei Stunden mit Einkaufen beschäftigt, davon allerdings nur eine Stunde mit den Lebensmitteln. Dannys Kofferraum sieht aus, als hätten wir eine halbe Obst- und Gemüseplantage geplündert.

Sam musste natürlich – Frauen! – noch mal schnell in einen *Fred Perry*-Store und es hat eine geschlagene Stunde gedauert, bis ich sie von diesem Brit-Schick-Laden loseisen konnte.

Dafür sitzt sie jetzt glücklich mit einem neuen Sommerkleid auf dem Schoß neben mir und wird wie jedes Mal vom Sitz halb verschluckt.

»Los geht's, Blondie.« Sie grinst mich verschmitzt an.

Blondie. So eine kleine Kröte.

Aber ich lasse ihr den Kommentar durchgehen; ich bin froh, dass sie wieder so entspannt mit mir umgeht. Das sah auf dem Hinweg noch ganz anders aus, da war sie recht verkrampft. Ich habe mich jedoch davor gehütet, sie wieder auf heute Nacht anzusprechen. Ihr scheint es unangenehm genug zu sein, und das Letzte, was ich will, ist, sie noch mehr in Verlegenheit zu bringen.

Ihre gute Laune werde ich direkt ausnutzen.

»Hast du mit Junie eigentlich mal über das Nachwuchsthema gesprochen?«

Sie sieht mich stirnrunzelnd von der Seite an, während mein Blick auf den Parkplatz gerichtet ist, über den ich umsichtig Dannys Dodge lenke, penibel darauf bedacht, nicht irgendwelche shoppingwütigen Einwohner über den Haufen zu fahren.

»Wieso fragst du?«

»Nur so. Hätte ja sein können, dass ihr beide irgendwann mal darüber gesprochen habt. So Blick-in-die-Zukunft-mäßig.« Klar könnte ich meinen

Sunshine auch selbst fragen, aber wenn ich bei ihrer besten Freundin vorfühlen kann, mache ich das natürlich – bevor ich mich am Ende bei ihr komplett in die Nesseln setze. »Kann ja sein, dass sie gar keine Kinder will, oder so.«

Gestern am Strand hat sie seltsam ausweichend auf die Frage reagiert. Es schien ihr unangenehm zu sein. Aus welchem Grund auch immer. Vielleicht finde ich ihn ja heraus.

Doch Sam zuckt blöderweise nur mit den Schultern.

Verdammt.

»Nicht wirklich. Ist aber auch kein Wunder«, schiebt sie noch hinterher.

»Wieso nicht? Redet ihr nicht über so was?«

»So was?« Sie hebt ihre Augenbrauen und ein süffisantes Grinsen taucht auf einmal aus dem Nirgendwo auf.

Ups. Das war wohl zu flapsig formuliert.

»Worüber, meinst du denn, unterhalten wir uns so?«

Jetzt habe ich ihre ungeteilte Aufmerksamkeit. Ich rutsche nervös auf dem Fahrersitz des Dodges hin und her.

»Na ja, so was wie Kinderkriegen, Heiraten ... also dieses Zeug eben«, versuche ich mich besser auszudrücken.

»Klischee, juhee, hm?«, meint sie spöttisch.

Sofort ärgere mich über meine ungeschickte Ausdrucksweise und klappe meinen Mund auf, um sie zu korrigieren, doch Sam kommt mir zuvor.

»Entspann dich, ich weiß schon, wie du es meinst. Mal sehen.« Sie legt ihre Stirn in Falten. »Danny und du seid die ersten festen Freunde, die Junie und ich je hatten, zumindest über einen sehr langen Zeitraum hinweg. Deswegen stand das Thema vorher nie zur Debatte. Und jetzt?« Sie überlegt und kaut auf ihrer Unterlippe herum.

Kann sie nicht schneller nachdenken?

Fahrig biege ich, ohne den Blinker zu setzen, rechts ab und übersehe dabei um ein Haar ein Stoppschild.

»Connor, pass doch auf!«, schreit Sam erschrocken auf, als ich voll auf die Bremse treten muss, um eine Kollision mit einem anderen Fahrzeug zu vermeiden. »Das Thema scheint dich ja extrem umzutreiben.« Sie röntgt mich mit ihrem Blick.

Scheiße, das ist nicht gut.

»Nope, tut es nicht. Es hat mich nur interessiert, das ist alles«, sage ich hastig und hoffe, noch mal davonzukommen.

»Das glaube ich dir nicht.«

Verflucht. Ich spüre förmlich, wie sich ihr Blick in mein Gehirn bohrt. »Es war nur eine Frage, Sam. Das ist alles.«

»Sag mal ...« Kerzengerade setzt sie sich im Sitz auf. »Du willst ihr doch nicht etwa einen Antrag machen?«

Ah, Fuck noch eins!

»Connor?«, kiekst sie leicht hysterisch.

Super.

»Ähm ...«, fange ich an zu stottern. So war das ganz und gar nicht geplant. Sam wird Danny umbringen, da er davon weiß und ihr nichts gesagt hat. Und ich werde Sam umbringen müssen, wenn sie sich bei Junie deswegen verplappert. Das hier wird anstelle eines Heiratsantrags auf einen blutigen Massenmord hinauslaufen.

»Sam, hör mal«, setze ich also erneut an und versuche mich gleichzeitig auf den Verkehr zu konzentrieren, aber Sam hört natürlich nicht, sondern flippt völlig aus.

Das äußert sich darin, dass sie wie ein außer Kontrolle geratener Gummiball auf dem Beifahrersitz auf und ab hüpft, in die Hände klatscht und schlussendlich kreischend ihre Minifäuste auf das Armaturenbrett niedersausen lässt. Im Technobeat.

»Scheiße, Connor!«

Wenn sie so weitermacht, bekomme ich einen Hörsturz. Mindestens. Ihre Stimme ist ohrenbetäubend laut und furchtbar schrill. Das Rauchige, Heisere darin ist wie weggeblasen.

Ich werfe ihr einen kurzen Seitenblick zu und grinse breit, weil sie sich so massiv darüber freut. Ihre Wangen sind knallrot und sie schaut mich aus ihren riesigen dunkelblauen Augen an.

»Das ist ja der Wahnsinn! Sie wird durchdrehen. Durchdrehen!«, schreit sie, ganz aus dem Häuschen.

Durchdrehen tut hier im Moment nur eine.

Sam ist offensichtlich ziemlich überrascht. Für mich ist es jedoch nur der nächste logische Schritt: Junie ist fucking perfekt. Sie ist die perfekte Liebhaberin. Die perfekte beste Freundin. Die perfekte beste Mutter meiner Kinder-to-be. Kurzum: Sie ist der perfekte Mensch für mich. Ich liebe diese Frau über alle Maßen, liebe alles an ihr. Ihren Witz, ihre Lebensfreude, ihre Intelligenz, ihre Loyalität. Dass sie zusätzlich die Schönste auf der ganzen Welt ist, ist das Sahnehäubchen obendrauf. Niemals würde ich sie teilen wollen und verlieren schon gleich dreimal nicht, sondern ich will sie für den Rest meines dann verflucht glücklichen Lebens an meiner Seite haben. So einfach ist das.

Danny hat schon recht. Die beiden haben uns mächtig an der Angel.

»Beruhig dich. Ich hab sie ja noch gar nicht gefragt und sie hat auch noch nicht Ja gesagt«, versuche ich Sam ein wenig runterzuholen, obwohl ich es ehrlich niedlich von ihr finde, dass sie sich so freut.

»Bist du doof, Connor? Klar sagt sie Ja. Sie ist doch nicht blöd.« Ihr zierlicher Körper hüpft nach wie vor unkontrolliert auf dem Sitz auf und ab, bis sie plötzlich abrupt innehält.

»Moment mal«, beginnt sie außer Puste zu überlegen.

Arg.

»Weiß es Danny etwa? Klar weiß es Danny, er ist dein bester Freund.« Sie klatscht sich mit ihrer Hand an die Stirn. »Diese Ratte! Und dann sagt er mir nichts? Und du auch nicht? Ich hätte bei der Wahl des Rings helfen können. Vielleicht hast du ja die falsche Größe, oder so?! Das wäre doch auch blöd. Du hast doch einen Ring, oder? Oder?«

Ich will hier weg!

Gut, dass wir noch etliche Minuten Fahrtzeit vor uns haben. Sonst müsste ich unterwegs anhalten und sie kurz ins kalte Meer tunken, damit sie klarkommt.

»Ja, habe ich. Atme mal tief durch, okay? Du bist ja total neben der …« Weiter komme ich mal wieder nicht.

»Natürlich bin ich neben der Spur. Meine beste Freundin wird heiraten! Und dann auch noch den besten Freund meines Freundes. Das ist alles so verflixt cool!«, fängt sie wieder an zu brüllen.

Ich lache laut auf.

Ihre Reaktion ist der Hammer. Mir fällt ein riesiger Stein vom Herzen, weil sie sich so sicher ist, dass Junie Ja sagen wird; niemand kennt sie besser als Sam.

»Aber du darfst ihr nichts erzählen, klar? Nichts«, werfe ich rasch ein, da sie eben Luft holt. Das muss ich ausnutzen.

Beleidigt sieht sie mich an. »Für wen hältst du mich? Natürlich sag ich ihr nichts. Also ehrlich …«, brummelt sie eingeschnappt vor sich hin. »Ich kann es nicht fassen, dass du mich nicht eingeweiht hast. Du solltest doch mittlerweile wissen, dass ich die Queen der Geheimnisse bin.«

Das ist sie definitiv. Ich schätze, mir war das Risiko zu hoch, dass ihr etwas hätte herausrutschen können, doch jetzt stelle ich fest, dass das total bescheuert von mir war.

Hinterher ist man meistens schlauer. »Sorry, Sam. Du hast recht. Ich hätte dich einweihen sollen.«

Aber Sam wäre nicht Sam, wenn sie mir nicht mit der flachen Hand kräftig auf den Oberschenkel klatschen würde. »Schwamm drüber, wichtiger ist: Wo und wann fragst du sie? Werden Danny und ich mit dabei sein? Sollen wir ein Candle-Light-Dinner am Strand für euch ausrichten? Wie sieht der Ring aus? O Gott, ich muss diesen Ring sehen!« Ihre Stimme überschlägt sich vermutlich genauso schnell wie ihre Gedanken, was mich wieder zum Lachen bringt.

Diese Frau kann einen vollkommen irremachen.

10

Junie

Sobald ich den Kühlschrank aufmache, fallen mir alle möglichen und unmöglichen Gemüse- und Obstsorten entgegen. Ich komme mir vor wie ein Äffchen, das sich an einer Liane schwingend durch einen Dschungel fortbewegt. Meine Güte, was haben die beiden nur alles eingekauft? Wir sind doch keine Kaninchen. Ich dachte an etwas Obst und ein wenig Ergänzung für unsere fleisch- und fischlastigen Grillabende, aber das hier ist doch wohl ein Scherz.

»Junie? Kannst du mir ein Bier mitbringen?«, ruft Connor mir zu, diesmal zur Abwechslung von der Vorderseite des Hauses aus.

Danny und er versuchen den Sommer-Jeep der Familie Huntington, den sie eben aus der Garage geschoben haben, wieder fit zu machen. Er eignet sich um einiges besser, die versandeten Off-Track-Surfspots hier auf der Halbinsel zu erreichen. Nur springt der eben blöderweise nicht mehr an.

»Mach zwei draus!«, ruft Danny ebenfalls.

Das nenne ich klassische Rollenverteilung: Frau bringt Bier, Mann repariert Auto. Und wo zur Hölle ist eigentlich Grinch?

Ich rolle mit den Augen, versuche zwischen einem Haufen Gemüse zwei Bierflaschen herauszuangeln und mache mich danach auf den Weg zu den Männern; ich will mal nicht so sein.

Ihre Oberkörper sind bis zu den Hüften unter dem Jeep verschwunden und Danny flucht leise vor sich hin.

»Zweimal Bier für die starken Männer, wie vom Frauchen verlangt.« Die Getränke stelle ich auf die Kühlerhaube des Autos.

»Komm schon, Junie, du weißt, dass ich dich genauso bediene.« Connors Stimme klingt seltsam dumpf, da er mit dem Kopf immer noch unter dem Auto steckt.

»Zweideutiger geht's nicht, oder?«, brumme ich, drehe mich um und laufe wieder ins Haus, wo ich mich auf die Suche nach Sam mache. Auf der Terrasse werde ich fündig.

Sie liegt seitlich zusammengerollt im Schatten auf einer der Liegen und pennt. Ihre Gesichtszüge sind dabei weich und entspannt. Im Schlaf sieht sie noch jünger aus als ohnehin schon. Kein Wunder, dass sie ständig nach ihrem Ausweis gefragt wird, wenn wir in einen Club gehen. Das nervt sie jedes Mal furchtbar.

Faul lasse ich mich auf die Liege neben ihr plumpsen und greife nach meinem E-Book-Reader. Meinen Kopf ruckle ich hin und her, bis ich mir auf diese Weise eine bequeme Kuhle ins Handtuch geformt habe, und starre mit dem Reader auf dem Bauch eine Weile aufs Meer hinaus. So endlos und weit.

Es hat zu jeder Zeit eine beruhigende Wirkung auf mich, ganz egal, was in meinem Leben so läuft. Als mein jüngerer Bruder Henry damals gestorben ist, saß ich ganze Nachmittage lang allein am Strand. So blöd sich das anhört, es hat mir geholfen.

Die Möwen kreischen über dem Wasser und das Rauschen der Wellen hat etwas unglaublich Meditatives.

Meine Augenlider werden schwer und ich schließe sie kurz.

Nur ganz kurz. Ist gerade so schön hier ...

***

Irgendetwas kitzelt mich an der Schulter und der Geruch von Holzkohle und Sonnenmilch steigt mir in die Nase.

Träge blinzle ich mit dem linken Auge. Ein Schatten, der die Sonne verdeckt, blickt auf mich hinunter.

»Hey, du Schlafmütze.« Sam schmunzelt.

»Hm?«, mache ich, zu mehr bin ich nicht in der Lage. War das schön. Dösen und mal keinen Sport treiben.

Halb blind, weil ich meine Augen noch nicht ganz öffnen möchte, taste ich nach meiner Sonnenbrille, die ich vorhin neben mich gelegt habe. Sonst bekommen die Armen den Schock ihres Lebens.

Ah, viel besser.

»Darf ich dich mal was fragen?« Sie lässt sich auf ihre Liege zurückplumpsen.

Oh, oh? Was kommt jetzt?

»Klar.« Ich setze mich aufrecht hin und sehe sie neugierig an.

»Das mit dem Familiegründen und Kinderkriegen und so weiter ...«, setzt sie an.

Mist.

»Du hast gestern irgendwie so komisch darauf reagiert.«

»Und?«

»Ist irgendwas? Magst du über irgendwas reden, oder ... keine Ahnung?«, druckst sie herum.

»Nope. Alles gut so weit«, erwidere ich knapp und lasse sie auflaufen. Doch sie kennt mich beinahe schon mein ganzes Leben lang. Ihr etwas vorzumachen ist deswegen leider extrem schwer, wenn nicht gar unmöglich.

Ihr Blick grillt mich und sie runzelt skeptisch die Stirn, meiner hingegen schweift einmal mehr aufs Meer hinaus.

Ziemlich weit draußen kann ich einen kleinen Punkt ausmachen.

»Sind Connor und Danny zum Surfen gegangen?« Ich kneife meine Augen zusammen, um besser sehen zu können.

»Lenk nicht ab.«

»Ich lenke nicht ab. Connor ist ganz schön weit draußen, findest du nicht?« Ich rapple mich auf und gehe ein paar Schritte zum Strand hinunter. Meine Hand halte ich mir zusätzlich über die Augen.

Der Punkt ist direkt hinter den Wellen, die heute aufgrund der Ebbe bereits auf einer Sandbank brechen. Ein anderer Punkt, der immer größer wird, reitet gerade auf einer Welle zum Strand hin. Mit viel Fantasie und weil sonst niemand draußen ist, kann ich Danny ausmachen.

Sam stellt sich neben mich und folgt meinem Blick.

»Sie haben den Grill angeheizt und wollten in der Zeit noch ein paar Wellen erwischen«, erklärt sie, als Danny vom Brett ins Wasser springt und zum Strand krault.

Connor ist nach wie vor weit draußen. Es dauert wohl noch mit dem Barbecue. Wenn er einmal mit Surfen angefangen hat, hört er so schnell nicht wieder auf. Das kenne ich schon.

Hm. Langsam bekomme ich Hunger.

»Also lenk nicht ab«, wiederholt Sam und im selben Moment, als ich mich ihr zuwenden will, um zu antworten, sehe ich plötzlich ein glänzendes dunkelgraues Dreieck an der Wasseroberfläche auftauchen, das kurz hinter Danny in Richtung Brandung davongleitet.

Schlagartig setzt mein Herz zwei Schläge aus. Mindestens.

Scheiße!

Eiseskälte schießt durch meinen Körper, als ich sehe, wie Danny sich erhebt, sein Board unter den Arm klemmt, auf den sicheren Strand zugeht und das dunkelgraue Dreieck in den Wellen verschwindet.

Ich spüre, wie sämtliches Blut aus meinem Gesicht weicht. Bevor ich darüber nachdenken kann, setzen sich meine Beine in Bewegung und sprinten Danny, der mittlerweile den Strand erreicht hat, entgegen.

Connor sitzt weiterhin ahnungslos auf seinem Board und wartet auf die perfekte Welle, die er jedoch unter keinen Umständen anpaddeln darf – wenn er überleben will!

11

Connor

Mit dem Brett zwischen den Beinen sitze ich hinter der Brandung und genieße die Stille.

Das ist unter anderem etwas, was ich am meisten beim Surfen liebe: diesen gewissen Frieden, der sich jedes Mal um mich legt wie Zuckerwatte um ein Holzstäbchen, wenn ich von Wasser, Wellen und meinem Board umgeben bin. Es gibt nichts, was einen mehr runterbringt, ganz egal wie hektisch es dort draußen in der Welt auch zugehen mag.

Zufrieden beobachte ich Danny beim Surfen. Er ist inzwischen beinahe so gut wie ich und ich bin massiv stolz auf ihn. Er hat verdammt schnell gelernt. Ich kann mich noch erinnern, als ich ihn als Teenager zum ersten Mal aufs Brett gescheucht habe. Fast war ich neidisch, da er sich viel leichter getan hat als ich. Einmal angefixt, konnte auch er seine Hände nicht mehr davon lassen. Na ja. Es gibt schlimmere Süchte, schätze ich.

Nachdem er sich von der Welle recht nahe an den Strand tragen lässt, gehe ich davon aus, dass er genug hat oder nach dem Grill schauen will. Auch in Ordnung. Eine Welle greife ich noch ab, dann werde ich es ihm nachtun.

Ich blicke hinter mich und beobachte das Meer. Unter mir schiebt sich das Wasser immer wieder zusammen und formt sich vor mir zu kleineren Wellen hoch, die ich noch an mir vorüberrollen lasse. *Meine* ist noch nicht dabei gewesen.

Es erfordert viel Erfahrung, Wellen einschätzen zu können, und anfangs bin ich mehr als einmal auf die Fresse gefallen. Aber Übung macht den Meister, und ich kenne kaum eine Sportart, auf die dieser Spruch besser zutrifft als auf das Surfen.

Mein Blick fällt wieder auf den Strand. Danny ist inzwischen aus dem

Wasser und ich kann Junie neben ihm ausmachen. Vorher war sie noch nicht da. Sam sehe ich ebenfalls in Richtung des Ufers fetzen. Alle drei winken mir zu und Junie springt wild auf und ab. Sie scheinen das Barbecue kaum noch erwarten zu können.

Ist gut, ich komme ja schon.

Gemächlich lasse ich meinen Oberkörper auf das Board gleiten und nehme meine Beine zurück. In dieser Position drehe ich meinen Kopf nach hinten, um die anrollenden Wellen im Blick zu behalten.

Da hinten, da ist sie. Das ist meine.

Ich richte meinen Blick wieder nach vorn, schätze die Sekunden ab, die ich noch warten muss, bevor ich kräftig anpaddle, um gut in die Welle hineinzukommen. Alles läuft genau nach Plan, weshalb ich auch nicht begreife, dass ich in dem Moment, in dem ich auf das Brett springen will, an der um meinen Knöchel liegenden Leash mit einem gewaltigen Ruck nach unten gerissen werde.

Instinktiv hole ich ein letztes Mal tief Luft, bevor die Welle über meinem Kopf zusammenbricht und ich von einem unbekannten Nenner in die Tiefe gezogen werde.

Unter Wasser reiße ich panisch die Augen auf, um erkennen zu können, was hier los ist, als der Druck um die Leash plötzlich nachlässt und ich in einem Strudel aus Blasen und aufschäumendem Wasser eine große tiefgraue Schwanzflosse erkennen kann, die den Rückzug antritt.

Mein Herz setzt aus, stolpert und beginnt dann zu rasen, als würde es auf dem schnellsten Weg meinen Brustkorb verlassen wollen, und zwar durch meinen Hals. Am besten noch mit meinem Mageninhalt an der Hand.

Meine Lunge fängt an zu kämpfen, da ich noch immer unter der Wasseroberfläche bin und mein Körper sie nicht mit Sauerstoff versorgen kann.

Ich weiß genau, dass ich jetzt ganz ruhig bleiben muss. Aber das ist verfickt noch mal leichter gesagt als getan, wenn man weiß, dass man nur wenige Meter von einem Hai entfernt ist.

Holy ... Ich kann ihn nicht mehr sehen ...

Verflucht!

Meine Lunge brennt mittlerweile wie die Hölle, meine Hände schieben automatisch das Wasser zur Seite und katapultieren meinen Körper nach oben, bis mein Kopf durch die Wasseroberfläche stößt.

Die Leash ist durchgerissen und das Brett knallt mir mit der nächsten Welle um ein Haar an den Schädel. Hätte es mich getroffen, hätte das ein fatales Ende nehmen können.

Während ich gierig nach Luft schnappe, greife ich nach dem zerfetzten Ende der Leash und reiße das Brett vor meinen Oberkörper. Keine Sekunde zu spät, denn jetzt sehe ich die Rückenflosse des Hais nur wenige Meter vor mir auf mich zukommen.

Mein Gehirn schaltet auf Autopilot und überlässt alles meinen Instinkten. Es ist mit der Situation komplett überfordert, weil es keinen blassen Schimmer hat, wie es darauf reagieren könnte.

Instinktiv packen meine Hände das Board, pressen es wie einen Schutzschild vor meinen Körper und mein Blick bohrt sich in den Hai – zumindest in den Teil, den ich von ihm ausmachen kann. Da ich mich noch immer oberhalb der Wasseroberfläche befinde, sehe ich kaum mehr als seine Rückenflosse. Er beginnt, träge Kreise um mich zu ziehen. Das ist gut. Er greift nicht an. Noch nicht.

Allmählich versuche ich mehr Abstand zwischen uns zu bringen und bewege mich in Richtung Strand, ohne ihn dabei aus den Augen zu lassen.

Fuck, er ist riesig!

Meine Blase ist kurz davor klein beizugeben, doch mein Hirn lässt das nicht zu. Ich weiß, Urin und Blut machen einen Hai erst richtig scharf.

An sich sind Haie keine Menschenfresser. Blöderweise sind sie aber ziemlich neugierig, und da sie anders nicht herausfinden können, mit wem sie es zu tun haben, beißen sie kurzerhand in alles, was interessant auf sie wirkt. Leider machen sie bei Menschen keine Ausnahme. Das wäre nicht weiter tragisch, hätte ein Hai das Gebiss eines Maulwurfs. Hat er aber nicht.

Mittlerweile bin ich mitten in der Brandung, exakt dort, wo die Wellen brechen. Normalerweise würde ich an diesem Punkt in die Welle rasen, aber heute nicht. Ganz bestimmt nicht. Hektische, ruckartige Bewegungen machen das Vieh auf mich aufmerksam. Da ich jedoch nicht vorhabe, an einem Probebiss draufzugehen, versuche ich nach wie vor, mich so langsam wie möglich durch die Brandung zu schieben.

Mein Instinkt schreit mich an, mich auf das Brett zu werfen und so schnell ich kann zum Strand zu paddeln, aber glücklicherweise übernimmt mein Hirn dann doch wieder das Kommando. Es weiß ganz genau, wer von uns beiden schneller wäre, wenn der Hai die Verfolgung aufnehmen würde, und das würde er tun. Zu mindestens achtzig Prozent, was scheiße viel ist.

Bei der nächsten Welle tauche ich ab, versuche das Brett wie bei einer Eskimorolle vor dem Körper zu halten und lasse das Raubtier keine Sekunde aus den Augen. Jetzt sehe ich ihn das erste Mal in seiner vollen Pracht ... Wenn ich vorher schon gedacht habe, mir gleich in die Boardshorts pissen zu müssen, denke ich nun, dass ich so gut wie tot bin. Denn wenn dieses monströse Prachtexemplar von einem Raubfisch tatsächlich einen Probebiss bei mir durchführen würde, wäre ich genau das: tot.

Oh. My. God!

Große schwarze Knopfaugen in einem riesigen kegelförmigen Schädel stieren mich an. Würde ich meine Hand ausstrecken, könnte ich seine Schnauze berühren. Will ich aber nicht. Ganz sicher nicht. Nein fucking danke!

Mein Blut pumpt so kraftvoll durch meinen Körper, dass ich das Gefühl habe, gleich zu implodieren. Da ich abermals unter Wasser bin, beschwert sich meine Lunge wieder immens über den mangelnden Sauerstoff. Doch ich weiß genau, dass mein Körper noch eine kurze Weile ohne ihn klarkommen kann.

Die nächste Welle rollt über mich hinweg. Meine Hände krampfen sich noch fester um das Brett, das ich zwischen dem Hai und mir halte wie einen Schutzschild. Lächerlich. Ich weiß natürlich, dass es für ihn keinerlei Hindernis darstellen würde, sollte er auf Angriff gehen. Ich weiß aber auch, dass ich mich so groß und einschüchternd wie möglich verhalten sollte, da er das nicht gewohnt ist. Er ist der King der Meere. Deshalb wird ihn so ein Gehabe kurzfristig aus der Fassung bringen. Nur ist das leichter gesagt als getan, wenn man selbst die Boardshorts so gestrichen voll hat, dass man kaum noch atmen kann.

Fuck, da war ja was.

Atmen!

Mein Kopf schießt einmal mehr zwischen einem Wellenkamm durch die Wasseroberfläche und meine Lunge saugt gierig alles an Luft ein, was sie kriegen kann, bevor auch schon die nächste Welle über mich hereinbricht.

Ich muss endlich aus der Brandung raus, so wird das nichts.

Der Hai ist immer noch vor mir, allerdings habe ich das Gefühl, Abstand zwischen uns gebracht zu haben. Okay. Gut. Das ist gut. Damit ich ihn besser im Blick habe, tauche ich wieder unter. Keine Sekunde lang drehe ich mich von ihm weg oder lasse ihn aus den Augen. Das könnte tödliche Konsequenzen für mich haben.

Mit der nächsten Welle lasse ich mich weiter zum Strand treiben. Weiter, immer weiter. Er dreht einfach nicht ab. Ich kann mittlerweile zwischen den Wellentälern stehen, er ist viel zu nahe an der Küste.

Bevor ich mich allerdings weiter über sein Verhalten wundern kann, schießt er plötzlich mit seiner spitzen Schnauze nach vorn und rammt mein Brett, das ich nach wie vor schützend vor mich halte. Mit einem leisen Knirschen bricht es in der Mitte durch.

Ohne mir darüber bewusst zu sein, schnappe ich mit beiden Händen eine der Hälften und schlage damit, so fest ich kann und das Wasser es zulässt, auf seine Kiemen. Inzwischen befinde ich mich in der Weißwassergischt, die mich unkontrolliert zum Strand wirbelt. Die nächste Welle rollt aus.

Alles ist weiß. Unter Wasser, über Wasser – alles ist ein einziges lautes, tobendes, schäumendes Weiß. Und das Dunkelgrau fehlt.

Hektisch reiße ich die Augen auf, aber ich sehe ihn nicht mehr. Ich tauche hastig auf, aber auch hier keine Schwanzflosse. Ich kann mein beschissenes Glück kaum fassen.

Er ist weg. Er ist tatsächlich weg!

Meine Füße treffen auf Sand und der nächste Schub Wasser spült mich noch weiter ans Ufer.

Mein Herz pumpt so massiv, dass ich das Gefühl habe, es bricht mir den Brustkorb auf. Das Adrenalin, das anscheinend die ganze Zeit über da war, verabschiedet sich langsam und bevor ich vollkommen entkräftet im hüfthohen Wasser ersaufen kann, spüre ich Hände unter meinen Armen, die mich die letzten Meter zum Strand zerren.

Holy fucking shit, war das knapp!

12

Junie

Danny und Sam schleifen Connor mehr, als ihn unter den Armen zu tragen, an den Strand, während ich mir seine Kniekehlen geschnappt habe. Ächzend fallen wir in den Sand, nachdem wir ihn so weit aus dem Wasser gezogen haben, dass die an den Strand ausrollenden Wellen nur noch seine Fersen erreichen.

Danny winkelt Connors Beine an, überkreuzt seine Fußknöchel und dreht ihn in die stabile Seitenlage.

Mit den Augen scanne ich hektisch seinen Körper, wobei ich immerzu blinzle, da ich durch die Tränen, die mir die Wangen hinunterströmen, kaum etwas erkennen kann. Seine Augen sind geschlossen; er ist trotz seiner braun gebrannten Haut aschfahl und sein Körper ist schlaff.

Blut. Ich sehe kein Blut! Wieso sehe ich kein Blut? Er muss doch verletzt sein, das Viech hat ihn sicher irgendwo gebissen. Warum kann ich keine Verletzungen sehen?

Ich spüre, wie ich am Rande der Hysterie ankomme. Nein, ich stecke mittendrin!

Meine Hände fliegen über seinen Rücken, seine Seite, seinen Bauch, wischen ihm die patschnassen Haare aus der Stirn auf der Suche nach irgendwelchen Schrammen oder Bisswunden. Seine Haut fühlt sich eiskalt an und seine Lippen sind bläulich angelaufen, trotz einer Außentemperatur von achtundzwanzig Grad. Das muss der Schock sein.

Sam kniet mit einer Decke in den Armen neben mir im Sand nieder, die sie über seine Beine ausbreitet. Die muss sie wohl aus dem Haus geholt haben, während ich mich auf Connor konzentriert habe. Um nichts auf der Welt könnte ich meinen Blick auch nur eine Sekunde lang von ihm loseisen. Ich kann einfach nicht glauben, dass er da heil herausgekommen ist.

Erneut fummle ich an ihm herum, streichle ihm wiederholt über den Rücken, während Danny seinen Puls misst.

»Soll ich einen Krankenwagen rufen?«, sprudelt Sam aufgeregt, als aus dem Sand ein schwaches Brummen kommt.

»Bin okay. War nur eben 'n bisschen stressig.«

Mein Herz prügelt bei Connors Worten so fest auf meinen Brustkorb ein, dass ich meine, *ich* bräuchte einen Krankenwagen.

»Lass mich los, ich habe schon jemanden zum Kuscheln«, nuschelt er weiter und zieht sein Handgelenk aus Dannys Griff.

Der lacht erleichtert auf und blickt zu mir.

»Wenn der Pisser noch Sprüche reißen kann, scheint's ihm nicht so schlecht zu gehen.« Ich kann Danny ansehen, dass ihm genauso ein riesiger Stein vom Herzen fällt wie mir.

Fix und fertig mit der Welt lege ich meine Stirn an Connors Schulter, spüre Sams kalte Hand auf meinem Oberschenkel und heule wie eine Geisteskranke los. Nach den letzten zehn Minuten bin ich das mit Sicherheit auch. Total gestört.

Ich dachte, er stirbt, als er mit einem Ruck vom Board gezogen wurde, und ich verliere ihn wie auch schon meinen kleinen Bruder. So etwas würde ich nicht noch einmal überleben.

Connor dreht sich mühsam auf den Rücken und zieht mich schwerfällig in seine Arme.

»Alles okay, Sunshine«, raunt er in meine Haare, seine kalte Haut verursacht Gänsehaut auf meinen nackten Armen. »Ist ja noch mal gut gegangen.«

»Ich … ich hab gedacht, das w … war's«, hickse ich aufgebracht an seiner Brust.

»Ich auch. Aber anscheinend war es das doch noch nicht«, murmelt er in mein Ohr.

Ich drücke mich von ihm weg.

Er lächelt mich zwar beruhigend an, aber das Lächeln erreicht seine Augen nicht, die eigenartig dunkel schimmern. Kein Wunder. Er muss Todesangst ausgestanden haben.

»Lasst uns erst mal auf die Terrasse gehen, dann kann unser Brody hier etwas trinken, um den Salzwassergeschmack loszuwerden.« Danny steht auf, schlägt den Sand von seinen Knien und streckt Connor die Hand entgegen. Der ergreift sie dankbar und lässt sich von ihm in den Stand ziehen, während Sam und ich uns ebenfalls aufrappeln. Da er leicht wankt, lege ich mir Connors Arm um die Schulter.

»Vorsicht, Sunshine, ich will dich nicht umhauen«, murmelt er.

Dass es ihm nicht passt, auf Hilfe angewiesen zu sein, kann ich ihm zwar anhören, aber das ist mir so was von egal. »Halt die Klappe.« Ich greife nach seiner Hand, die leblos über meiner Schulter baumelt, und führe ihn auf die Terrasse.

»*Unser Brody?* Sorry, aber den Witz kapier ich nicht.« Sam sieht stirnrunzelnd zu Danny.

»Ernsthaft? Aber den Film *Der weiße Hai* ... den kennst du schon, oder?«, hakt Connor neben mir nach, wobei ich erleichtert feststelle, dass sich seine Stimme inzwischen etwas kräftiger anhört.

»Natürlich, was denkst du denn?«

»Kannst du dich nicht mehr an den Hauptcharakter erinnern, Grinch?«, keuche ich, da ich langsam Connors geschätzte neunzig Kilo, von denen er die Hälfte auf mir abgestützt hat, spüre. »Das ist Brody, der Polizeichef. Der, der am Schluss den Hai killt.« Schwer schnaufend schiebe ich seinen Arm von meinen Schultern und er fällt kraftlos auf eine der Sonnenliegen, die wir endlich erreicht haben.

Danny geht mit großen Schritten in die Küche, um Wasser zu holen.

Ich schnappe mir Connors Beine, winkle sie an und stelle seine Füße auf die Liege, während Sam ihm ungefragt die Decke überwirft. Es brüllt einem nur so entgegen, wie peinlich ihm das alles ist, denn er rutscht unruhig hin und her.

»Hey, Junie?« Sam zwinkert mir zu und klatscht Connor mit der flachen Hand durch die Decke auf den Oberschenkel. »Ich glaube, ich habe meinen Prinzen-in-Nöten gefunden.«

Aus der Küche schallt Dannys tiefes, brummiges Lachen und auch Connor kann sich ein Grinsen nicht verkneifen.

»Du kannst mich mal, Grinch.« Seine Augen werden heller.

Danny kommt mit einem ganzen Arsenal an Getränken auf einem Tablett zu uns und stellt es auf dem großen Holztisch ab. Sam und ich schnappen uns zwei der eisgekühlten Gläser. Danny hat bereits die Flasche Weißwein entkorkt, sodass Sam uns beiden einen großen Schluck eingießen kann. Genau *das* brauche ich jetzt.

Connor bekommt eine Coke in die Hand gedrückt. Er setzt die Dose an und nach wenigen Sekunden wieder ab. Ein markerschütternder Rülpser folgt.

Sam lacht und blickt zu mir. »Es hört sich so an, als wäre er auf dem Weg der Besserung.«

Mit meinem Hintern schiebe ich seine Beine zur Seite und kuschle mich an ihn.

»Was ist da draußen abgegangen, Bro?«, stellt Danny die Frage der Fragen, die mir bisher nicht in den Sinn gekommen ist. Viel zu froh bin ich, dass er bei mir ist. Wohlbehalten. Im Ganzen.

Connors Arm legt sich an meine Seite und fühlt sich immer noch zu kalt an.

»Keine Ahnung«, murmelt er und blickt stirnrunzelnd aufs Meer. »Es ging alles so verflucht schnell. Der Hai hat mich an der Leash ins Wasser gerissen und ich habe geschaut, dass ich da wegkomme. Das war's eigentlich im Großen und Ganzen.« Seine Finger nesteln nervös an der Seite meiner Shorts herum. »Ich habe mich hinter die Brandung geschoben, er ist hinterher, hat mich plötzlich angegriffen und mein Board in zwei Teile geteilt. Erst als ich ihm eine Hälfte davon auf die Kiemen geknallt habe, ist er Leine gezogen.«

Seine Stimme ist so leise, dass nicht nur ich mich anstrengen muss, um ihn zu verstehen. Danny und Sam, die sich auf die Liege gegenübergesetzt haben, beugen sich leicht zu uns vor, um seiner Erzählung folgen zu können.

»Dann habt ihr mich aus dem Wasser gefischt. Mehr war da nicht.«

Dannys Augenbrauen hüpfen nach oben, als er Sam auf der Liege zwischen seine Beine zieht.

»*Mehr* war da nicht? Willst du uns verarschen? Du hast einen weißen Hai in die Flucht geschlagen, d …«, setzt er an, aber ich unterbreche ihn hektisch, da mir gerade siedend heiß etwas einfällt.

»Wir müssen die Küstenwache darüber informieren; andere warnen. Es ist untypisch für Haie, so nahe ans Ufer zu kommen. Wer weiß, wie viele noch dort draußen sind.« Ich springe auf und mache mich auf die Suche nach meinem Smartphone. Irgendwo hier ... Ah, unter dem Handtuch.

»Du hast recht, das sollten wir unbedingt tun. Hier darf keiner mehr surfen, zumindest im Moment nicht. Die sollen erst mal die Lage checken«, unterstützt mich Sam, stupst dann Danny in die Seite und deutet auf den Grill. Der aber starrt Connor nach wie vor so stolz an, dass es einfach nur goldig ist.

Nachdem ich die Webseite der Küstenwache aufgerufen und auf den kleinen grünen Hörer geklickt habe, halte ich mir das Handy ans Ohr.

Als ich am anderen Ende der Leitung von einem Coast Guard begrüßt werde, ziehe ich mich in die Küche zurück und beginne ihm mein Anliegen zu erklären. Das ist gar nicht so einfach, weil ich selbst noch nicht begreifen kann, was da vorhin passiert ist.

So irre das Ganze!

13

Connor

Die Dusche hatte ich dringend nötig. Das warme Wasser hat verdammt gutgetan und die Coke, die ich eben geext habe, genauso. Mir ist nach wie vor ein wenig flau, was am fehlenden Adrenalin liegt, das sich mittlerweile restlos aus meinem Körper verabschiedet hat. Das sind nun die Entzugserscheinungen. Kenne ich schon.

Wenn hier einer nicht fassen kann, dass alles so glimpflich verlaufen ist, bin ich das. Ich habe verfluchtes Glück gehabt. Klar weiß ich als Surfer, wie ich reagieren muss, wenn ich auf einen Hai treffe. Theoretisch. Die Chancen sind nämlich relativ gering, jemals von Angesicht zu Angesicht auf einen zu treffen, auch wenn Cape Cod Drehort des Films *Der weiße Hai* war und bekannt dafür ist, dass sie sich hier in diesen Gewässern gern tummeln.

Ich weiß auch, dass ich keine Chance gegen diesen mächtigen Raubfisch gehabt hätte, hätte er mich ernsthaft angreifen wollen.

Noch sicherer bin ich allerdings, dass ich mich in *seinem* Lebensraum aufgehalten habe und nicht umgekehrt. Ich käme gar nicht damit klar, wenn er dafür büßen müsste, nur weil er wissen wollte, mit welchem Besucher er es zu tun hatte. Doch so läuft es meistens. Deshalb kann ich nur hoffen, dass die Küstenwache keine Hetzjagd auf ihn veranstaltet. Besser gesagt, auf sie. Ich bin mir ziemlich sicher, dass es sich um ein Weibchen handelte. Weibchen sind wesentlich größer als Männchen und dieses Prachtexemplar war riesig.

Vollkommen erledigt schlüpfe ich in ein dunkelblaues T-Shirt und steige in die Shorts.

Nachdem ich die Tür, die von unserem Schlafzimmer auf die Terrasse hinausgeht, zur Seite geschoben habe, stelle ich mich zu Danny an den Grill. Die Mädchen kann ich in der Küche ausmachen, wo sie die Hälfte des Gemüses zusammenschnippeln, das Sam und ich heute in der Mall gekauft haben.

Wahnsinn. Heute Nachmittag war das erst. Es kommt mir vor, als wäre ein Leben dazwischen gequetscht.

Danny dreht die Spareribs um und sieht mich prüfend von der Seite an, bevor er treffend feststellt: »Du bist immer noch ganz weiß. Alles okay?«

Ich lasse mich auf den Terrassenstuhl am Tisch neben dem Grill fallen.

»Yep. Das war nur ganz schön krass.« Fahrig rubble ich mir mit den Händen übers Gesicht.

»Kann ich mir vorstellen.« Er runzelt die Stirn und korrigiert sich. »Nein, kann ich eigentlich nicht. Ich war noch nie in einer Situation, in der ich dachte, ich verrecke gleich.«

»Du hast nichts verpasst.« Meine Finger trommeln ruhelos auf dem Tisch herum, während mein Blick aufs Meer wandert.

Der Strand davor ist menschenleer, nur ein paar abendliche Spaziergänger kommen hier entlang. Da der nächste Parkplatz eine Meile weiter nördlich liegt und die meisten Badegäste dort parken, um an den Strand zu gelangen, tummeln sich an diesem Abschnitt kaum Leute, geschweige denn lassen sie sich nieder. Das ist den meisten viel zu weit von ihren Autos entfernt.

Als ich mich wieder zu Danny drehen will, kommen zwei Coast Guards den Trampelpfad zwischen den Dünen zu uns hinaufgeschlendert.

»Hi, Leute!«, ruft einer von ihnen und winkt uns zu. »Eine gewisse Juniper Chaplan hat einen Haiangriff auf ihren Freund Connor Jackson gemeldet. Ist das einer von euch beiden?« Er wirft einen prüfenden Blick auf sein Klemmbrett, das er in der Hand hält. »Sie hat uns diese Adresse hier genannt. Wir haben geklingelt, aber anscheinend habt ihr uns nicht gehört.« Verschmitzt deutet er auf das Haus, aus dem aus voller Lautstärke die Beatsteaks dröhnen.

Ich rapple mich vom Stuhl auf und gehe den Männern entgegen, wobei ich entschuldigend mit den Schultern zucke.

Der Typ mit dem Klemmbrett ist schätzungsweise an die fünfzig – mit wettergegerbtem Gesicht und kurz geschnittenen braunen Haaren. Das Basecap mit dem Logo der U.S. Coast Guards hat er sich tief in die Stirn geschoben und um seine dunkelgrauen Augen sind eine Menge Lachfältchen zu sehen.

Der andere sieht kaum älter aus als wir und könnte locker sein Sohn sein. Das ist er vielleicht auch.

»Das hier ist Connor Jackson, Matt«, stellt der Jüngere klar und nickt mir freudestrahlend zu, als ich bei ihnen angekommen bin. »Ich habe mir die Drafts angesehen. Du bist einer der neuen Runnigbacks der Pats.«

Ich nicke zurückhaltend. Die Saison hat noch nicht mal angefangen, und ich werde bereits erkannt. Daran muss ich mich erst gewöhnen …

»War klar, dass du so was weißt.« Matt schlägt dem Jüngeren freundschaftlich auf die Schulter, lächelt mir zu und streckt mir seine schwielige Hand entgegen. »Ich bin Matt. Sorry, aber Chris hier ist bekennender Pats-Fan. Das grenzt an Fanatismus.«

Sein junger Kollege schüttelt amüsiert den Kopf und richtet sich dann an mich. »Wer ist kein Pats-Fan in Massachusetts? Außer diesem Banausen hier vielleicht.«

Nachdem ich die Hände der beiden geschüttelt habe, gehen wir gemeinsam den Strand zum Meer hinunter. In aller Kürze berichte ich ihnen, was heute Nachmittag vorgefallen ist.

»Wird der Strandabschnitt jetzt gesperrt?«, frage ich und blicke zu Chris.

»Nein, das nicht. Zumindest noch nicht. Wir schicken morgen früh Boote mit Kollegen raus, die sich die Sache ansehen werden. Wir wissen ja noch gar nicht, ob es sich um einen einzelnen Hai handelt oder um einen ganzen Schwarm. Das muss alles erst mal überprüft werden.« Chris schaut aufs Wasser hinaus. »Allerdings werden wir es der Pressestelle melden. Die Leute müssen wissen, dass es hier zu einem Haiangriff kam. Wobei Angriff wohl das falsche Wort ist, weil du ansonsten nicht hierstehen würdest.«

Nun sieht Matt mich ernst an. »Du weißt schon, dass du ein Wahnsinnsglück hattest, Junge?«

»Ja. Ist mir klar.« Wenn ich nur an die Augen dieses Raubfischs denke, bekomme ich sofort wieder eine Gänsehaut.

»Für die Surfer werden wir eine klare Warnung aussprechen, hier vorerst nicht ins Wasser zu gehen. Dann warten wir ab, was die Kollegen morgen da draußen finden.«

Klingt einleuchtend.

Matt dreht sich um und geht auf den Trampelpfad zu. »Komm schon, Chris, ich will nach Hause. Ich habe noch nichts im Bauch und der Geruch von eurem Essen ist äußerst appetitanregend.«

Mittlerweile hat Danny zusätzlich ein paar Shrimps auf den Grill gepackt, was verflucht lecker riecht. Erst jetzt stelle ich fest, dass ich einen Riesenhunger habe.

Ich deute einladend auf die Terrasse.

»Wollt ihr …?«, setze ich an, doch Chris unterbricht mich lächelnd.

»Lass mal. Ich würde zwar gern, aber wenn Matt nicht pünktlich zum Abendessen kommt, schickt seine Frau nach fünf Minuten eine Vermisstenmeldung raus.«

Matt grummelt nicht unfreundlich, bevor er seine Hand zum Gruß hebt.

»Passt auf euch auf. So ein Glück hast du nur einmal im Leben!«, ruft er mir noch zu und ist schon hinter der Düne verschwunden. Chris schlägt mir kurz auf die Schulter und joggt danach Matt hinterher.

Mit einem letzten Blick aufs Meer, das inzwischen dunkelgrau vor mir liegt, gehe ich mit großen Schritten auf die Terrasse zu. Ein ganzes Schwein könnte ich jetzt essen, so großen Hunger habe ich.

***

Eine Stunde später liegen wir vollgefressen bis zum Anschlag auf den Holzliegen, während Vampire Weekend aus der Anlage in der Küche an mein Ohr dringen.

Mein Mädchen liegt faul in meinen Armen. Dort, wo sie hingehört. Ich schnuppere mal wieder an ihren Haaren. Geht nicht anders.

Nachdem ich gegessen und ein Bier getrunken habe, ist der Schock einigermaßen verdaut. Hinzu kommt Junie neben mir, die mich wieder ansatzweise normal fühlen lässt.

Meine Hand rutscht an ihrem Rücken hinunter und legt sich auf eine ihrer knackigen Pobacken, als sie Dannys Oberschenkel mit ihrem Fuß anstupst.

»Seid ihr schon eingepennt, oder was?«, fragt sie und ärgert ihn weiter mit ihren kunterbunt lackierten Zehen.

»Hau ab, Junie, ich verdaue«, brummt der nur zurück.

Sam beugt sich nach vorn, greift nach ihrem Weißweinglas und lässt sich wieder auf seinen Bauch plumpsen.

»Das war jetzt anstrengend«, seufzt sie tief.

Ich lache. »Nach einem Glas zu greifen wird eine neue Sportart, hm?«

»Halt die Klappe, Prinz-in-Nöten«, kommt umgehend zurück. »Kann ja nicht jeder gleich mit einem weißen Hai kuscheln.«

»Eben«, gibt mein All-American-Girl Konter. »Also kein Neid auf den billigen Plätzen.«

»Von Neid kann keine Rede sein«, nuschelt Danny. Ich kann ihm anhören, dass er kurz vorm Einschlafen ist. »Wir können verdammt froh sein, dass es gut ausgegangen ist. Surfen gehe ich hier jedenfalls erst mal nicht mehr.«

Es wird wieder still. Die Flut läuft auf und die Wellen schlagen laut an den Strand.

»Bevor wir hier alle wegpennen, ziehe ich um ins Schlafzimmer.« Junie rappelt sich auf und blickt auf mich hinunter. Ihre Augen glühen beinahe.

O Mann. Ich liege quasi schon nackt im Bett.

Normaler Sex ist gut. Sex mit Gefühlen ist noch besser. Fast nicht zu toppen ist Versöhnungssex. Wie sich Sex anfühlt, wenn man kurz vorher um ein Haar den Löffel abgegeben hätte? Keinen Plan. Aber ich werde es herausfinden. In circa zwei Minuten.

»Gute Idee.« Sam erhebt sich ebenfalls und zieht einen halb schnarchenden Danny an der Hand hoch. »Komm schon, Thor. Tragen kann ich dich Riesenbaby nicht.« Mit diesen Worten zieht sie ihn hinter sich her in ihr Zimmer.

Warum sie ihn manchmal Thor nennt, weiß ich bis heute nicht. Scheint ein Insider-Joke zu sein.

Darüber nachdenken kann ich sowieso nicht mehr, da ich Junie hinterherblicke, die mir einen so dermaßen sexy Blick über ihre Schulter zuwirft, dass ich hastig aufspringe und wie der letzte notgeile Sack, der ich im Moment ohne Frage bin, hinter ihr her sprinte.

14

Junie

Kaum sind wir im Schlafzimmer angekommen, knallt Connor die Schiebetür zu. Er reißt die Vorhänge fast von den Stangen, so ruckartig schließt er sie. Eine Sekunde später hat er mich schon an den Hüften gepackt.

»Wir haben von gestern noch eine Rechnung offen«, knurrt er in mein Ohr, während sich seine Finger in meinen kurzen Hosen verhaken und er sie mir ohne Umschweife und inklusive Slip von den Hüften zieht. Zeitgleich schiebe ich seine Shorts in Richtung Boden, und als das geschafft ist, schlüpfen wir beide aus unseren Shirts. Mein BH fliegt auf den Boden, gleich darauf trete ich einen Schritt zurück, sodass wir uns nun splitterfasernackt und schwer atmend gegenüberstehen.

Als ich heute dachte, ich hätte ihn verloren, bin ich innerlich komplett durchgedreht. Umso dringender will ich ihn jetzt spüren – alles von ihm, am besten überall: in mir, auf mir, über mir. Am liebsten möchte ich in ihn hineinkrabbeln, so froh bin ich, dass er noch da ist.

Mit funkelnden schwarz-blauen Augen sieht er mich an.

Ich kann das Muskelspiel seiner Oberarme erkennen, da er seine Hände an den Seiten leicht zu Fäusten ballt. Das macht er immer, wenn er angespannt ist oder Druck ablassen muss. Oder eben beides. Aber so aufgewühlt habe ich ihn noch nie gesehen.

Mein Herz beginnt zu wummern, als ich auf ihn zugehe.

Er hingegen steht einfach nur da. Seine Brust hebt und senkt sich kräftig und er sieht mich abwartend an.

Ich lege meine Hände an seinen harten Bauch. Als er den Kopf zu mir hinunterbeugt, um mich zu küssen, weiche ich aus; ich habe andere Pläne.

Federleicht zeichne ich mit meinen Fingerspitzen die Muskeln seines

Sixpacks nach, jede einzelne Rille. Mit der anderen Hand greife ich direkt und ohne Umschweife zwischen seine Beine. Sein harter Schwanz pocht zwischen meinen Fingern, was mich augenblicklich feucht werden lässt.

Ich dränge ihn zum Bett, auf das er sich rücklings fallen lässt; seine Füße berühren nach wie vor den Boden. Ich muss ihn schmecken, am besten gestern.

Zügig knie ich mich vor ihn und schiebe mich zwischen seine Beine, während er sich mit den Ellbogen abstützt und mich keine Sekunde aus den Augen lässt.

Meine Haare streife ich auf einer Seite über die Schulter, da ich weiß, wie scharf es ihn macht, mir dabei zusehen zu können. Dann packe ich seinen Harten an der Wurzel und lecke einmal fest mit der Zunge vom Schaft bis zur Eichel.

Auch hier schmeckt und riecht er so gut. Frisch nach seinem Duschgel, nach ihm, ein wenig salzig und so herrlich maskulin.

Seine Oberschenkelmuskulatur zieht sich zusammen, als ich mit meinen Lippen seine geschwollene Eichel umschließe. Im Schein des Badezimmerlichts kann ich seine Augen glühen sehen.

»Das ist gut. Mach weiter«, fordert er mich rau auf.

Also beginne ich mit meiner Hand seinen Schaft zu massieren, erhöhe stetig den Druck und sauge seine samtige Spitze in meinen Mund. Dabei lasse ich keine Sekunde lang von seinen Augen ab.

»Verdammt, Sunshine«, murmelt er erregt.

Als ich ihn tief in den Mund nehme, keucht er unterdrückt auf. Immer wieder lasse ich ihn zwischen meinen Lippen hinein- und wieder hinausgleiten, während meine Zunge seine Eichel umkreist.

»Junie, langsam«, stößt er atemlos hervor, seine Oberschenkel pressen sich nun fest an meine Seiten.

Aber ich kann nicht langsam. Nicht heute. Keine Ahnung, was hier gerade mit mir passiert, aber ich will alles von ihm. Die ganze Nacht.

Energisch drücke ich seine Hände, die mich auf ihn ziehen wollen, beiseite. Dabei weiß ich genau, dass ich das nur schaffe, weil er es zulässt.

Connor könnte mich, wenn er wollte, innerhalb eines Wimpernschlags aufs Kreuz legen.

Mit erhitztem Blick sieht er auf mich hinunter und lässt mich gewähren. Seine Hände ballen sich diesmal so sehr zu Fäusten, dass die Fingerknöchel weiß hervortreten.

Als ich mit der Zunge sanft über sein Frenulum streiche, weil ich weiß, wie empfindlich er dort ist, werde ich mit einem kehligen Knurren belohnt. Kräftig reibe ich mit der Hand seinen Schwanz auf und ab, während ich sein sensibles Bändchen mit der Zunge massiere.

Seine Atmung beschleunigt sich hörbar und ich genieße es, ihn so erregen zu können und im wahrsten Sinne des Wortes in der Hand zu haben. Deshalb beginne ich seinen Höhepunkt hinauszuzögern. Jedes Mal, wenn ich spüre, dass er kurz davor ist zu kommen, werden meine Bewegungen langsamer, der Druck, den ich ausübe, schwächer. Die erregten Laute und Flüche, die dabei aus seinem Mund kommen, spornen mich weiter an.

Inzwischen ist er so hart und pulsiert so stark, dass ich weiß, ich kann ihn nicht mehr länger davon abhalten.

»Fuck, Sunshine«, presst er hinter zusammengebissenen Zähnen hervor und sieht aus schmalen Augen zu mir hinunter, als er auch schon in meiner Hand zu zucken beginnt.

So tief es mir möglich ist, nehme ich ihn in meinen Mund auf und unterdrücke dabei meinen Würgereflex. Connor stöhnt laut auf, legt seinen Kopf in den Nacken und pumpt in mehreren Stößen in mich.

Nachdem ich alles geschluckt habe, klettere ich neben ihm aufs Bett.

Seine Augen funkeln wild unter seinen blonden Haaren hervor.

Bevor ich etwas sagen kann, reißt er mich in seine Arme, schiebt uns beide das Bett weiter nach oben und dreht sich mit mir um. Seine Lippen knallen auf meine, ich habe das Gefühl, er verschlingt mich gleich, so leidenschaftlich ist sein Kuss. Lange genießen kann ich ihn jedoch nicht, da Connor auf dem Weg nach unten ist.

Seine Hände scheinen überall gleichzeitig zu sein, drücken meine Brüste zusammen, zwirbeln meine harten Brustwarzen zwischen Daumen und

Zeigefinger und pressen meine Beine auseinander, bevor er sie sich kurzerhand auf die Schultern legt.

»Du ... Ahhh ...!« Keine Ahnung, was ich eben sagen wollte, völlig vergessen, denn er verliert keine Zeit.

Seine Finger ziehen behutsam das Häutchen über meiner empfindlichsten Stelle zurück und seine Zunge gleitet ohne Umschweife direkt über sie, immer und immer wieder.

Im Nullkommanichts bin ich auf hundertachtzig, was vermutlich auch daran liegt, dass ich vorher schon auf circa hundertneunundsiebzig war. Ich implodiere gleich, wenn er so weitermacht.

Zwei Finger stoßen in mich, die zielgerichtet die eine kleine Stelle finden und massieren. Gleichzeitig umschließt er mit seinen Lippen mein inzwischen hochsensibles Nervenbündel, saugt daran und fährt mit der Zunge an dessen Unterseite entlang.

Meine Hände krallen sich in seine Haare und meine Beine beginnen unkontrolliert zu zittern.

»Komm schon, Sunshine, jetzt!«, raunt er an meinem Knöpfchen und zwickt mit seinen Lippen sanft hinein.

O Gooott ...

Ich kann mich nicht daran erinnern, jemals so heftig gekommen zu sein. Alles kribbelt und pulsiert, mir wird heiß und ich kann nicht aufhören zu zucken.

Aber er lässt mir keine Zeit zum Luftholen, sondern ist bereits über mir, dreht mich mit einem Ruck auf den Bauch, greift nach einem Kopfkissen, schiebt es unter meinen Bauch, spreizt grob meine Beine mit seinen Knien und dringt mit einem festen Stoß in mich ein.

Erstickt schreie ich auf, da er sich, ohne zu zögern, bis zum Anschlag in mich rammt und mich seine Größe unmittelbar und heftig dehnt – um einiges heftiger, als normalerweise.

Heilige Sch ...!

»Alles okay? Hab ich dir wehgetan?« Er hält sofort inne, beugt sich seitlich zu mir hinunter und sucht meinen Blick.

»Nein, mach weiter!«, kann ich nur japsen, weil ich nicht genug von ihm bekomme. Das ist ohnehin nie der Fall, aber heute Nacht erst recht nicht.

Er lacht kurz und dunkel auf, legt eine Hand an meinen Kopf und zieht mit der anderen mein Bein an der Kniekehle unter meinen Bauch.

»Alles, was du willst«, brummt er in mein Ohr, als er beginnt tief in mich zu stoßen.

Ich presse mein Gesicht ins Kissen, um nicht das ganze Haus zusammenzuschreien, da ich das Gefühl habe, Connor zerteilt mich jede Sekunde, so hart nimmt er mich. Das hat er noch nie getan, nicht so. Doch ich würde lügen, wenn ich sagte, es gefiele mir nicht.

Mein geschwollenes Knöpfchen reibt bei jedem Stoß über eine Ecke des Kissens und es dauert nicht lang, bis ich spüre, wie sich die Hitze einmal mehr in meinem Unterleib zusammenballt.

Connor zieht sein Tempo unaufhörlich an, und knurrt immer lauter. Als er mit einer Hand fest in meine Brustwarze kneift, tanzen weiße Blitze vor meinen Augen und der nächste Orgasmus fegt über mich hinweg.

Meine Finger krallen sich ins Kopfkissen und ich schreie hinein, da ich nicht mehr aufhören kann, mich um ihn zusammenzuziehen. Seine Stöße werden langsamer, aber er ist nicht mit mir gekommen.

Meine Güte, wa ...?

Schon schmeißt er mich auf den Rücken, dreht mein Becken ein, sodass meine Beine aneinandergepresst seitlich auf der Matratze liegen, und schiebt sich wieder kompromisslos in mich.

Fest beiße ich auf meine Unterlippe, um nicht abermals laut aufzustöhnen; er hat mich inzwischen so wund gevögelt, dass es fast schmerzt. Aber eben nur fast.

Sein Oberkörper schwebt über mir, seine kräftigen sehnigen Unterarme stützen sich links und rechts von meinen Schultern ab und er sieht mir tief in die Augen.

Ich glaube, ich habe ihn noch nie so intensiv gespürt, und damit meine ich nicht nur seinen Körper.

»Schau mich an.« Sein Blick verhakt sich mit meinem, während er langsam in mich stößt. »Ich liebe dich. Das weißt du, oder?«, flüstert er.

Ich spüre seinen heißen Atem in meinem Gesicht. Mein Herz stolpert … und fällt der Länge nach hin. Tränen schießen mir in die Augen und ich fange an zu zittern.

Zärtlich umschließt er mein Gesicht mit seinen Händen. Seine weichen Lippen tupfen kleine Küsse auf meinen Mund, meine Nase und meine Wangen, was im krassen Kontrast dazu steht, wie er mich eben genommen hat.

Der Kloß in meinem Hals, der plötzlich aufgetaucht ist, schwillt von null auf hundert an.

Himmel, wo kommt der auf einmal her?

»Shhh, es ist okay«, murmelt Connor, küsst meine Tränen weg und ich schwebe in einer Wolke aus Mandarinen und Basilikum, was mich gekonnt von meinem inneren Chaos ablenkt. Denn ich weiß: Er ist hier.

Bei mir.

In Sicherheit.

Seine Stöße werden allmählich schneller, seine Spitze reibt in dieser Position jedes Mal über diesen einen Punkt in meinem Inneren, und seine Hand wandert zwischen meine Beine. Mit seinem Daumen reibt er behutsam über meine geschwollene, inzwischen bestimmt knallrote Klit, und ich spüre abermals eine heiße Welle auf mich zurollen.

»Noch ein Mal, Sunshine. Mit mir zusammen«, brummt er heiser in mein Ohr.

Mehr brauche ich nicht, um ein letztes Mal zu implodieren.

Connor stöhnt laut an meinem Hals auf und ich spüre, wie er in mehreren Schüben tief in mich pumpt. Wir atmen beide schwer, mein Herz puckert kräftig gegen meinen Brustkorb und ich merke, wie erledigt ich bin. Und leider auch, wie einmal mehr das Gefühlschaos in mir aufwallt.

Bevor es jedoch endgültig über mich hereinbrechen kann, lädt mich Connor auf seine Arme, trägt mich in die Dusche und seift mich liebevoll ein.

Danach hebt er mich auf seine Hüften und bringt mich zum Bett zurück.

Er lässt sich mit mir darauf fallen und wickelt seine Arme fest um mich. Sein Herz wummert langsam und kräftig an meinem Ohr.

Wenn ich nicht so fertig wäre, könnte ich schon wieder losheulen. Das nervt langsam.

Aber der Gedanke, ihn zu verlieren, hat sich seit ein paar Stunden so in mein Hirn getackert, dass er mir fast die Luft zum Atmen nimmt.

15

Connor

Mir ist so kalt. Mir ist so verflucht kalt! Dann wird mir auf einmal siedend heiß und das dunkle Wasser um mich herum scheint auf einen Schlag zurückzuweichen. Übrig bleiben nur ein paar Wasserbläschen und ein spitz zulaufender tiefgrauer Kopf, an dessen oberen Ende sich pechschwarze Augen befinden, die mich berechnend und kalt anstarren.

Ich kann mich immer noch keinen Zentimeter rühren, ich kann nur zurückstarren und warten. Warten, bis das Maul sich öffnet und …

Nach Luft schnappend fahre ich hoch und setze mich schwer atmend im Bett auf. Meinen Kopf nehme ich sicherheitshalber sofort zwischen die Knie und meine Hände verschränke ich im Nacken. Mein Herz rast wie bescheuert, und obwohl ich schwitze, ist mir kalt.

Jetzt weiß also auch ich, wie sich eine Panikattacke anfühlt. Phänomenal. Einfach phänomenal. Darauf hätte ich gut verzichten können.

Mit langsamen, tiefen Atemzügen versuche ich meinen Puls herunterzubekommen.

Junie liegt neben mir auf der Seite, ihre Nase hat sie tief unter die Decke gesteckt und ihre Haare kitzeln mich am Becken. Noch ein paar Mal ruhig durchgeatmet und es geht ein wenig besser.

Sobald ich meinen Beinen zutraue mein Körpergewicht zu tragen, stehe ich auf, öffne leise die Schlafzimmertür und schleiche mich in die Küche. An Schlaf ist vorerst nicht mehr zu denken. Außerdem brauche ich Wasser, und zwar dringend.

Ich schnappe mir die Flasche, die noch auf der Kücheninsel steht, und setze sie an meine Lippen. Nachdem ich sie geext habe, fühle ich mich wieder einigermaßen normal. Hoffentlich wird das nicht zur Gewohnheit.

Müde und mit immer noch kräftig pochendem Herzen laufe ich auf die Sitzecke im hinteren Bereich des Wohnzimmers zu, das direkt an die Küche anschließt, und lasse mich auf einen der Sessel plumpsen. Meine Hände zittern nach wie vor, aber nicht mehr so schlimm wie vor ein paar Minuten.

Gedankenverloren starre ich auf die Lampe über dem Herd, als im gleichen Moment Dannys und Sams Schlafzimmertür leise geöffnet wird.

Ich erkenne Sam, die sich, genauso wie ich vorhin, aus ihrem Zimmer schleicht und die Tür leise hinter sich schließt. Sie geht zum Kühlschrank und öffnet ihn. Im Schein des Lichts erkenne ich ihre Augen, die seltsam traurig dreinblicken.

»Durst?«, raune ich und könnte mir unmittelbar selbst eine reinhauen, weil ich vollkommen vergessen habe, wie verflucht schreckhaft diese Frau ist.

Sam rutscht die Milchflasche aus der Hand, die mit einem dumpfen Plumps auf dem Boden aufschlägt; zum Glück ist sie aus Plastik. Ihr Kopf bewegt sich ruckartig in meine Richtung. Als sie mich auf dem Sessel sitzen sieht, geht sie vor Erleichterung in die Knie.

»Ich hätte mir fast in die Hosen gepinkelt«, nuschelt sie erleichtert und rappelt sich wieder auf.

»Sorry, Sam. Mein Fehler.« Manchmal bin ich echt ein Idiot.

Sie kommt auf mich zu und lässt sich auf die Couch mir gegenüber fallen.

»Was ist deine Entschuldigung, hier morgens um zwei im Halbdunkeln zu sitzen?« Sie sieht mich neugierig an.

»Ein Hai, der mich nicht in Ruhe lassen will.« Leugnen ist zwecklos und bei ihr sowieso. Außerdem, wieso sollte ich? Es ist kein Wunder, dass ich nach so einem Tag nicht wie ein Toter schlafen kann.

»Tut mir leid, Connor«, murmelt sie. »So was ist scheiße.«

»Yep. Wird aber auch wieder vorbeigehen.«

Wir blicken uns eine Weile schweigend an.

»Wie fühlt sich das für dich an? Eine Panikattacke?«, frage ich sie leise und habe keinen Plan, ob sie mir eine Antwort darauf geben wird. Diese Frage ist sehr persönlich und Sam ist kein Mensch, der einen anderen leicht an sich heranlässt, auch wenn sie mit demjenigen befreundet ist.

Nachdenklich tastet sie mit den Fingern nach ihrem Gummiband am Handgelenk.

»Mal sehen. Ätzend?« Sie grinst schief, pustet dann die Backen auf und lässt eine Menge Luft mit einem zischenden Laut entweichen. »Ich kann nicht atmen, kann kaum etwas erkennen, und ich denke, ich sterbe. Immer und immer wieder.« Ihre Finger zupfen ruhelos am Gummiband herum und lassen es schnalzen. »Mein Herz rast, meine Hände schwitzen und ich hänge in diesem Albtraum von damals fest. Wie in einer Endlosschleife.« Sie nickt leicht. »Ja, das trifft es ganz gut. Aber es wird besser. Ich habe sie nur noch selten.«

Dass sie mir darauf eine so ehrliche Antwort gibt, hätte ich nicht gedacht.

»Darüber reden hilft auch. Manchmal.« Zurückhaltend sieht sie mich an.

Nun ist es an mir, Luft aus meiner Lunge zu pressen, bevor auch ich anfange zu sprechen: »Ich habe gedacht, ich geh drauf, Sam. Ich habe wirklich gedacht, das war's jetzt.« Mir schnürt es sofort wieder die Kehle zu, als ich an diesen Moment, als der Hai das Board in der Mitte durchgebrochen hat, zurückdenke. Meine Hände zittern stärker, ich hole tief Luft und schlucke mehrmals, um mich wieder zu fangen. Aber es scheint nicht viel zu bringen, da meine Augen verdächtig feucht werden.

Hastig beuge ich mich vornüber und stütze meine Ellbogen auf die Knie, als schon die ersten Tränen meine Wangen herunterlaufen.

Fuck noch eins, das muss ehrlich nicht sein.

Aber meinem Körper ist es völlig egal, wie unmännlich und schwach es wirken mag, er macht einfach, was er will. Also presse ich meine Fäuste an die Augen und kapituliere.

Kleine Hände legen sich leicht auf meine Schultern und ich rieche Sam, noch bevor ich sie sehe. Ihr Geruch erinnert mich immer ein bisschen an Weihnachten.

Sie kniet sich zwischen meine Beine, schiebt resolut meine Ellbogen von den Knien und schlingt ihre Arme fest um meinen Nacken.

Mein Herz beginnt zu stottern. Sie hat mich noch nie von sich aus umarmt oder Körperkontakt zu mir gesucht. Da ich so überrascht von ihrer

Reaktion bin und sie so winzig und zart ist, wickle ich etwas unbeholfen meine Arme um sie.

»Soll ich dir was verraten?«, flüstert sie an meinem Ohr und gluckst leise.

»Hm?«, kann ich nur machen, da mich die ganze Situation ziemlich überfordert.

»Ich gehe nicht kaputt, wenn du mich ganz normal umarmst. Ich sehe schwächer aus, als ich bin. Also nur zu.« Sie verstärkt den Druck ihrer Arme um meinen Nacken und schiebt hinterher: »Außerdem fände ich es nur fair, wenn du auch mal vor mir heulst und nicht immer nur andersrum. Ich sag's auch keinem.« Sie kichert leise. »Mein Prinz-in-Nöten ...«

»Kleine Kröte«, quetsche ich aus mir heraus, bevor ich sie fest an mich drücke, mein Gesicht an ihrer schmalen Schulter vergrabe und losheule wie das letzte Weichei.

Und, meine Fresse, tut das gut.

16

Junie

Ich rieche den frisch aufgebrühten Kaffee, sobald ich die Schlafzimmertür öffne.

Während Sam und Connor bereits auf der Terrasse sitzen, steht Danny in der Küche und schnippelt Obst zu einem großen Haufen zusammen.

Dort angekommen greife ich nach einem Becher und schenke mir Kaffee aus der großen Kanne ein.

»Einen fröhlichen 4. Juli, Junie.« Danny lächelt mir zu, bevor er sich umdreht und wieder auf das unschuldige Obst einhackt.

»Dir ebenfalls.« Ich lasse mich auf einen Barhocker plumpsen. »Bleibt es bei dem Plan heute Abend?«

»Yep. Die Party steigt nach wie vor. Es sei denn, ihr habt keinen Bock mehr.« Er sieht mich fragend an.

»Ich habe auf jeden Fall Lust. Hast du die anderen schon gefragt?« Ich nehme einen tiefen Schluck aus dem Becher und verbrenne mir die Zunge. Verflixt ist der heiß.

»Die sind auch mit dabei. Dann ist es wohl entschieden«, stellt er zufrieden fest, schnappt sich die riesige Obstschüssel von der Anrichte und schlendert auf die Terrasse.

Nachdem ich mir ein paar Gabeln aus der Geschirrschublade gegriffen habe, folge ich ihm nach draußen.

Davids Onkel hat ein Haus vor dem Lecount Hollow Beach, der gleich um die Ecke von hier die Hauptstraße runter liegt, und David hat – abgesehen von seinem besten Freund Nick und uns – die Hälfte der Footballjungs aus dem letzten Unijahrgang zu seiner 4.-Juli-Sause eingeladen.

Nick und er wollten irgendwann heute Vormittag auf Cape Cod aufschlagen. So ist zumindest ihr Plan, doch sie sind bei Weitem nicht die Einzigen, die über den Feiertag hierher wollen. Mal sehen, wie lange sie brauchen werden.

Connor und Sam sitzen vor bereits leeren Müslischüsseln und starren wortlos auf die Tischplatte.

»Stören wir?«, fragt Danny leicht irritiert, als wir uns den beiden gegenübersetzen.

»Nicht so gut geschlafen«, murmelt Connor. Seine Augen hat er hinter den Gläsern seiner verspiegelten Sonnenbrille versteckt.

Unter dem Tisch krabbelt mein Fuß an seinem Unterschenkel hoch und verhakt sich unter seiner Kniekehle.

»Hey, alles okay?« Ich greife über den Tisch und ziehe ihm die Brille von der Nase.

»Alles gut, keine Sorge«, erwidert er hastig. Zu hastig. Außerdem sprechen die Ringe unter seinen seltsam glanzlosen Augen Bände.

Ich bin so eine dämliche Kuh. Ich hätte mir denken können, dass der Haiangriff nicht spurlos an ihm vorübergeht. Das ginge jedem so.

Ich lasse von ihm ab, da ich sehen kann, wie unangenehm es ihm ist, darüber zu sprechen. Aber später ist er fällig. Warum hat er mich nicht geweckt, wenn er so schlecht geschlafen hat, wie er aussieht?

»Es kotzt mich bloß an, dass ich diesen Urlaub hier mit Sicherheit nicht mehr ins Wasser gehen werde. Und mein Board ist kaputt.«

Moment mal ...

»Dass du *hier* nicht mehr ins Wasser gehen wirst?«, wiederhole ich erschrocken. Er runzelt die Stirn und erwidert erstaunt meinen Blick. »Du glaubst doch nicht im Ernst, ich lasse dich auf dieser Halbinsel noch *irgendwo* ins Wasser gehen?!«

»Sunshine, ich ...«, hat er auch noch die Nerven anzusetzen.

»*Sunshine* mich jetzt bloß nicht!«

Danny schiebt seinen Stuhl zurück und greift nach Sams Hand.

»Bro, lass mich hier nicht allein«, fleht Connor ihn an.

»Ich bin raus. Das klärt ihr zwei schön allein. Bin ja nicht irre«, murmelt Danny nur und zieht Sam mit sich an den Strand.

So. Jetzt ist er dran.

»Spinnst du eigentlich? Ich lasse dich in diesem Urlaub überhaupt nicht mehr surfen! Verstanden?«, platzt es aufgebracht aus mir heraus, während ich aufstehe, mich über den Tisch beuge und ihm meinen Finger in die Schulter bohre. »Mir reicht es vollkommen, dass du gestern knapp mit dem Leben davongekommen bist. Da kannst du doch nicht ernsthaft erwarten, dass ich mich den Rest der Zeit hier gechillt an irgendeinen Strandabschnitt stelle und mir ansehe, wie du kamikazemäßig den nächsten Hai suchst!«

»Junie, hol mal tief Luft.« Connor erhebt nun auch seine Stimme. »Ich weiß, dass das gestern heftig war, aber ich werde deshalb nicht für immer auf das Surfen verzichten. Das kannst du nicht von mir verlangen!«

»Keiner hat was von *für immer* gesagt, sondern nur von *nicht mehr hier und in diesem Urlaub*! Wir haben keine Ahnung, wie viele von den Viechern im Moment da draußen sind, und so etwas wie gestern wird es nicht mehr geben. Das schaffe ich nicht noch mal, Connor.« Kraftlos lasse ich mich in den Terrassenstuhl zurückplumpsen.

Es ist von einem Surfer viel verlangt, nicht mehr ins Meer zu dürfen, aber was soll ich tun? Ich werde tausend Tode sterben, wenn er sich nächstes Mal sein Brett schnappt. Sein Mini-Malibu mag ja hinüber sein, aber erstens hat er noch sein Shortboard und zweitens ist es überall auf der Insel ein Leichtes, Surfboards zu kaufen oder zu mieten.

»Ich versteh dich ja. Ehrlich. Aber wenn ich nicht so bald wie möglich wieder ins Wasser gehe, mache ich es nie mehr. Das ist wie beim Reiten. Wenn du vom Gaul fällst, musst du so schnell wie möglich wieder drauf, sonst bekommst du irgendwann so eine Panik, dass du nie mehr reitest«, erklärt er mir.

Verflixt. Ich weiß, dass er recht hat. Ich weiß auch, dass ich ihn nicht davon abhalten darf. Noch genauer weiß ich allerdings, dass ich ihm nicht mehr dabei zuschauen kann, ohne mir vor Angst in die Hose zu machen. »Ja, kann sein. Aber erwarte nicht, dass ich danebenstehe. Und nein, du verstehst mich nicht. Du hast nicht gedacht, ich würde den Strand nie wieder erreichen. Du hast nicht gedacht, ich sei tot. Erst dann könntest du mich verstehen.« Weil ich die Diskussion leid bin und wir so nicht weiterkommen werden – dafür sind wir beide viel zu dickköpfig –, stehe ich resigniert auf und folge Sam und Danny an den Strand. Ich habe alles gesagt, was ich sagen musste.

»Wir sollten erst mal abwarten, was die Küstenwache herausfindet«, merkt Danny an, als ich mich wortlos zu ihnen in den Sand fallen lasse.

Mein knielanges Sommerkleid flattert im Wind und meine Haare sind im Nacken nervig verschwitzt. Ungeduldig türme ich sie zu einem chaotischen Haufen auf meinem Kopf auf und wickle das Haargummi darum, das ich am Handgelenk trage.

»Was dann? Wenn ich Schwein habe, sperren sie diesen Strandabschnitt. Na und? Dann geht er eben woanders rein. Und wenn ich Pech habe und sie keinen Hai, geschweige denn mehrere, finden? Dann ist er in spätestens zwei Tagen wieder hier im Wasser. Da kann er mir erzählen, was er will.« Ich fuchtle mit meinen nun wieder arbeitslosen Händen vor meinem Oberkörper herum, bevor ich sie tief in den Sand vergrabe, um niemandem damit an die Gurgel zu gehen. Das könnte im Moment leicht passieren. Gott, bin ich wütend! »Du kennst ihn, Danny. Du weißt doch genau, wie er ist.«

Er schweigt und blickt aufs Meer hinaus.

Um der ganzen Geschichte noch die Krone aufzusetzen, sind die Wellen heute absolut perfekt. Das sehe selbst ich und ich bin weit davon entfernt, ein Pro zu sein.

»Es war ein verdammt beschissener Zufall, Junie. Die Chancen, im Lotto zu gewinnen oder vom Blitz getroffen zu werden, stehen höher, als von einem Hai attackiert zu werden. Ich behaupte sicher nicht, dass Connor deswegen nie mehr von einem angegriffen wird. Ich bin ja nicht Gott. Aber du kannst ihm schlecht das Surfen verbieten«, bricht Danny sein Schweigen und sieht mich mitfühlend an, während ich am liebsten ausholen würde. »Ich kann dich verstehen, ehrlich. Ich weiß, wie es ist, wenn man fast umkommt vor Sorge um einen Menschen, den man über alles liebt und beschützen will. Aber du kannst ihn nicht in einen goldenen Käfig sperren, nur weil du Panik hast, dass ihm wieder etwas zustoßen könnte. Und du kannst ihm erst recht nicht das wegnehmen, was er liebt, nur weil du Angst um ihn hast. Sei sie auch noch so begründet. So funktioniert das nicht. So gern du das auch hättest.«

»Hast du heute Morgen einen Weisheitskeks gegessen, oder was?«, murre ich, weil ich weiß, dass er recht hat.

Sam blickt zu mir. Ich kann ihr ansehen, dass sie mich versteht. Dass sie meine Ängste nachvollziehen kann. Immerhin war sie hautnah dabei, als ich Henry verloren habe.

Aber ich kann ihr auch ansehen, dass sie Danny recht gibt.

»Junie, du ...«, setzt sie an, aber mir reicht es.

Ich hab's kapiert.

Connor wird wieder ins Wasser gehen. Er wird wieder surfen und ich werde vor Angst um ihn fast sterben. Da ich nie gelernt habe, mit meinen dämlichen Verlustängsten umzugehen. Da ich weiß, wie es ist, jemanden zu verlieren und ihn unbändig zu vermissen.

Bevor ich in hysterisches Gelächter ausbrechen kann, das keiner der beiden ansatzweise nachvollziehen könnte, stehe ich ruckartig auf, klopfe mir den Sand vom Hintern und laufe mit langen Schritten in Richtung Terrasse davon.

17

Sam

Es ist später Nachmittag, in ungefähr einer halben Stunde wollen wir zu Davids 4.-Juli-Party aufbrechen und ich bin mal wieder zu spät dran. Dieses Mal ist es allerdings nicht meine Schuld.

Die Männer haben darauf bestanden, vor der Party noch etwas zu essen, wobei David eigentlich ein großes Barbecue angekündigt hat. Typisch. Bei denen dreht sich ständig alles nur ums Essen. Oder um Sex. Wobei ich bei Letzterem genauso schlimm bin. Muss ich zugeben.

Libido scharrt mit den Hufen, doch ich ignoriere sie. Die Seeluft tut ihr gar nicht gut und macht sie noch wuschiger, als sie ohnehin schon ist. Das ist ernsthaft anstrengend.

Stirnrunzelnd steige ich aus der Dusche. Während ich mich abtrockne, grüble ich über Junies gestriges Verhalten nach.

Ich kann mir nicht vorstellen, wie sie sich gefühlt haben muss, als Connor mit dem Hai kämpfte. Es muss der reinste Albtraum für sie gewesen sein. Sie muss geglaubt haben, sie verliert ihn, wie sie auch ihren kleinen Bruder verloren hat. Dass sie so durchgedreht ist, ist für mich deshalb mehr als nachvollziehbar.

Aber was ist das mit dieser Familiengründungs-Geschichte? An unserem ersten Abend hier war sie recht kurz angebunden, als wir darauf zu sprechen kamen, und weil sie auch auf meine Nachfrage so ausweichend reagiert hat, ist mir mittlerweile klar, dass da irgendetwas nicht stimmt.

Anscheinend hast du was nicht mitbekommen.

Sieht ganz danach aus. Aber was?

Ich habe sie nie so eingeschätzt, dass sie keine Familie haben möchte, sondern bin immer davon ausgegangen, dass dies das logische Ziel im Leben ist, oder?

Was ist denn mit dir kaputt? Nullkommanull emanzipiert? Seit wann das denn?

Das hat doch nichts mit Haus, Hof, Kind zu tun. Ich kann trotzdem noch emanzipiert sein, obwohl ich mir all das wünsche.

Dann eben spießig.

Das schon eher und ich stehe dazu. Hund, zwei Komma drei Kinder, Mann, studieren und Sex, Sex, Sex.

In welchem Kitschroman lebst du eigentlich?

Man darf ja wohl noch träumen.

Schon. Aber wo der ganze Kitschmist auf einmal herkommt, würde mich …

Ach, sei doch still.

Irgendetwas ist hier jedenfalls faul. Bald muss ich sie mir schnappen. Am besten noch, bevor Connor ihr den Antrag macht. Nicht, dass das Ganze am Ende noch in einer Katastrophe endet. Das könnte keiner von uns gebrauchen. Blöderweise ist das schon heute Abend, viel Zeit bleibt mir also nicht mehr.

Der Plan ist, dass er mit Danny früher von der Party verschwindet, alles vorbereitet und ich Junie anschließend mit einer Notlüge nach Hause locke. Dementsprechende Besorgungen haben die Männer bereits getätigt. Nur die vorbestellten Blumen hat Danny heute Mittag frisch geholt und in der Garage versteckt, als Junie und ich am Strand waren.

Ich schlüpfe in mein neues, knielanges rot-schwarz gestreiftes Sommerkleid und zupfe den Ausschnitt zurecht. Meine Haare föhne ich nur ein wenig und lasse sie dann an der Luft trocknen. Warm genug dafür ist es allemal. Noch fix roten Lippenstift aufgetragen, die Wimpern getuscht und schon bin ich fertig.

Danny lümmelt in der Zwischenzeit faul auf unserem Bett herum. Seine langen Beine stecken in hellblauen Shorts, sein Oberkörper in einem grauen Coldplay-T-Shirt und das weiße Basecap trägt er wie immer mit dem Schirm im Nacken.

Überrascht blickt er von seinem Handy zu mir auf.

»Das kenne ich noch gar nicht. Ist das neu?« Er mustert mein Kleid von oben bis unten. Seine Augen beginnen zu glühen.

»Yep. Gestern in der Mall gekauft.«

»Mmh ...«, brummt er, richtet sich auf und greift nach meiner Hand.

Ich weiche ihm flink aus. »Vergiss es, Danny, sonst kommen wir hier nie weg.«

»Nur ein bisschen fummeln, bis Connor und Jun ...«, setzt er an und wackelt anzüglich mit den Augenbrauen. Seine Libido steht meiner in nichts nach.

»Fummeln, ja? Als wäre es dabei jemals geblieben«, unterbreche ich ihn lachend, laufe zur Tür und öffne sie weit. »Jetzt komm!«

Als wir in die Küche schlendern, steht Junie fertig gestylt am Tresen und sieht umwerfend aus. Die blonde Mähne fällt ihr in lockeren Wellen über den Rücken, sie reicht ihr dabei fast bis zur Taille. Ihr braun gebrannter Modelkörper steckt in einem weißen bodenlangen Sommerkleid, das am Rücken und im Nacken mit aquamarinblauen Kordeln zusammengehalten wird und eng anliegt. Der Rückenausschnitt geht ihr bis zum Hintern, dafür ist der Ausschnitt vorn nur sehr klein. Ihre Füße stecken in schlichten braunen Leder-Flipflops. Alles in allem macht sie Gisele Bündchen ernst zu nehmende Konkurrenz.

Junie eben.

»Können wir?«, fragt sie, nachdem sie die Wasserflasche von ihren zartrosa geschminkten Lippen abgesetzt hat.

»Wo ist Connor?« Ich schnappe mir meine kleine knallrote Handtasche vom Barhocker.

»Er ist schon draußen bei den Autos. Die Getränke sind im Dodge und er wollte noch mal versuchen, den Jeep zu starten.«

Ich glaube eher, die zwei hatten keine Lust allein miteinander zu sein. Den ganzen Tag über war die Stimmung zwischen ihnen extrem aufgeladen. Ausgerechnet heute am Tag der Tage.

Connor ist ein verdammt guter Kerl. Anständig, sensibel und sehr treu. Ganz abgesehen davon, dass er nun ein Mitglied der Pats ist. Also eine hervorragende Partie.

Das mit dem Haiangriff gestern war ein riesengroßer Mist, ganz klar, aber dass er sich das Surfen nicht verbieten lassen will, verstehe ich. Blöderweise kann ich auch Junie sehr gut verstehen, die eine wahnsinnige Panik hat, ihn zu verlieren.

Nichtsdestotrotz bin ich guter Dinge. Der Antrag wird sie sicher von alldem ablenken und danach finden die beiden bestimmt eine Lösung. Sie sind bereits so lange zusammen, lieben sich so sehr, da wird ihnen doch so ein bescheuerter Haiangriff nicht in die Quere kommen können?!

Aber ich will sie mir vorher trotzdem noch mal zur Brust nehmen, um mit ihr über diese Familien-Sache zu reden. Es lässt mir einfach keine Ruhe. Jedes Mal, wenn ich daran denke, macht sich so ein seltsames Gefühl in mir breit. Wirklich merkwürdig.

Als Danny die Haustür hinter uns schließt und wir uns auf den Weg machen wollen, ertönt ein tiefes, sattes Röhren.

»Yes!«, ruft Connor und streckt siegessicher im Familienjeep die Faust nach oben. Na, wenigstens etwas.

***

Das Ferienhaus von Davids Onkel ist der absolute Megahammer und steht dem von Dannys Eltern in nichts nach. Sind das alle privilegierte Jungs! Darüber beschweren werde ich mich sicherlich nicht, ich profitiere schließlich davon und weiß es sehr zu schätzen.

Es ist gerade mal fünf Uhr am Nachmittag und das Haus sowie der Strand davor sind bereits dicht bevölkert mit Leuten in sommerlichen Klamotten und Feierlaune.

Der Grill läuft auf Hochtouren und die Jungs hätten sich nicht sorgen müssen, nichts mehr zu beißen zu bekommen. Das Fleisch, das da auf einem riesigen Holztisch gestapelt ist, reicht locker für halb Cape Cod.

Neben dem großen Barbecue steht eine alte gusseiserne Wanne, die bis zum Rand mit Eiswürfeln und zahlreichen Flaschen gefüllt ist.

Nachdem er mit Connor die Getränke auf die ellenlange Küchentheke gewuchtet hat, schenkt Danny mir ein Glas Weißwein ein und schnappt sich selbst eine Coke. Er wird mit Connor früher nach Hause fahren, um alles vorzubereiten, deswegen muss einer wohl oder übel nüchtern bleiben – und der Verlobte in spe wird es sicher nicht sein, zumindest nicht gänzlich.

Nervös blicke ich mich um. Kaum ein Gesicht kommt mir bekannt vor, nur vereinzelt das ein oder andere eines Footballspielers unserer ehemaligen Uni.

Puh, ganz schön voll hier.

Doch weil Danny mich nach eineinhalb Jahren in- und auswendig kennt und immer noch ein verflixter Gentleman ist, greift er kommentarlos nach meiner Hand und zieht mich fest an seine Seite. Er bugsiert er mich am Grill vorbei und führt mich zu Nick aka Papa Bär an den Strand hinunter, an dem sich die Menschenmassen gut verlaufen.

»Yo, Leute!«, ruft der uns entgegen und rammt Danny freudestrahlend seine Faust in die Schulter.

Mir hätte er sie mit dem Schlag hundertprozentig gebrochen. Aber das kenne ich schon.

»Hey, Sam.« Er lächelt mich freundlich an und drückt mich kurz.

Wie immer versteife ich mich, wie immer ist es ihm egal. Ist okay. Er darf das. Hat er sich mehr als verdient.

»Und? Wie findest du es hier? Ist dein erstes Mal auf der Insel, oder?«, fragt er und fährt sich durch den kurzen Afro.

Ich lächle. »Yep, ist es. Ich kann mich nicht beschweren. Hammer Wetter, hammer Leute und anscheinend auch hammer Partys, was will ich also mehr?«

»Da hast du recht, das kann man so stehen lassen.« Er prostet mir zu.

Danny legt seinen Arm locker um meine Schulter und ich fühle mich wieder wohl sowie ein wenig aufgeregt. Der Abend fängt erst an und hat noch einiges zu bieten.

Mein Blick schweift durch die Menge. Auf der Terrasse kann ich David ausmachen, der in einer Meute aus ehemaligen Footballspielern unserer alten Uni steht. Er winkt in unsere Richtung und macht sich auf den Weg zu uns.

»Willkommen im Hause Harris.« Erst schlägt er gegen die Fäuste der Männer und drückt mich dann ebenfalls kurz an sich, als Junie in die Runde springt und ihn freudestrahlend anrempelt.

»Schick hat's dein Onkel hier. Warum wundert mich das nicht?«

»Wer kann, der kann«, erwidert David augenzwinkernd.

»Wo hast du Connor gelassen?« Nick blickt suchend hinter Junie.

»Keine Ahnung, wo der sich rumtreibt. Ich bin doch nicht seine Nanny.« Sie rollt mit den Augen und nimmt einen großen Schluck von ihrem Glas, während ich Dannys alarmierten Blick auffange.

Auweia, ob das mal gut geht heute Abend?

18

Connor

Nachdenklich stehe ich am Terrassengeländer und sehe auf den Strand hinunter.

Junie hat sich, ohne mich eines weiteren Blickes zu würdigen, auf den Weg zu unserer Clique gemacht, während ich am Grill stand und einen ehemaligen Teamkollegen begrüßt habe.

Seit unserem Streit heute früh herrscht eine angespannte Stimmung zwischen uns. Keiner scheint bei diesem Thema aus seiner Haut zu können und inzwischen bin ich mir ziemlich unsicher, ob es so eine gute Idee ist, ihr ausgerechnet heute den Antrag zu machen.

Was musste dieser bescheuerte Hai mir auch unbedingt diesen Urlaub seine Aufwartung machen? Es ist ja nicht so, als hätte er nicht vorher genügend Chancen gehabt.

Ich nehme einen Schluck von meinem Bier, während ich weiterhin meinen Sunshine beobachte. Sie wirft schwungvoll den Kopf nach hinten und scheint sich lauthals lachend über irgendetwas zu amüsieren.

Wunderschön sieht sie aus in ihrem weißen Kleid und mit den langen Haaren, die leicht im Wind wehen. Sie ähnelt tatsächlich einer Meerjungfrau. Ich kann nur hoffen, dass sie nach heute Abend für immer und ewig *meine* Meerjungfrau sein wird.

Nick hat sich von der Gruppe gelöst und kommt ebenfalls mit einem Bier bewaffnet auf mich zugeschlendert.

»Hey, du Pats.« Er schmunzelt, als er mir seine Faust freundschaftlich in die Schulter rammt. »Alles klar bei dir?«

»Logisch. Immer. Warum sollte es das nicht sein?« Ich hebe mein Bier zum Anstoßen.

»Stimmt auch wieder. Du hast absolut keinen Grund, dich zu beschweren.«

Nein. Den habe ich nicht. Hoffentlich bleibt das auch so.

»Wie sieht's bei dir aus?« In den Wochen, in denen ich ihn nicht gesehen habe, hat er sich nicht verändert. Immer noch breit wie ein Baum und ungefähr genauso groß. Wenn Nick wollte, könnte er jeden von uns ungespitzt in den Boden rammen, sogar Danny.

Während unserer College-Zeit hat Nick uns ab und zu im Bare-Knuckle-Fight trainiert. Auf die Frage, woher er so gut kämpfen kann – und er ist verdammt gut – hat er jedes Mal ausweichend geantwortet.

Nick ist im Gegensatz zu Danny, David und mir weniger wohlbehütet aufgewachsen. Viel gesprochen hat er nie über seine Vergangenheit. Ich weiß nur, dass er eine jüngere Schwester namens Kimmy hat und dass seine Eltern gestorben sind, als er siebzehn war. Aus ärmlichen Verhältnissen stammend wurden seine Schwester und er bis zu ihrer Volljährigkeit von einem angesehenen Richter adoptiert. Mehr weiß keiner. Eventuell David, aber nachdem Nick immer sehr ausweichend auf Fragen nach seiner Jugend reagiert hat, haben wir aufgegeben. Er wird seine Gründe haben.

Aufs College kam er dank eines Football-Stipendiums, was niemanden gewundert hat. Er ist ziemlich gut. Gedraftet wurde er allerdings nicht, doch es hat ihm nichts ausgemacht. Er will ohnehin lieber Coach als Spieler werden.

»Ich kann mich auch nicht beschweren.« Er zwinkert mir zu und lässt seinen Blick durch die Menge schweifen. Typisch. David und Nick sind nach wie vor Singles und somit permanent auf der Jagd.

Ich kann nicht behaupten, dass ich wehmütig an die Zeit zurückdenke, als ich in dieser Situation war. Mädchen aufzureißen und in der Gegend rumzuficken ist ganz nett, aber ohne Tiefe und Gefühle fehlt etwas Grundlegendes. Ich bin verflucht froh, das mit Junie gefunden zu haben. Keine Sekunde bereue ich meine wilden Collegejahre vor ihr, doch genauso wenig sehne ich sie mir zurück.

Es ist alles perfekt, so wie es ist.

»Hältst du Ausschau nach der zukünftigen Mrs Scott? Es gibt reichlich Auswahl.«

»O ja, die gibt es. Mal sehen, was noch so geht. Und, nein, ich denke nicht, dass die zukünftige Mrs Scott heute mit dabei sein wird. Wobei ... wer weiß? Man soll niemals nie sagen.« Er nickt einem Mädchen zu, das ihn durch die Terrassentür flirtend ansieht. »Und bei dir? Ist zwischen Junie und dir alles klar?«

»Yep, ist es. Wir hatten nur eine kleine Meinungsverschiedenheit bezüglich des Surfens, das ist alles.«

»Wieso das denn? Seit wann hat Junie Probleme mit dem Surfen?«, fragt er verblüfft.

»Seitdem ich gestern eine kurze Begegnung mit einem weißen Hai hatte.« Ich habe zwar keine Lust darüber zu sprechen und das Ganze am Ende größer zu machen, als es ist, aber irgendwann bekommt er es ohnehin raus. Außerdem riecht Nick immer Lunte, wenn es Probleme gibt; er hat feinere Antennen als ein Psycho-Doc und lässt meist erst locker, wenn sie gelöst sind.

Erschrocken blickt er mich an, was sich auch nicht ändert, nachdem ich ihm die Geschichte in aller Kürze zusammengefasst habe.

»Fuck, Connor, hast du eine Ahnung, was du für ein Glück gehabt hast?«, platzt es aus ihm heraus.

»Yep. Ich weiß.«

»Und da wundert es dich, dass Junie die Krise kriegt, weil du wieder ins Wasser willst?«

»Nein, es wundert mich nicht. Aber sie kann auch nicht von mir verlangen, nicht mehr surfen zu gehen.« Natürlich verstehe ich sie. Sehr gut sogar. Ich will mir gar nicht ausmalen, wie schlimm es für sie gewesen sein muss, ihren Bruder zu verlieren. Und dann wieder so eine Grenzerfahrung mit mir.

Doch ich kann, ich *will* nicht aufs Surfen verzichten. Und Cape Cod ist nun einmal Dannys und mein Surfrevier. Abgesehen davon ist es nicht nur ein Sport, es ist so viel mehr. Es ist eine Lebenseinstellung.

»Gib ihr ein bisschen Zeit und verzichte wenigstens diesen Urlaub darauf. Was sind schon ein paar Tage ohne Surfen?«, schlägt Nick vor.

Verdammt.

»Scheiße, du hast recht.« Ich fahre mir durch die Haare. Als ich die Panik in Junies Augen gesehen habe, hätte ich sofort einlenken sollen.

Sicher wird es mich nicht umbringen, einen Urlaub lang nicht zu surfen. Danach kann ich nur hoffen, dass sie den Vorfall verdaut haben wird, wenn ich hier wieder ins Wasser möchte.

Gut, es wird mich vermutlich nächstes Mal mehr Überwindung kosten, mir das Board zu schnappen, aber dann ist das halt so. Diese Angst will ich nie wieder in ihren Augen sehen, und wenn das der Preis ist, den ich dafür zahlen muss, zahle ich ihn gern.

Warum mir das alles erst jetzt im Gespräch mit Nick aufgeht, kann ich nicht sagen. Keinen Plan, wie er das immer macht.

»Klugscheißer«, schiebe ich hinterher, als ich sein zufriedenes Grinsen sehe.

»Damit kann ich leben. Habt ihr schon eine Wohnung in Boston?«

»Yep. Danny und Sam sowie Junie und ich haben jeweils ein Appartement in Fenway gefunden. Gleich um die Ecke voneinander. Habt ihr schon was bekommen?«

Auch David und Nick werden nach dem Sommer in Boston weiterstudieren. David Betriebswirtschaft und Nick Sportwissenschaften. Bis er ein Angebot für eine Stelle als Coach findet. So ist zumindest sein Plan.

»Dann werden wir wohl weiterhin auf einem Haufen sein.« Er nimmt einen Schluck von seinem Bier. »David hat auch eine Wohnung in Fenway ergattert und ich bin noch auf der Suche. Aber ich finde schon noch was, wir haben ja erst Juli.« Sein Blick wandert wieder zu der Kleinen, die sich mittlerweile an den Grill gestellt hat, ohne ihn jedoch aus den Augen zu lassen.

»Sag bloß, du bist heute im Ladys-Klarmachen schneller als ich?« David taucht wie aus dem Nichts hinter Nick auf und lässt seine Bierflasche an unsere klirren.

»Sieht ganz so aus.« Ich schmunzle.

»Du lässt eben nach, Dave«, frotzelt Nick und macht sich auf den Weg zum Grill, während das Gesicht des Mädchens wie eine Wunderkerze im Dunkeln aufleuchtet.

»Bist du bescheuert? Ich lasse doch nicht nach!«, ruft David ihm empört hinterher. »Ich lasse mir lediglich Zeit. Die besten Ladys kommen immer erst später auf die Partys.«

Nick streckt, ohne sich umzudrehen, den Mittelfinger in die Höhe und stoppt bei dem Mädchen.

»Wie geht's deinem Großvater?«, frage ich ihn.

»Mal besser, mal schlechter«, erwidert David knapp und weicht meinem Blick aus.

Bei seinem Großvater wurde vor ein paar Monaten Demenz festgestellt, was wir durch Nick erfahren haben. David lässt persönliche Sachen ebenso ungern an die Oberfläche dringen wie wir anderen. Vor allem solche Sachen, die ihn belasten. Ich schätze, das ist ein typisches Männerding.

Bevor ich nachhaken kann, kommen Danny und Sam vom Strand hoch. Nur Junie kann ich nirgendwo ausmachen.

»Ich könnte schon wieder essen«, seufzt Danny und reibt sich über den Bauch.

»Wo bei dir die ganzen Mengen hingehen, ist mir ehrlich schleierhaft.« Sam schüttelt den Kopf und nippt an ihrem Wein.

»Direkt in die Muskeln.«

»Da seht ihr mal, wie schwer ich es mit ihm habe. Jeden Tag mit so einem Ego zusammenzuleben ist echt nicht leicht.« Sie rollt mit den Augen.

»So, wie ich dich einschätze, kannst du dich ganz gut behaupten«, meint David überzeugt und macht sich auf den Weg ins Haus. »Und jetzt muss ich meinen Ruf wiederherstellen.«

Fragend sieht Sam zu mir.

»Nick hat ein Mädchen klargemacht, bevor David dazugekommen ist«, erkläre ich, während Danny uns zum Grill dirigiert. Von Nick und seiner neuen Flamme ist weit und breit nichts mehr zu sehen.

»O mein Gott! Der traut sich was.« Sie greift sich gespielt entsetzt ans Herz.

»Teilen ist nicht mehr, oder wie?«, nuschelt Danny hinter einem Stück Baguette, das er sich eben in den Mund geschoben hat.

»Anscheinend nicht. Zumindest nicht heute Abend.« Ich zucke mit den

Schultern und stelle meine inzwischen leere Bierflasche auf dem Tisch neben dem Grill ab.

»Teilen?« Sam blickt uns verblüfft an. »Ihr meint einen Dreier? Machen die beiden so was öfter?«

Danny grinst breit. »Schockiert dich das? Schneewittchen, seit wann bist du denn prüde?«

»Ich bin nicht prüde, nur überrascht. Das ist alles.« Eine leichte Röte zieht ihre Wangen nach oben. Sie ist ehrlich niedlich.

»Auch mal Lust auf einen Threesome?« Danny kann einfach nicht aufhören sie zu ärgern, während ich mich zusammenreißen muss, um nicht laut zu lachen.

Klar doch. Als würde er Sam auch nur für eine Sekunde mit jemandem teilen. Das kommt für ihn ebenso wenig infrage wie für mich. Durchdrehen würde ich, wenn jemand Hand an mein Mädchen legen würde.

»Danke, aber nein danke. Du reichst mir vollkommen«, schießt sie süffisant zurück.

»Richtige Antwort.« Zufrieden greift er sich einen Teller und schnappt sich ein Steak vom Grill.

»Habt ihr Junie gesehen?«, frage ich in die Runde, ernte aber nur Kopfschütteln.

»Ich glaube, sie wollte sich das Näschen pudern. Schau mal drinnen nach.« Sam lässt sich faul auf einen Terrassenstuhl plumpsen, und ich mache mich auf die Suche nach meiner Zukünftigen. Diese blöde Surfsache will ich auf jeden Fall mit ihr klären, bevor ich ihr den Antrag mache.

Sonst geht der am Ende wirklich noch wegen so einem Scheiß in die Hose.

19

Junie

Nachdenklich starre ich auf meine Hände, über die ich kaltes Wasser laufen lasse.

Es gibt nichts, was ich weniger ausstehen kann, als mich mit Connor zu streiten. Oder mit Sam. Überhaupt kann ich Konfliktsituationen nur schwer ertragen. Aber wer steht schon auf so was?

Glücklicherweise sind die beiden genauso harmoniebedürftig wie ich, sodass es nur extrem selten zu Eskalationen kommt, und wenn, dann immer nur aus einem wichtigen Grund.

Dieser Urlaub ist der letzte für eine lange Weile, den wir alle gemeinsam verbringen werden, bevor Connor ins Berufsleben einsteigt. Als Footballprofi wird er bald kaum noch Zeit für mich haben. Sein Leben wird aus Trainingseinheiten, Teambesprechungen und Spielen bestehen. Deswegen habe ich mich so sehr auf diesen Urlaub gefreut. Doch so schön er anfing, so nervenaufreibend scheint er jetzt zu werden.

Dieser blöde Hai.

Ich trockne mir flüchtig die Hände ab, lasse mich auf den Badewannenrand plumpsen und reibe mir frustriert über die Stirn.

Dieses Viech hat mir einmal mehr aufgezeigt, wie vergänglich alles ist. Das Glück. Die Liebe. Ich mache Connor keinen Vorwurf daraus, dass er wieder ins Wasser möchte. Mir ist klar, wie wichtig ihm das Surfen ist.

Und natürlich hat Danny recht. Ich kann Connor das Surfen nicht verbieten und will es auch gar nicht, doch ich weiß nicht, wie ich mit all den schrecklichen Gefühlen, die mir dabei ins Hirn schießen werden, umgehen soll.

Eventuell sollte ich Tracy mal anrufen. Sie weiß sicher einen guten Rat. Vielleicht auch bezüglich der Sache damals.

Die Sache damals.

Gott.

Ich habe mittlerweile keine Ahnung mehr, wann und wie ich Connor davon erzählen soll. Nicht einmal Sam weiß davon. Sie hatte zu diesem Zeitpunkt ganz andere Sorgen, da wollte und konnte ich sie nicht zusätzlich mit meinen belasten.

Und danach? Habe ich es verdrängt, so gut es mir eben möglich war. Ich hätte verflixt noch mal mit ihr darüber reden sollen und weiß gar nicht genau, warum ich es nach wie vor noch nicht getan habe. Aber meine Zeit läuft ab; Sam kommt mir bereits auf die Schliche … der Sache damals.

Und Connor? Es ist vollkommen falsch von mir, mit ihm noch nicht darüber gesprochen zu haben. Ich hätte es spätestens zu dem Zeitpunkt machen sollen, machen *müssen*, als ich gemerkt habe, dass es ernst mit uns wird. Sehr ernst. Zukunftstechnisch gesehen so ernst, dass wir beschlossen haben in Boston zusammenzuziehen.

Doch ich war und bin so glücklich, und die Angst, dass er mich danach nicht mehr wollen würde, ist einfach zu groß. Denn dann weiß er, dass ich alles andere als perfekt bin.

Das ist so ein Riesenhaufen Mist!

Tief seufzend stehe ich auf und schnappe mir meine Handtasche.

Es hilft nichts, ich muss mit ihm darüber reden. Vielleicht habe ich Glück und er will mich anschließend immer noch. Die Hoffnung stirbt schließlich zuletzt. Aber erst nach diesem Urlaub. Den will ich noch genießen; es ist vielleicht der letzte gemeinsame. Deshalb werde ich alles daransetzen, diese Sache so lange wie möglich auch vor Sam geheim zu halten.

Als ich die Badezimmertür öffne, renne ich beinahe in Connor hinein, der mit erhobener Hand und im Begriff anzuklopfen davorsteht.

»Da bist du ja, ich habe dich schon gesucht.« Lächelnd blickt er mich an und seine Augen funkeln wieder. »Hör mal, ich habe mich bescheuert aufgeführt. Ich kann mir nicht vorstellen, was du für eine Panik hattest, als du mich dort draußen gesehen hast, und es tut mir ehrlich leid. Alles.« Er überrumpelt mich vollkommen, als er mich in seine Arme zieht. »Wenn du nicht willst, dass ich diesen Urlaub noch surfen gehe, werde ich das auch nicht mehr tun.«

Sein Geruch hüllt mich ein und mein Gewissen, ihm nichts von dieser einen Sache gesagt zu haben, wird schwärzer und schwärzer.

Habe ich schon erwähnt, was für ein monumentaler Mist das alles ist? Und ich habe mich da selbst hineinmanövriert, das ist noch das Beste daran.

»Mir tut es auch leid. Ich weiß, wie sehr du das Surfen liebst, und will nicht diejenige sein, die dich davon abhält, etwas zu tun, was du liebst. Aber dabei zuschauen werde ich dir erst mal nicht können«, murmle ich an seiner Schulter und schließe die Augen.

Seine Arme drücken mich fest an sich und er vergräbt seine Nase in meinen Haaren, so wie er es immer macht.

»Damit kann ich leben.«

Ich höre, dass er lächelt. »Das will ich hoffen.« Obwohl mein Gewissen dunkel wie eine Dezembernacht ist, wird mir leichter ums Herz, weil nun wenigstens diese eine Sache zwischen uns aus der Welt ist. Die andere steht noch aus. Aber, wie gesagt, nicht in diesem Urlaub. Den lasse ich mir definitiv nicht versauen. Von nichts und niemandem mehr – und wenn ein Haiangriff das schon nicht geschafft hat, schafft es auch sonst nichts.

Gott. Manchmal bin ich so naiv.

20

Sam

»Ich sollte langsam nach dem Mann der Stunde suchen«, stöhnt Danny faul.

Ich kann es in seinem Bauch, auf dem mein Kopf liegt, gluckern und rumpeln hören. Keine Ahnung, wie viel Coke und Wasser er getrunken hat, aber zusammen mit dem ganzen Essen hört es sich an, als würde dort eine Kriegsszene gedreht werden. Meine Güte, ist das laut.

»Es ist schon fast elf Uhr durch und er wollte Junie noch vor Mitternacht den Antrag machen. Wenn der mal nicht schiefgeht …«

»Beschrei es bloß nicht. Sie ist nur wegen dieser Surfgeschichte angefressen. Ich bin mir sicher, sie kriegt sich wieder ein, sobald sie den Ring sieht«, sage ich nicht ganz so überzeugt, wie ich es gern wäre, und kann nur hoffen, dass ich recht behalte. Ganz abgesehen davon … »Ich find's immer noch unverschämt, dass du mir nichts von dem Antrag gesagt hast.«

»Würdest du mir denn Sachen erzählen, die Junie dir unter dem Deckmantel der Verschwiegenheit verraten hat?«, fragt er.

Als ich zu ihm aufblicke, kann ich seine hochgezogenen Augenbrauen in der Dunkelheit kaum ausmachen.

Mist, er hat recht.

»Nein. Sicher nicht. Okay, du suchst Connor und ich sammle Junie ein. Wir brauchen sicher eine Viertelstunde zu Fuß zum Haus zurück und ihr nicht mehr als zwei Minuten. Sollte also vom Timing her passen.« Ich rapple mich vom Sand mühsam in die Senkrechte und schnaufe sehr unladylike.

»Mal sehen, wie lange es dauert, bis wir die beiden gefunden haben. Keine Ahnung, wo die stecken.« Er gähnt im Aufstehen und zieht mich in seine Arme.

Minze und Zitrone.

Mmh …

Nope. Keine Zeit. Es geht nicht um uns, Libido, also sei brav.

Libido schiebt beleidigt die Unterlippe nach vorn.

Sorry, aber wir haben etwas zu tun. Jetzt wird es nämlich spannend.

Ich zupfe nervös an meinem Gummiband herum.

»Wird schon glattgehen«, brummt Danny mir ins Ohr und gibt mir einen Klaps auf den Hintern, als ich mich umdrehe, um nach Junie zu suchen.

***

Ich finde sie in der Küche bei Mike, der ihr ein Mördergesöff von einem Cocktail gemixt hat. Manche Menschen ändern sich nie. Von Danny und Connor ist keine Spur mehr zu sehen und ein kurzer Blick auf die Zufahrt des Hauses verrät mir, dass der Dodge weg ist.

Drei, zwei, eins, Action!

»Lass uns heimgehen, ich fühl mich nicht besonders«, flüstere ich Junie ins Ohr, nachdem ich es geschafft habe, ihren Kopf zu mir hinunterzuziehen.

Sie scheint bereits ein wenig angeheitert zu sein.

»Wieso? Was ist los, Grinch?« Sie scannt mich besorgt mit ihrem Blick.

Mist.

Das Letzte, was ich will, ist, dass sie sich Sorgen um mich macht.

»Keine Ahnung«, rudere ich daher hastig zurück und überlege, wie ich sie anders aus diesem Haus bekomme. Ich hätte meinen Plan vorher noch mal überdenken sollen.

Außerdem stelle ich gerade fest, dass ich es nicht ausstehen kann, sie anzulügen. Vermutlich deswegen, weil ich es bisher noch nie getan habe. Super, dass ich das jetzt herausfinde. Der Zeitpunkt dafür ist denkbar ungünstig.

»Was soll das heißen?« Irritiert sieht sie mich an.

»Nichts weiter, ich bin wohl nur fertig. Lass uns gehen«, erwidere ich ausweichend und schiele an ihr vorbei. Sie kennt mich viel zu gut, was im Moment sehr hinderlich ist.

»Geh doch mit Danny. Ich will noch hierbleiben.« Sie nimmt einen Schluck ihres Cocktails, den ich ihr am liebsten aus der Hand schlagen würde. Eine vollkommen besoffene Junie wäre ernsthaft kontraproduktiv.

Das wird doch nicht so einfach wie gedacht.

»Geht nicht. Danny und Connor sind beide noch mal los, Getränke-Nachschub holen«, flunkere ich, dass sich die Balken biegen.

Junie blickt aus leicht zusammengekniffenen Augen zu mir hinunter. »Na und? Dann warte eben so lange, bis sie wieder da sind.«

Gott, ich bin kurz davor, sie mir zu packen und an ihren langen Haaren nach draußen zu schleifen.

»So lange kann ich nicht warten, Junie. Mir ist ziemlich übel und ich will nach Hause.«

»Übel? Wieso das denn? So viel hast du doch sicher nicht getrunken, das tust du nie.« Argwöhnisch starrt sie mich an. »Sam, was ist hier los?«

Verfluchter Bockmist.

»Ich weiß nicht. Vielleicht war das Fleisch schlecht«, unternehme ich einen weiteren Versuch.

»Mein Fleisch ist nicht schlecht«, dröhnt David, der plötzlich hinter mir auftaucht und mich empört ansieht.

Wo kommt der denn auf einmal her?

Das ist nicht gut, gar nicht gut. Und hilft überhaupt nicht.

Ach, was?

»War auch nicht so gemeint.« Ich sehe entschuldigend zu ihm hoch. »Vielleicht lag's daran, dass es zu lange in der Sonne lag. Oder ich. Oder wir beide. Junie, bitte. Lass uns heimlaufen. Allein trau ich mich nicht.« Ich wende mich wieder ihr zu und komme mir sofort mies vor. Diese Karte auszuspielen ist unterste Schublade. Aber es ist für einen guten Zweck. Außerdem habe ich allmählich keine Ahnung mehr, wie zur Hölle ich sie hier sonst loseisen soll, ohne den Plan zu verraten.

»Nimm's mir nicht übel, Grinch, aber ich will ehrlich noch bleiben. Ruf dir ein Uber, wenn du die Meile nicht allein zurücklaufen willst. Oder warte hier bei mir auf Danny, er ist sicher gleich zurück. Ich hol dir mal einen Schluck Wasser.« Sie dreht sich um und schenkt mir ein Glas ein.

Scheiße noch mal!

Mit so viel Widerstand habe ich nicht gerechnet.

»Ich kann dir eins rufen.« David zieht bereits sein Smartphone aus der Hosentasche.

Das auch noch.

Also mache ich das Einzige, das mir spontan einfällt: Ich greife nach dem letzten Rettungsanker, den ich auf die Schnelle aus meinem Hirn hervorkramen kann.

»Mitkommen. Wir müssen reden.« Ich ziehe sie energisch am Ellbogen aus dem Haus und ignoriere ihren verdatterten Blick.

Zwar hätte ich mir definitiv eine andere Einleitung für unser Gespräch gewünscht, das mir seit Tagen unter den Nägeln brennt, aber in der Not frisst der Teufel eben Fliegen. Besser jetzt als gar nicht mehr, bevor Connor ihr die Frage aller Fragen stellt. Die Zeit dafür ist mittlerweile ohnehin knapp bemessen, da wir uns noch dazu beeilen müssen.

Die Männer warten schon.

21

Junie

Dafür, dass sie so kurze Beine hat, kann Sam verflixt schnell laufen, das überrascht mich immer wieder. Keine Ahnung, was in sie gefahren ist. Sie wirkt weder betrunken noch sieht sie so aus, als wäre ihr schlecht, und trotzdem will sie unbedingt nach Hause. Das kapiere ich einfach nicht. Wir haben kurz nach elf, es ist quasi erst später Nachmittag.

Abgesehen davon ist die Party wirklich cool, und nachdem ich mit Connor wieder im Reinen bin, habe ich mich darauf gefreut, noch ein bisschen zu feiern.

Apropos, ich stelle fest, dass ich bereits beschwipst bin. Nicht schlimm oder so, aber dennoch. Mikes Cocktails haben es ziemlich in sich und der zügige Schritt, mit dem ich auf einmal mithalten muss, begünstigt meinen Zustand nicht unbedingt.

»Was ist los, Grinch? Meine Güte, renn doch nicht so!«, japse ich und versuche mich aus ihrem Griff, der für ihre körperliche Konstitution bemerkenswert fest ist, zu lösen.

»Wie gesagt: Wir müssen reden.« Nun schubst sie mich vor sich her.

»Worüber? Und warum kann das nicht warten?« Mir wird langsam schwindlig von dem Tempo, in dem sie mich vor sich her scheucht. Außerdem habe ich keine Lust zu gehen und begreife nicht, was hier abgeht.

»Wieso hast du so ausweichend reagiert, als ich dich auf das Thema Kinder- und Familienplanung angesprochen habe?« Sam kann gerade noch rechtzeitig abbremsen, bevor sie in mich hineinrauscht, da ich stehen geblieben bin. Wie angewurzelt.

Mist.

Die Sache damals.

»Ernsthaft? Das willst du jetzt ausdiskutieren? Warum ist dir das so wichtig? Das sollte doch eher Connors Baustelle sein, oder?« Blöderweise schiebt sich wie auf Kommando Connors Gesicht vor meine innere Linse und das schlechte Gewissen schlägt wieder unmittelbar und brutal seine Klauen in meine Seele.

Ich war so feige. Nein, ich bin so feige. Und ich habe das dumpfe Gefühl, dass mir das noch zum Verhängnis werden wird.

»Es ist genauso meine Baustelle, wenn ich merke, dass mit dir etwas ganz und gar nicht stimmt. Was ist los, Junie? Magst du nicht heiraten? Keine eigenen Kinder? Oder lieber adoptieren? Oder gar keine? Das ist doch alles völlig okay, dafür musst du dich ni …«

»Halt mal die Luft an, Sam«, unterbreche ich sie grob, fange wieder an zu laufen oder besser gesagt zu rennen und drehe so den Spieß um. »Meine Familienplanung geht dich überhaupt nichts an.«

»Spinnst du jetzt?«, faucht sie hinter mir.

Ich merke zufrieden, wie sie mit mir Schritt zu halten versucht und es ihr kaum gelingt.

Ob das kacke von mir ist? Klar. Und wie.

Aber verflixt noch mal, sie soll mich in Frieden lassen, sie *muss* mich in Frieden lassen. Ich bin zu angeheitert für diese Diskussion und will sie nicht führen. Auch wenn ich weiß, dass ich es tun muss. Mit Connor auf jeden Fall; ich bin es ihm mehr als schuldig. Abgesehen davon wird er es über kurz oder lang ohnehin herausfinden.

»Was ist los mit dir, Junie? Bleib doch mal …« Sam reißt meinen momentan äußerst dünnen Kokon, in dem *es* all die Jahre friedlich ausgebrütet wurde, immer weiter ein und ein Schmetterling wird da sicher nicht herauskommen. Dafür tobt es darin viel zu sehr.

Himmel, es darf nicht ausbrechen, ich will nicht, dass es ausbricht! Nicht in diesem eventuell letzten gemeinsamen Urlaub.

»Vergiss es, Sam, klar? Vergiss es einfach«, unterbreche ich sie ruppig, um Schadensbegrenzung zu treiben, da der Kokon immer weitere Risse aufweist.

»Auf keinen Fall! Ich sehe doch, dass dich etwas bedrückt. Was ist es?« Sie zerrt an diesem blöden Kokon herum, als wäre sie auf Entzug und hätte darin eine Packung Skittles gefunden.

Das Resultat ist, dass dieses Ding in meinem Kokon nun einen Spalt gefunden hat und sich langsam, aber stetig hindurchquetscht. Und es ist riesig … und angepisst.

Ich habe ja gesagt, dass da kein Schmetterling herauskommt.

»Junie, bitte …«, setzt Sam erneut an. Ihre Stimme klingt sanft und besorgt, und das mit der Schadensbegrenzung ist endgültig Geschichte.

Ich bleibe so abrupt stehen, dass sie mir zum zweiten Mal um ein Haar ungebremst in die Hacken läuft. Wutentbrannt drehe ich mich zu ihr um.

»Du kannst nicht locker lassen, was? Du kannst einfach nicht locker lassen«, knurre ich sie an.

Sie hat das Biest in mir gefunden und geweckt. Es hätte mir klar sein müssen, dass – wenn es einer schafft – *sie* es sein wird. Jetzt kann ich nur hoffen, dass ich mich zusammenreißen kann und der Drache in mir, der in dieser Sekunde aus dem Kokon hervorbricht, uns nicht beide feuerspeiend vernichtet.

Doch bevor ich registriere, was ich sage und was da alles ungefiltert in brutaler Härte aus mir hervorschießt, ist es schon zu spät und er beginnt zu spucken.

Und zwar Big Time. Mit Feuer, Schwefel, Qualm und allem Drum und Dran.

»Du warst damals nicht die Einzige von uns mit Problemen«, zische ich.

Sie schaut mich erschrocken von unten herauf an.

O Gott, hoffentlich wird sie mir all das verzeihen können. All das, was nun kommt, und auch die Art und Weise, *wie* es aus mir herauskommt.

»Junie, was zur Hölle …?«, beginnt sie heiser, aber ich lasse sie wieder nicht ausreden.

»Nicht nur du hast in dieser Nacht deine Unschuld verloren!«, platzt es aus mir heraus, woraufhin ihre Augen handtellergroß werden und sie mich entsetzt anstarrt.

Doch selbst das kann mich nicht mehr stoppen. Nichts kann das Biest in mir mehr aufhalten. Da ist so viel unterdrückte Wut, so viel Hass auf mich selbst und Schmerz in mir. Ich wollte nie, niemals, dass ausgerechnet sie all das abbekommt. Meine Sam.

Fuck, es tut mir ehrlich leid.

»Im Gegensatz zu dir wollte ich es, Sam. Er hat mir nichts angetan. Ich wollte es, okay?« Ich sehe ihr an, wie sie erleichtert ein Stück in sich zusammensackt, und reibe mir mit der Handfläche über die Stirn. »Es war schön, keine Panik«, schiebe ich hastig hinterher, weil ich nicht möchte, dass sie irgendetwas falsch versteht. Wenigstens das bekomme ich noch auf die Reihe.

»Aber was …?«

»Volle Punktzahl, Sam. Hundertprozentig eingelocht. Versenkt. Ins Schwarze getroffen. Beim ersten Mal. Kapierst du?« Je schneller ich es herausbringe, desto schneller habe ich es hinter mir.

Ich kann sehen, wie sie versucht mit meinen Worten mitzukommen. Ihre Augen sehen mich erst verständnislos an, danach klärt sich allmählich ihr Blick.

Der Groschen ist gefallen.

Bevor sie antworten kann, hat sich meine Zunge einmal mehr in Bewegung gesetzt. Ich kann sie nicht mehr kontrollieren, die Worte sprudeln nur so aus mir heraus.

»Zwei Monate später hatte ich die Quittung. Schwanger. Was hätte ich machen sollen, Sam? Was? Ich war sechzehn Jahre alt. Sechzehn. Mit einem Baby? Danke, aber nein danke. Ich wollte mein Leben nicht für so ein kleines Wesen aufgeben. Ich konnte nicht. Aber ich konnte auch meinen Eltern nicht davon erzählen. Ich habe nicht gewusst, wie. Und du? Du warst mit ganz anderen Dingen beschäftigt. Also wollte ich dich nicht auch noch mit meinen Problemen belasten.« So, wie ich es ausspreche, hört es sich nach Schuldzuweisung an und ich kann ihr sofort ansehen, dass sie es genauso aufgefasst hat.

»Junie, ich …«

Und wieder wische ich ihr über den Mund. »Nein, Sam, es ist nicht deine

Schuld, dass ich nicht zu dir kommen konnte. Du kannst nichts dafür. Es ist okay. Wirklich. Wir waren beide überfordert. Wie du immer so schön sagst: Das Leben ist kein Ponyhof und meins war eben auch keiner.« Müde fahre ich mir quer übers Gesicht. Scheiß auf die Schminke, die Party ist vorbei und ich will mich nur noch ins Bett verkriechen.

Also drehe ich mich wieder um und laufe die letzten Meter auf die Einfahrt des Anwesens zu.

»Was hast du dann getan?«

Es war klar, dass die Frage kommen musste. Ich habe mit nichts anderem gerechnet.

Der Drache in mir grinst frohlockend. Blödes Arschloch.

»Ich habe abgetrieben. Was sonst? Alles andere hättest du wohl mitbekommen, oder?« Gott, ich muss aufhören, so zickig zu sein. Sie kann am allerwenigsten etwas dafür. Für diese ganze alles erdrückende Scheiße.

Endlich haben wir die Einfahrt erreicht. Ich biege ab und laufe zum Haus hoch, während die Worte aus mir hervorsprudeln wie alles vernichtende Lava, die sich längst ihre Schneise hätte schlagen sollen, aber nie konnte. Nie durfte. Denn ich habe sie immer zurückgehalten.

»Da ich meinen Eltern nicht davon erzählen wollte, habe ich mich selbst darum gekümmert. Du glaubst nicht, wie einfach das war. Ich bin in eine Abtreibungsklinik gegangen, habe mich unter falschem Namen, falscher Adresse, falschem Geburtsdatum und so weiter angemeldet und während sie mir nach einem kurzen Beratungsgespräch das Baby weggemacht haben, wurde auch schon die Rechnung gedruckt. Die musste ich am Ausgang gleich bezahlen. Als hätte ich mir eine blöde Maniküre geben lassen. Kannst du dir das vorstellen?« Ich schüttle ungläubig den Kopf – ich kann es immer noch nicht glauben, dass das damals so einfach ging –, und hetze die Stufen zum Haus hoch.

Sam, die sich etwas gefasst hat, holt mich ein und packt mich am Arm.

»Was dann, Junie? Irgendwas ist noch passiert, oder? Sag es mir. Was?«

Das Biest in mir kann kaum noch an sich halten und ist mehr als nur erleichtert darüber, endlich ausbrechen zu dürfen.

»Eine Entzündung ist passiert. Sie hat sich bis zu meinen Eierstöcken hochgefressen. Es kann alle möglichen Gründe gehabt haben. Der wohl Wahrscheinlichste ist, dass die medizinischen Gerätschaften nicht steril genug waren, beziehungsweise nicht gründlich genug desinfiziert wurden. Shit happens.« Ich reiße die Augen auf, um die Tränen, die sich einmal mehr darin sammeln, dorthin zu schubsen, wo sie hergekommen sind.

Wir wollten bloß einen coolen Sommerurlaub haben, der so genial angefangen hat. Nachdem ich mich vorhin mit Connor ausgesprochen hatte, dachte ich eigentlich, dem Ganzen stünde nun nichts mehr im Wege, aber jetzt? Jetzt geht alles den Bach hinunter.

»Kurz darauf hatte ich so starke Unterleibsschmerzen, dass ich meine Mutter doch einweihen musste und sie mit mir zum Gynäkologen gefahren ist. Antibiotika haben die Entzündung wieder in den Griff bekommen, anschließend wurde ich gründlich untersucht.« Hart blicke ich sie an. Etwas anderes geht im Moment nicht. Wirklich nicht.

Der Drache holt zum alles vernichtenden Schlag aus und meine Hand legt sich wie von selbst auf die Türklinke. Es laut auszusprechen schneidet mir mitten ins Herz. »Das war's, Sam. Keine Babys mehr für mich.«

Und plötzlich fällt es mir wie Schuppen von den Augen, warum ich noch nie darüber gesprochen habe. Darüber zu reden kommt einer Endgültigkeit gleich.

Einer Tatsache, der ich mich vorher vehement entzogen habe.

Mit sechzehn war mir noch nicht völlig klar, was es heißt, keine eigenen Kinder bekommen zu können. Erst in den letzten Monaten mit Connor an meiner Seite und einem Blick in die Zukunft, die nun in großen Schritten näher rückt, wurde mir allmählich bewusst, was das eigentlich für mich bedeutet. *Für uns* bedeutet.

Und die Schuldgefühle, die aus meinem damaligen Verhalten resultieren, sowie die seelischen Schmerzen, dass mir dadurch eine der wichtigsten Sachen im Leben genommen wurde, nehmen von Tag zu Tag zu, anstatt geringer zu werden.

Sam klappt den Mund auf und will etwas sagen, aber ich drehe mich um und drücke nun endlich diese vermaledeite Klinke hinunter.

Ich will nur in mein Bett.

Doch als ich die Tür aufstoße und direkt in Connors sanfte Augen blicke, der in einem Meer aus Kerzen und Blumenblüten mitten im Wohnzimmer steht und mich nervös anblickt, weiß ich, dass die Scheiße jetzt richtig am Dampfen ist.

22

Connor

Junie steht in der Haustür und sieht mich ungläubig an. Danach fliegt ihr Blick hektisch durchs Wohnzimmer.

Kerzen und ein Haufen Orchideenblüten schmücken den Raum. Sie kann Rosen nicht ausstehen, genauso wenig wie Kitsch. Aber ein wenig Romantik habe ich mir dann doch nicht nehmen lassen, immerhin ist sie eine Frau. Und was für eine besondere.

Romantik ist zwar nicht mein Ding, deswegen bin ich nicht besonders gut darin, doch ich habe mir Mühe gegeben.

Ihr Blick gefällt mir allerdings überhaupt nicht.

Hinter der erstarrten Junie taucht Sam auf und linst an ihr vorbei.

Scheiße, ihr Blick gefällt mir noch weniger. Was ist hier los?

Junies Augen taxieren mich, und Danny, der hinter dem Küchentresen mit einer Flasche Champagner in der Hand auf seinen Einsatz gewartet hat, flüstert leise: »Oh, oh.«

»Was … was soll das?«, ist das Erste, das verwirrt aus ihrem Mund kommt. Sie dreht sich zu Sam um, die hastig ihre Hände hochhebt und einen Schritt zurücktritt. Ihr Kopf ruckt wieder herum und nun stiert sie mich an.

»Connor, was …?«, stammelt sie entgeistert.

Die Ecken der kleinen Schmuckschachtel in meiner Hand bohren sich inzwischen unangenehm in meine Handfläche.

Nach unserer Aussprache vorhin habe ich eigentlich nicht mehr daran gezweifelt, dass alles genau so klappen würde wie geplant und erhofft, doch das hier geht gerade in eine komplett falsche Richtung.

Mein feiges Herz haut in meine Shorts ab und der Whisky, den ich vorhin mit Danny geext habe, stößt mir unangenehm auf. Trotzdem nehme ich all meinen geringen Mut, der mir verblieben ist, zusammen. »Sunshine, ich …«

Sie unterbricht mich sofort. »Nein. Nein. Nein, nein, nein, das kann nicht dein Ernst sein!« Sie schüttelt wild ihren Kopf. Erst jetzt sehe ich die verschmierte Wimperntusche in ihrem Gesicht und den traurigen Ausdruck in ihren Augen.

Fuck.

Was ist passiert? Was …?

»Vielleicht sollten wir …«, beginnt Sam leise zu sprechen, aber Junie ignoriert sie.

»Sag nicht, du wolltest mir einen Antrag machen?«, flüstert sie auf einmal ganz leise.

Äh … doch?! Nach was sieht das hier verflucht noch mal sonst aus? Mein Mund öffnet sich schon, aber ich bleibe stumm; meine Zunge ist wie gelähmt, so perplex bin ich.

»Ich … das … das ist irgendwie ganz blöd«, stammelt sie und scheint in sich zusammenzusacken.

»Was ist los, Junie? Was ist pas …?«, kann ich sie endlich fragen, nachdem ich meine Zunge wieder bewegen kann, denn Antrag und verletzte Gefühle hin oder her, ich mache mir ernsthafte Sorgen.

Doch wieder komme ich nicht weit.

»Vielleicht sollten wir zuerst die wichtigste Frage aller Fragen aus der Welt schaffen: Willst du Kinder?« Sie röntgt mich mit ihrem Blick.

Huh?

»Ja?« Ich habe das Gefühl, es ist eine Fangfrage und egal was ich darauf antworte, ich kann nur verlieren. »Du nicht?«

Hinter Junies Rücken deutet Sam mit ihrer Hand eine ruckartige Bewegung an ihrer Kehle an, die mir signalisieren soll, die Schnauze zu halten, dabei weiß ich gar nicht, wieso.

»Okay.« Sie unterbricht unseren Blickkontakt und schaut auf ihre nackten Füße, die in Flipflops stecken. »Dachte ich mir. Wer will das nicht?« Dann dreht sie sich zum Holztischchen neben der Eingangstür um, auf dem eine Schale mit unseren Schlüsseln steht.

Sam schlägt resigniert ihre Hände vors Gesicht, und ich kapiere nach wie vor nicht, was das verdammte Problem ist.

»Wenn das so ist, Connor, musst du dir eine andere suchen. Der Zug ist bei mir nämlich abgefahren«, flüstert Junie mit immer noch gesenktem Kopf und schnappt sich die Autoschlüssel von Dannys Dodge.

What?

»Tut mir leid. Ich hätte es dir früher sagen sollen. Ich kann keine Kinder mehr kriegen. Ich mag zwar weiblich aussehen, hübsch und scharf sein und all das …« Auf einmal stockt sie, hebt ihren Kopf und sieht mir direkt in die Augen.

In ihren liegt so viel geballter Schmerz, dass es mir beinahe die Schuhe auszieht. Das letzte Mal habe ich vor eineinhalb Jahren einen ähnlichen Ausdruck in Sams Gesicht gesehen.

Das gefällt mir überhaupt nicht.

Ich starre sie an wie einen Meteoriten, der mit Höchstgeschwindigkeit auf mich zurast, während Danny die Flasche Champagner aus der Hand rutscht. Sie schlägt mit einem großen Knall auf dem Küchentresen auf.

»Aber eine richtige Frau bin ich sicher nicht. Sonst könnte mein Körper schließlich das Wichtigste zustandebringen, was Frauen ausmacht. Oder?« Mit diesen Worten dreht sie sich um und läuft schnurstracks an Sam vorbei durch die immer noch geöffnete Haustür auf den Dodge zu.

Sam flitzt ihr hinterher.

»Lass den Scheiß, Junie, du hast getrunken!«, brüllt sie und versucht sie am Arm zurückzureißen, doch sie wird wie ein lästiger Käfer von ihr abgeschüttelt.

»Glaub mir, ich bin wieder stocknüchtern«, zischt Junie, bevor sie die Fahrertür des Dodges aufreißt und sie hinter sich zuknallt.

Und ich?

Ich kann mich verflucht noch mal einfach nicht rühren. Keinen Millimeter. Ich kann ihr nur hinterherglotzen.

Mein Gehirn hechelt nach wie vor den Informationen hinterher, die sie mir gerade an den Kopf geknallt hat.

Sie kann keine Kinder kriegen? Das ist scheiße, ohne Frage. Aber ich will nicht unsere ungeborenen Kinder heiraten, sondern sie. Klar, ich komme aus einer großen Familie mit einigen Brüdern, und auch deshalb gehören für mich Kinder zum Leben dazu, doch es gibt noch andere Wege, sich diesen Wunsch zu erfüllen. Eine Adoption oder eine Pflegschaft zum Beispiel. Es ergibt sich immer eine Möglichkeit.

Aber Moment. Moment mal ...

Sagte sie nicht eben, dass sie keine Kinder *mehr* kriegen kann? Hat sie schon welche? Das kann doch nicht sein. Davon wüsste ich schließlich.

Das Geräusch von durchdrehenden Reifen auf einem sandigen Feldweg durchdringt die Stille und reißt mich aus meiner Starre. Erst jetzt, als es schon längst zu spät ist, gibt mein Gehirn meinen Beinen den Befehl, sich zu bewegen. Ich hechte Richtung Tür. Sam, die in diesem Moment wieder ins Haus treten will, renne ich dabei beinahe über den Haufen.

»Was zur Hölle ist hier los?«, schreie ich sie unkontrolliert an, während ich taumelnd vor ihr zum Stehen komme und mich gleichzeitig innerlich verfluche, Junie nicht daran gehindert zu haben, ins Auto zu steigen.

Ich verdammter Vollidiot.

»Hast du doch gehört.« Sie sieht mich niedergeschlagen an.

»Was soll das heißen, sie kann keine Kinder mehr kriegen? Hat sie schon eins, oder was?«, frage ich sie, während ich versuche, mich zeitgleich wieder ansatzweise unter Kontrolle zu bringen.

»Nein, hat sie nicht.«

Da sie nicht weiterredet, hake ich ungeduldig nach. Ich muss es genau wissen. »Aber sie war schon mal schwanger?«

»Connor, frag sie bitte selbst, ich will mich da ehrlich nicht einmischen«, weicht sie mir aus.

Ungläubig sehe ich sie an. Das ist nicht ihr Ernst.

»Würde ich ja gern, aber wie dir unschwer entgangen sein dürfte, ist sie eben abgehauen, also frag ich *dich*.« Die Schmuckschatulle stopfe ich fahrig in die Hosentasche meiner Shorts und grille Sam mit meinem Blick – in der Hoffnung, mehr aus ihr herauszukriegen.

Doch das Einzige, was ihr über die Lippen kommt, bringt mich auch nicht weiter.

»Sorry, aber das muss sie dir selbst erzählen.« Sie sieht entschuldigend zu mir auf.

Verflucht.

»Wir suchen sie, Bro, dann kannst du sie fragen.« Danny stößt sich vom Tresen ab. »Es ist ihre Geschichte, nicht Sams. Komm schon, wir fahren los und finden sie erst mal. Dann sehen wir weiter.« Er nimmt den Schlüssel des Jeeps an sich. »Hoffen wir, dass das vorhin kein One-Hit-Wonder war und er noch mal anspringt.«

Ich fasse es nicht. Was ist das für eine verfluchte Scheiße? Erst der Haiangriff, danach der verpatzte Heiratsantrag. Das nenne ich mal einen hammermäßigen Spitzenurlaub!

23

Junie

Dannys Riesenschiff fährt sich erstaunlich gut. So leicht. So leise. Obwohl es fast so groß ist wie ein Wohnwagen.

Ich fahre vorsichtig. Das Letzte, was ich im Moment gebrauchen kann, ist eine Polizeikontrolle. Dann bin ich geliefert. Die vorgeschriebene Promillegrenze habe ich heute Abend mit Sicherheit hinter mir gelassen. Die Auseinandersetzung mit Sam und anschließend auch noch die mit Connor haben mich zwar schlagartig nüchtern werden lassen – zumindest fühle ich mich so –, doch mein Blut würde vermutlich etwas anderes verraten.

Gott, er wollte mir tatsächlich einen Antrag machen ... Ich kann es nicht glauben!

Meine Finger umklammern zittrig das Lenkrad des Wagens. Bei den Bildern von eben, die sich wieder und wieder vor meinem inneren Auge abspielen, krampft sich mein Herz schmerzhaft zusammen. Würde ich nicht sitzen, wäre ich längst in die Knie gegangen.

Nun wird er mich sicher nicht mehr wollen. Wer will schon eine Frau heiraten, deren Körper das Essenziellste nicht hinbekommt? *Er* ganz sicher nicht. Connor kommt aus einer Großfamilie. Bei ihm gehören Kinder zum Leben wie das Amen in der Kirche.

Da ich mich nicht gleich an den nächsten Strandabschnitt setzen möchte, fahre ich weiter weg zu einer Stelle, an der meine Freunde mich hoffentlich nicht suchen werden. Im Moment lege ich keinen gesteigerten Wert darauf, von einem von den dreien gefunden zu werden. Dass sie nach mir suchen, steht für mich fest. Ich würde es an ihrer Stelle genauso machen; ich bin angeheitert, außer mir und emotional alles andere als auf der Höhe.

Auf der US 6 fahre ich Richtung Long Pond, einem See, an dem ich heute

Nachmittag mit Connor vorbeigefahren bin. Da war zwar die Hölle los, aber um diese Uhrzeit werden sich dort nicht mehr allzu viele Menschen tummeln. Abgesehen davon feiern die meisten den Unabhängigkeitstag am Strand, in ihren eigenen Häusern oder auf eigens dafür ausgerichteten Partys.

Einige Augenblicke später biege ich auf einen der Parkplätze am Seeufer ab, schalte den Motor aus und blicke mich um.

In der Dunkelheit kann ich niemanden erkennen, also hole ich tief Luft und brülle drauflos: »So eine verdammte Scheiße!« Leider geht es mir danach nicht unbedingt besser. Wen wundert's?

Ich habe Connor verloren. Hundertprozentig. Und keiner von uns beiden ist daran schuld. Nur ein dämlicher Arzt in einer noch dämlicheren Abtreibungsklinik, der seine Gerätschaften nicht gründlich genug gereinigt hat.

Und jetzt?

Jetzt sitze ich hier und frage mich, wie zum Teufel ich so naiv sein konnte zu hoffen, Connor würde mich noch immer wollen, wenn er die Wahrheit erfährt. Er hat mich vollkommen schockiert angesehen. Nicht er ist mir zum Auto nachgelaufen, sondern Sam. Er stand bloß da und hat nichts gemacht. Nichts. Mich einfach nur angestarrt.

O Gott, warum habe ich es ihm nicht gleich gesagt, als ich gemerkt habe, wie ernst es mit uns wird? Ich hätte uns beiden eine Menge Zeit, eine Menge Herzschmerz erspart. Doch ich war zu feige. Zu egoistisch. Ich wollte genießen. *Ihn* genießen. Das, was wir haben, genießen. *Hatten*. Denn das ist jetzt futsch.

Er ist sicherlich stinksauer, dass ich es ihm so lange verschwiegen habe. Immerhin hätte er sich in der Zeit längst eine Frau suchen können, die ihm all das geben kann, wozu ich nicht in der Lage bin.

Die Tränen tropfen einmal mehr meine Wangen hinunter und werden vom Baumwollstoff meines weißen Sommerkleides aufgesogen.

Andererseits ist es eh schon egal, ob er wütend ist oder nicht. Unsere Beziehung ist ohnehin beendet. Seine ausdruckslosen Augen haben Bände gesprochen, dafür muss ich keine Gedankenleserin sein.

***

Nach einer guten Stunde Geheule, Selbstgeißelung und vor allem einer riesigen Portion Selbstmitleid, ziehe ich meinen Rotz hoch und atme tief durch.

Okay.

Ich werde nach Hause fahren, meine Sachen packen und morgen den Zug nach Plymouth nehmen. Danny fährt mich bestimmt zum Bahnhof. Hierbleiben und Connor jeden Tag sehen, obwohl Schluss ist, kann ich nicht. Da gehe ich endgültig drauf. Das schafft mein Herz nicht, das in tausend Teilen zerschmettert im Fußraum von Dannys Riesenkutsche liegt. Der Urlaub, der so traumhaft angefangen hat, ist beendet.

Ich wusste, dass es darauf hinauslaufen würde, sobald herauskommt, was ich damals getan habe. Ich wusste es. Von Anfang an. Doch die Hoffnung ist wie eine lästige Kakerlake: kaum totzukriegen. Aber nun ist sie es und liegt genauso zerschmettert wie mein Herz auf der Fußmatte.

Wie dem auch sei: Es ist, wie es ist, und ich kann es nicht ändern. Also noch einmal tief durchgeatmet, die Zündung gedrückt und gewendet.

Als ich an der Hauptstraße angekommen bin, verliere ich kurzfristig die Orientierung. Die Straße ist menschenleer, es ist auch schon weit nach Mitternacht, die betagtere Hälfte von Cape Cod liegt im Bett und die andere vermutlich stockbesoffen irgendwo am Strand oder auf diversen Partys verstreut.

Ich runzle die Stirn und beuge mich tiefer übers Lenkrad, um die Buchstaben auf den Straßenschildern lesen zu können, die das Licht der Scheinwerfer reflektieren. Wenn ich nicht so geheult hätte, könnte ich sicher besser sehen. Es hat mir gerade noch gefehlt, mich zu verfahren.

Mein Handy ist natürlich in meiner Handtasche, die im Haus von Dannys Eltern liegt. Der Klassiker eben. Ein Navi hat der Dodge zwar, aber ich habe keine Ahnung, wie man es bedient.

Na toll.

Ich befinde mich in der Mitte vom Nirgendwo im Zeitalter der Technik und habe keine Ahnung, wo ich hinmuss. Beschissener geht es fast nicht mehr.

Bevor ich endgültig Wurzeln schlagen kann, setze ich den Blinker, biege nach links ab, bremse jedoch wieder, weil ich weiter hinten ein Schild mit einem Hinweis auf die US 6 ausmachen kann.

Halleluja, da will ich hin.

Also setze ich ein Stück zurück in die Kreuzung, kurble das Lenkrad herum und blinke noch einmal. Da kein anderes Fahrzeug in Sicht ist, fahre ich vorschriftsmäßig Richtung Hinweisschild davon.

Und dann passiert alles rasend schnell.

Die Kollision ist so stark und von so unfassbar großer Wucht, dass mein Kopf gegen das Seitenfenster knallt, bevor ich irgendetwas begreifen kann. Die Vorder- und Seitenairbags des Wagens werden ausgelöst, schießen mir ins Gesicht und in den Brustkorb und die Welt vor meinen Augen kippt zur Seite. Viel erkennen kann ich davon sowieso nicht mehr. Durch die Explosion der Luftsäcke, die mit irgendeinem Puderzeug gefüllt sind, sehe ich nur noch Nebel.

Ein weiterer ohrenbetäubender Aufprall folgt, woraufhin ein brüllender Schmerz meine linke Schulter durchzuckt und ich kopfüber im Sicherheitsgurt hänge. Meine Haare verfangen sich in den Streben der Kopfstütze und reißen an meiner Kopfhaut; das Seitenfenster und die Frontscheibe knirschen ächzend und splittern.

Jetzt steht die Welt kopf.

Auf dem Dach liegend schlittert der Dodge noch ein paar Meter weiter über die Fahrbahn, dreht sich um die eigene Achse und rutscht anschließend halb in die Böschung neben der Fahrbahn.

Meine Finger krallen sich nach wie vor um das Lenkrad, mein Herz explodiert gleich in meiner Brust und meine Augen sind weit aufgerissen und starren auf die untere Hälfte der zerbeulten Front eines weißen Vans.

O Scheiße!

Danny wird stinkwütend sein, er wird mich umbringen!

Hoffentlich ist sein Auto gut versichert; ich werde den Schaden niemals zahlen können, und dass der Dodge hinüber ist, hat sogar mein vollkommen konfuses Hirn mitbekommen.

Verflixt, und der Alkohol! Ich habe getrunken, sie werden mit Sicherheit einen Test machen; dann bin ich so oder so geliefert.

Plötzlich sehe ich Füße, die in Turnschuhen stecken, und Beine in zerschlissenen Jeans, die auf mich zulaufen.

Erst jetzt kommt mir zum ersten Mal der Gedanke, dass ich zusehen sollte, so schnell wie möglich aus dem Auto zu kommen; wie viel Glück ich eigentlich habe, überhaupt noch zu atmen.

Aber mein Hirn macht, was es will, und hüpft wie ein manischer Kobold irre von Gedanke zu Gedanke.

Wenigstens öffnet sich endlich mein Mund, und ein heiserer, krächzender Hilferuf presst sich zwischen meinen Lippen hindurch.

Super, so hört mich garantiert jeder.

Zu den Füßen und Beinen gesellt sich ein Gesicht, das sich vor der zersplitterten Seitenscheibe zu mir hinunterbeugt. Stechende graue Augen sehen mich an, mehr kann ich nicht ausmachen, der Rest ist hinter einem Bandana verborgen.

Er kommt mir irgendwie bekannt vor. Ich kenne den Typen, ganz bestimmt. Aber woher? Die Tatsache, dass sein Mund verdeckt ist, kommt mir in Verbindung mit den stechenden Augen ebenfalls bekannt vor.

Doch mein Hirn ist nach wie vor maßlos überfordert.

Und weil das alles noch nicht schlimm genug ist, steigt mir ein beißender Benzingeruch in die Nase und mein Herz setzt endgültig aus.

24

Connor

»Wir gondeln schon geschlagene zwei Stunden in der Gegend herum, sie kann doch nicht vom Erdboden verschluckt sein.« Sams Stimme auf dem Rücksitz des Jeeps hört sich so verzweifelt an, wie ich mich fühle.

Wir fahren seit Ewigkeiten die US 6 entlang und haben an jedem bescheuerten Parkplatz angehalten, der zum Strand führt, denn das Meer ist ihr Lieblingsort. Dort fühlt sie sich am wohlsten. Auch Sam hat vorgeschlagen, vorerst alle Haltebuchten am Meer abzuklappern, aber bisher haben wir sie nirgendwo angetroffen.

Mittlerweile sind wir im Landesinneren und haben gerade die riesige Golfanlage von Cape Cod hinter uns gelassen. Ich habe keinen Plan, wo wir sonst noch suchen sollen. Die Insel ist zu groß, sie könnte überall sein. Sie ist die sprichwörtliche Nadel im Heuhaufen.

Meine Gesichtshaut spannt bereits, so oft rubble ich mir mit den Händen darüber und versuche nicht daran zu denken, ob ihr etwas zugestoßen sein könnte. Ihre Handtasche nebst Handy hat sie im Haus liegen gelassen, also können wir sie noch nicht einmal anrufen.

Danny hinterm Steuer ist der Einzige, der die Nerven behält.

»Wir fahren noch bis South Dennis, danach kehren wir um. Vielleicht ist sie ja längst wieder zu Hause, diese Möglichkeit besteht auch«, grübelt er laut.

Ja. Könnte sein. Aber dann würde sie uns hoffentlich Bescheid geben. Sie kann sich doch denken, dass wir nach ihr suchen und ich vor Sorge um sie fast draufgehe.

Als wir die Stelle passieren, an der die US 6 die Bundesstraße mittels einer Brücke überquert, verlangsamt Danny das Tempo und deutet auf einen durch

Straßenlaternen hell erleuchteten Kreuzungsbereich unter uns Richtung East Harwich.

»Das ist doch mein Dodge?! Leute, schaut mal!«

Sam und ich verrenken uns beinahe die Hälse, während Danny eine mehr als unvorschriftsmäßige Kehrtwendung macht, um die Ausfahrt nach East Harwich zu erwischen. Zum Glück ist auf den Straßen kaum etwas los.

Gott sei Dank, ja, das ist er! Ich kann die Flutlichter, die Danny vor dem Urlaub zusätzlich auf dem Dach angebracht hat, um nachts die Wege durch die Dünen besser zu finden, erkennen. Mein Herz macht einen erleichterten Satz und ich fahre mir mit schweißnassen Händen über die Oberschenkel.

Ich werde meinem Sunshine so was von den Arsch aufreißen. Inzwischen bin ich dermaßen wütend, weil sie mich einfach hat sitzen lassen und mir jede Chance genommen hat, mich zu diesem Thema zu äußern, dass ich es kaum erwarten kann, sie deswegen zusammenzufalten.

Was denkt sie sich bloß? Kennt sie mich so wenig, dass sie ernsthaft davon ausgeht, dass ich sie deswegen nicht mehr will? Klar ist es abgefuckt, dass wir keine eigenen Kinder bekommen können, aber mein Gott, dann ist das eben so. Ich will sie trotzdem noch genauso sehr wie vorher. Ich liebe diese völlig durchgeknallte Frau. Die Tatsache, dass sie keine Kinder bekommen kann, ändert daran nichts. Überhaupt nichts.

Im Moment bin ich allerdings verflucht sauer auf sie. Wenn ich etwas nicht ausstehen kann, dann ist es, wie der letzte Vollidiot stehen gelassen zu werden und mich nicht äußern zu können. Und jetzt, nachdem wir sie gefunden haben, merke ich erst, *wie* stinkwütend ich bin.

Aus meiner Kehle steigt ein Knurren empor.

Sam lacht. »Gleich hast du sie wieder und kannst sie fertigmachen. Du hast meine volle Unterstützung.« Auch sie hört sich erleichtert an.

Diese Frau spinnt doch total, einfach so abzuhauen und sich alkoholisiert hinters Steuer zu setzen. Gott, ich könnte sie …!

Danny fährt die Kurve von der US 6 ab und wir verlieren den Dodge kurzzeitig aus den Augen. Als ich ihn wieder im Blick habe, runzle ich die Stirn.

Keinen Plan, was sie da macht, aber das Auto steht mitten auf der Kreuzung. Wir sind noch zu weit weg, als dass ich mehr ausmachen könnte, selbst mit zusammengekniffenen Augen.

Blöderweise muss Danny nun auch noch an einer roten Ampel halten.

Jetzt fährt der Dodge wieder an und schiebt sich von der Kreuzung. Zum Glück, weil …

Urplötzlich taucht ein weißer Van wie aus dem Nichts auf der anderen Seite der Kreuzung auf, der sich mit rasender Geschwindigkeit – viel schneller als hier zulässig – dem Dodge nähert. Als ich kapiere, was gleich passieren wird, öffnet sich mein Mund zu einem Schrei.

Zeitgleich schaltet die Ampel auf Grün und Danny drückt das Gaspedal durch, doch ganz gleich, wie schnell wir auch da wären, wir könnten ihr nicht helfen. Selbst dann nicht, wenn wir direkt neben ihr stünden; der weiße Van kracht bereits frontal in die Beifahrerseite des Dodge.

Wir fangen alle gleichzeitig an zu brüllen.

Der Wagen überschlägt sich, kommt auf dem Dach zum Liegen und rutscht zur Hälfte in einen Straßengraben neben der Fahrbahn.

O mein Gott.

Oh, du lieber Gott!

Hoffentlich war sie angeschnallt.

Holy, hoffentlich war mein Mädchen angeschnallt!

»Gib Gas, jetzt gib schon Gas, Danny!«, schreit Sam mit sich überschlagender Stimme, aber Danny holt ohnehin schon alles aus dem alten Jeep heraus, was geht. Er ist trotzdem nicht schnell genug.

Meine Finger krallen sich mittlerweile schmerzhaft in meine Oberschenkel und ich knirsche so laut mit den Zähnen, dass ich es hören kann. In meinem Kopf herrscht das reinste Chaos. Ich denke an gar nichts und gleichzeitig an alles.

Hat sie überlebt? Ist sie verletzt? Wie schwer ist sie verletzt?

Wir sehen eine Gestalt aus dem Van steigen und eine andere wild gestikulieren. Wenigstens steigen sie aus, um zu helfen. Das ist das Mindeste, nachdem sie sie praktisch von der Straße gerammt haben.

Die eine Gestalt verschwindet hinter dem Dodge, die andere bleibt an der Fahrerseite des Vans stehen. Wir sind fast da, fast bei ihr! Die Gestalt an der Fahrertür ruft der anderen etwas zu, daraufhin starrt diese in unsere Richtung. Ich kann kaum etwas erkennen, sie sind nach wie vor zu weit weg. Dann rennt die Person plötzlich vom Dodge zum Van, beide springen hinein, wenden und fahren mit quietschenden Reifen und rauchender Kühlerhaube davon.

Das darf doch wohl nicht wahr sein!

»What the fuck?!«, brüllt Danny neben mir, während er auf die Unfallstelle zurast.

Noch eine Minute.

Komm schon, komm schon, mach schneller, schneller!

Als wir endlich angekommen sind, stellt er den Jeep mit einem gewissen Sicherheitsabstand neben seinen Dodge, damit nicht aus Versehen noch ein Auto hineinrasen kann.

Mich allerdings kann nichts mehr halten, ich bin schon längst aus dem Fahrzeug gesprungen, obwohl es noch ausrollt.

»Connor, warte!«, ruft Danny mir zu, steigt ebenfalls hastig aus und sprintet mir hinterher, während er Sam über seine Schulter anweist: »Ruf die 911 an!«

Als ich das Wrack, das einst der coole Dodge gewesen ist, erreicht habe, mich hinunterbeuge und blonde Haare sowie den Zipfel eines weißen Sommerkleides an der zersplitterten Seitenscheibe ausmache, die zur Böschung hinzeigt, rieche ich es auch schon.

Benzin.

Fuck, es muss viel sein, nachdem der Geruch so intensiv in der Luft liegt.

Danny reißt mich am Arm nach hinten und zerrt mich ein Stück weit vom Dodge weg.

Spinnt der?

Ich versuche mich aus seinem erbarmungslosen Griff zu befreien, aber es gelingt mir nicht.

Was soll der Scheiß?

»Lass mich los! Ich muss zu ihr!« Nun beginne ich ernsthaft auf ihn einzuschlagen.

»Connor, du ...« Gekonnt weicht er meinem ersten Punch aus und meine Faust, die erst für seine Seite bestimmt war, rammt sich in seinen Magen. Ich kann spüren, dass er seine Bauchmuskulatur angespannt hat, daher verfehlt der Schlag seine gewünschte Wirkung. Dank Nick können wir alle gut kämpfen, auch Danny.

Leider.

»Hör verdammt noch mal auf!«, brüllt er, schlägt jedoch nicht zurück.

»Lass mich sofort los!«, schreie ich außer mir zurück, als er mich schon in den Schwitzkasten nimmt und meinen Arm so weit nach oben dreht, dass ich meine Knie leicht beugen muss.

»Ich muss zu ihr, du Arschloch!« Wie von Sinnen trete ich nach ihm. Ich kann nur an eines denken: Ich muss zu ihr, ich muss sie aus diesem Auto holen!

»Riechst du das nicht, Connor? Hier stinkt es nach Benzin, als wäre die ganze Straße damit getränkt. Ein paar Funken von irgendwoher und uns fliegt der Dodge um die Ohren. Lass uns erst mal um den Wagen gehen und schauen, ob wir sie sehen«, presst er angestrengt hinter zusammengebissenen Zähnen hervor, da er mich immer noch mit vollem Körpereinsatz festhält.

»Ich habe sie gesehen. Sie ist da drin, Danny! Lass mich endlich lo ...«

Weiter komme ich nicht. Die Wucht der Explosion reißt uns unmittelbar von den Füßen und katapultiert uns mindestens zwei Meter nach hinten. Wir knallen hart auf dem Waldboden auf, der die Bundesstraße umsäumt und die Luft flirrt und knistert aufgeladen.

Instinktiv reiße ich meine Arme vors Gesicht und rolle mich zusammen, um mich vor eventuell in der Luft herumfliegenden Wrackteilen zu schützen. Ich handle nur noch mechanisch, nichts anderes geht mehr. In meinen Ohren klingelt es und ich spüre Danny neben mir, da seine Knie in meinen Rücken drücken.

Ein Schrei, der so laut ist, dass er über die Geräuschkulisse des brennenden Fahrzeugs hinwegklingt, dringt in mein gelähmtes Gehirn und ich öffne die Augen einen spaltweit.

Der Dodge steht in Flammen und in deren Schein sehe ich Sam wie eine Wahnsinnige auf uns zurasen. Sie stoppt so abrupt, dass sie taumelt und auf uns stürzt.

»O Gott, o Gott, o Gott«, kann ich sie durch das schrille Klingeln in meinen Ohren atemlos keuchen hören.

Panisch und ungläubig starren wir uns gegenseitig an.

Dann drehen wir unsere Köpfe zum brennenden Fahrzeug.

Keiner sagt ein Wort.

Bis auf das Knistern und Rauschen der Flammen herrscht Totenstille.

Eiseskälte wird in Windeseile von meinen Blutkörperchen zu jedem noch so winzigen Körperteil transportiert. Bis ein markerschütterndes und unglaublich qualvolles Brüllen die zischende und knackende Luft zerreißt.

Ich brauche drei volle Sekunden, bis ich kapiere, dass dieses Brüllen aus meinem Mund kommt.

Danny kann mir gerade noch rechtzeitig ausweichen, als ich mich auf die Seite drehe und meinen gesamten Mageninhalt auf den Waldboden kotze.

Danach wird alles schwarz.

Pechschwarz.

Denn ich habe sie verloren.

Mein Sunshine ist erloschen.

Und ich weiß, nichts wird wieder gut.

Nichts wird jemals wieder gut.

25

Junie

Mein Herz beginnt zu stolpern und so wild zu rasen, dass ich mir sicher bin, ich bekomme einen Herzinfarkt.

Dumpf kann ich jemanden schreien hören und auf einmal verschwindet der Typ von der Fahrerseite.

Der Benzingeruch hat sich in meiner Nase festgesetzt. Auslaufendes Benzin allein bringt zwar ein Fahrzeug noch nicht zum Explodieren, Funkenregen jedoch schon. Dass so ein Aufprall irgendwo im Wagen einen Kurzschluss auslösen kann, ist durchaus im Bereich des Möglichen. Mehr als einige kräftige Funken, die ins Benzin fallen, braucht es nicht und der Dodge fliegt in die Luft wie eine Rakete am Unabhängigkeitstag.

Da meine Haare immer noch in den Streben der Kopfstütze verheddert sind, ist meine Bewegungsfreiheit massiv eingeschränkt.

Ich schiele nach unten auf die Mittelkonsole, greife hektisch nach der Klappe und reiße sie mit einem Ruck auf. Skittles-Packungen, ein Lippenpflegestift, diverse andere Gegenstände und Dannys Taschenmesser fallen kopfüber auf das Dach des Dodges.

O Gott, danke!

Fahrig lange ich über meinen Kopf und bekomme das Messer zu greifen, das ich hastig aufklappe. Ich fasse mir zügig in den Nacken, bündle so viele Haare, wie ich zu fassen bekomme, und beginne sie abzusäbeln.

Und dann rieche ich es.

Irgendetwas kokelt hier.

Bitte nicht, bitte, lieber Gott, tu mir das nicht an!

Wie eine Wahnsinnige säble ich an meiner Mähne herum.

Scheiße, das dauert zu lange. Ich weiß, das dauert einfach viel zu lange!

Also höre ich damit auf und fange an, hysterisch an ihr zu reißen. Unfassbar, was für Kräfte der Körper freisetzt, wenn er in Todesangst gerät. Nichts Geringeres geht hier nämlich im Moment vor sich. Meine Kopfhaut brüllt, doch ich spüre, wie ich nach und nach meine Haare von den Streben lösen kann.

Als endlich mein Kopf frei ist, fasse ich nach dem Klickverschluss des Gurtes und drücke. Drücke noch mal. Mein Herz setzt erneut aus. Noch mal, noch mal und noch mal drücke ich, bis es Klick macht und ich halb auf dem Dachhimmel des Wagens liege. Die Knie kann ich anziehen und so meine Füße aus dem Fußraum ziehen.

Von draußen höre ich ein Motorengeräusch, das immer näherkommt, aber ich habe keine Zeit, darauf zu achten. Immer wieder ramme ich meine Füße mit voller Wucht in das Seitenfenster, bis der Großteil der Scheibe endgültig herausgebrochen ist. Meine Lunge pumpt und meine nackten Fußsohlen brennen. Die Flipflops habe ich schon längst während des Unfalls verloren.

Ohne Rücksicht auf Verluste quetsche ich mich aus dem Seitenfenster, das zur Böschung hinzeigt, blende dabei sämtliche Schmerzen aus und achte auch nicht auf die Glasscherben, die mein Kleid zerfetzen und sich in meine Haut bohren.

Gleich, gleich, gleich bin ich durch!

Ich schnaufe, keuche, stöhne und schließlich habe ich es geschafft und bin mit meinem ganzen Körper aus dem Wrack gekrochen.

Auf einer Hand und beiden Knien kriechend, mache ich mich blind vor Panik auf, so weit wie möglich vom Auto wegzukrabbeln, als ich wildes Geschrei höre. Doch in meiner Todesangst und aufgrund des Adrenalins, das nach wie vor durch meinen Körper rauscht, drehe ich mich nicht um, sondern robbe immer weiter vom Auto weg. Dabei bleibe ich im Graben; den hochzuklettern kommt nicht infrage. Das schaffe ich mit meiner Schulter auf keinen Fall. Aufzustehen mute ich meinen Beinen nicht zu, ich kann mir beim besten Willen nicht vorstellen, dass sie mich tragen könnten.

Komm schon, noch einen Meter, sicher ist sicher.

Und im selben Moment, als ich mich umdrehen will, um den Leuten, die da so wild um sich schreien, zuzurufen, dass ich hier bin und Hilfe brauche, explodiert Dannys kostbarer Dodge Ram mit einem ohrenbetäubenden Knall und geht lichterloh in Flammen auf.

Die Druckwelle presst mich tief in die Böschung und ich bedecke schützend meinen Kopf mit einem Arm. Der andere liegt mittlerweile vollkommen nutzlos an meiner Seite, die Schulter hat es anscheinend ordentlich abbekommen.

Nicht weit von mir entfernt ertönt ein alles durchdringendes, verzweifeltes Brüllen, das ich nicht zuordnen kann. Aber darüber kann ich mir keine Gedanken machen, dafür bin ich viel zu beschäftigt mit mir selbst.

Nach ein paar Sekunden traue ich mir zu, mich auf die Seite der heilen Schulter zu rollen und blicke in der Embryonalstellung zum Wagen zurück.

Mein Kopf ist leer. Vollkommen leer. Nichts kann ich mehr denken, ich starre nur eine gefühlte Ewigkeit in die Flammen und kann deren sengende Hitze spüren. Der Gestank von verbranntem Gummi und Leder dringt in meine Nase.

Meine Güte, das war haarscharf! Im wahrsten Sinne des Wortes.

Dann zerrt mich mit einem Mal der brüllend heiße Schmerz in meiner Schulter aus der Schockstarre, ich spüre ihn plötzlich mit so einer brutalen Wucht und Intensität, dass er mir beinahe die Luft zum Atmen nimmt.

Fuck, tut das weh!

Nebenbei fühle ich auch noch, wie etwas Klebriges von meiner Stirn an den Schläfen hinunterläuft, was ich vorher nicht wahrgenommen habe. Ungeduldig will ich es mir mit der Hand wegwischen.

Mist.

Geht nicht.

Und überhaupt ... meine Stirn fühlt sich irgendwie merkwürdig an.

Ich taste mit den Fingerkuppen unter meinem Haaransatz herum und kann einen Cut, der einmal quer über die Stirn läuft, erfühlen.

Gott, ist der tief. Das ist kein Cut, das ist ein verflixter Graben! Wann ist das denn passiert?

Egal, keine Zeit für Eitelkeiten. Ich lebe, das ist das Wichtigste.

Mühsam stemme ich meinen Körper aus der Seitenlage mit dem Arm der heilen Schulter nach oben. Sternchen tanzen vor meinen Augen und mir wird kotzübel.

Bloß nicht wegkippen. Jetzt nicht. Das wäre ungünstig. Am Ende sieht mich hier niemand. Doch das müssen sie.

Komm schon, komm schon, komm schooon!

Aber das Einzige, das kraftlos und viel zu leise aus meinem Mund kommt, bevor dieses Arschloch namens Kreislauf meine Lichter auspustet, ist: »Hilfe …«

26

Sam

Connors Kopf liegt auf Dannys Oberschenkeln zur Seite gedreht, damit er nicht an seinem eigenen Erbrochenen ersticken kann. Seine Augen sind geschlossen und zucken hinter den Lidern hin und her.

Ich starre abwechselnd ihn und Danny an. Zum Dodge kann ich nicht sehen. Meine Augen weigern sich. Genauso, wie sich mein narbiges Seelchen vehement dagegen sträubt zu akzeptieren, was eben passiert ist. Das geht nicht. Das geht einfach nicht.

Dannys Blick ist auf den brennenden Wagen gerichtet. Er gibt keinen Laut von sich, stiert nur in die Flammen.

Als riesengroßer Kontrast zu unserer Stille ist alles um uns herum erfüllt mit lautem Knacken und Knistern und ab und an winzigen Explosionen. Das Auto brennt komplett aus und ich frage mich, wo die Feuerwehr, die Polizei und der Krankenwagen bleiben. Wobei den mittlerweile – wenn überhaupt – nur noch Connor braucht.

Immer noch weigere ich mich meine Gedanken an diesen einen Ort wandern zu lassen. Sie gehen dem konsequent aus dem Weg und dafür bin ich ihnen mehr als dankbar. Im Moment lebe ich nicht, ich funktioniere nur.

Wieder blicke ich Connor ins Gesicht und könnte wetten, dass es leichenblass ist. Im Schein der Flammen ist jedoch alles in flackerndes orangefarbenes Licht getaucht.

Ich lege meine Hand an seine kalte Wange.

»Connor, komm schon. Wach auf!«, flüstere ich ihm zu, während ich mich zu ihm hinunterbeuge.

Eine Windböe fegt seitlich die Straße hinunter und trägt für ein paar Sekunden die Geräusche des verbrennenden Fahrzeuges von uns weg.

Und da höre ich es.

Ganz leise, aber ich höre es.

Ruckartig reiße ich meinen Kopf hoch und blicke zu Danny.

»Hast du das gehört?«, frage ich atemlos, obwohl ich nichts weiter mache, als blöd dazusitzen.

Verwirrt sieht er mich an. Dann schüttelt er langsam den Kopf.

»Was gehört?«, murmelt er dumpf.

War das nur in meinem Kopf?

Aber ihr habt es doch auch gehört, oder?

Schweigen.

Alle sind immer noch zu erschüttert.

Verflucht, ich habe es gehört! Irgendwo hat irgendjemand ganz leise um Hilfe gerufen. Ganz sicher habe ich mir das nicht eingebildet.

Ich reiße meine Hand von Connors Wange und springe auf. Sein Kopf rutscht von Dannys Oberschenkel und er stöhnt. Dem kann ich allerdings keine weitere Beachtung schenken; meine Augen suchen blitzschnell die Umgebung rund um das Fahrzeug ab und … bleiben hängen.

An einem schmutzigen, aber noch einigermaßen weißen Stück Baumwolle, das sich um einen am Rand des Straßengrabens aus der Erde ragenden Stamm gewickelt hat.

Ich fange an zu laufen. Immer weiter.

Als ich beim Stofffetzen angekommen bin und mich bücke, um ihn in die Hand zu nehmen, und die Sirenen der Feuerwehr in der Ferne höre, beginnt mein Herz zu hüpfen.

Ich richte mich auf und starre angestrengt in den Wald hinter mir.

Nichts.

Meine Augen suchen die Unfallstelle ab, das brennende Fahrzeug, die Böschung … Und da sehe ich sie endlich.

Sie liegt keine fünfzehn Meter von uns entfernt tief in den Straßengraben gedrückt. Nur fünfzehn blöde Meter.

Bevor ich losrenne, schreie ich auch schon ihren Namen aus vollem Hals und bin keine paar Sekunden später neben ihr.

Sie liegt auf der Seite. Von ihrem weißen Kleid ist kaum noch etwas übrig, es ist in Fetzen gerissen, als hätte ein Urzeitmonster seine Krallen daran gewetzt.

Ich lasse mich neben sie fallen und drehe sie behutsam auf den Rücken. Keine Ahnung, was mit ihren Haaren passiert ist, sie sehen aus, als hätten sie sich in einem Küchenhäcksler verfangen, sind teils abgeschnitten und teils ausgerissen. Auf ihrer Stirn klafft eine tiefe Schnittwunde, die einmal komplett von der linken bis zur rechten Schläfe reicht.

Meine Güte ...

»Danny, Junie ist hier! Hier! Sie lebt!«, brülle ich, während mein Blick über ihren Körper fliegt.

Abgesehen von Schnitten und Kratzern kann ich keine ernsthaften Verletzungen ausmachen. Zumindest keine, die bluten. Aber ihre linke Schulter sieht an der Seite merkwürdig spitz aus. Der Knochen steht weiter hervor, als er sollte.

»Junie, kannst du mich hören?«

Ihre Augen zucken hinter den Lidern hin und her wie Pucks beim Eishockey, dann flattern sie, bis sie sich schließlich öffnen.

Mein Herz tanzt Rock 'n' Roll.

O mein Gott!

»Schrei nicht so, Grinch, ich hab brutale Kopfschmerzen«, nuschelt sie.

Ich muss mich dicht zu ihrem Mund vorbeugen, um sie verstehen zu können. Und da ich eh schon einmal dort bin, lege ich meinen Kopf auf ihre gesunde Schulter und schluchze drauflos.

27

Connor

Qualm. Überall ist Qualm. Meine Ohren klingeln noch immer. Ich kann die Sirenen in der Ferne hören, sie werden stetig lauter. Ich will meine Augen nicht aufmachen, ich will der Realität nicht ins Auge blicken, ich kann nicht, ich kann einfach nicht.

Warum ist die Welt noch nicht stehen geblieben? Das muss doch so sein, oder? Ohne sie kann die Erde sich unmöglich weiterdrehen, sie kann unmöglich weiter funktionieren, als wäre nichts ...

»Danny, Junie ist hier! Hier! Sie lebt!«, schreit Sam von irgendwoher.

Schwerfällig öffne ich nun doch die Augen, kann sie jedoch nirgendwo sehen. Dannys Hände halten meinen Kopf und ich schubse sie kraftlos zur Seite.

Langsam, viel zu langsam sickern Sams Worte in mein nach wie vor gelähmtes Gehirn.

Ich rolle mich von Dannys Beinen herunter und kämpfe mich mühsam in die Vertikale.

»Langsam, Bro, immer langsam«, ermahnt er mich ruhig und stellt sich hinter mich.

Mein Blick sucht manisch die Unfallstelle ab und fährt die Böschung entlang. Da kann ich plötzlich Sams Kopf erkennen, der ungefähr zwanzig Meter vom brennenden Wrack entfernt daraus hervorlugt, bevor er kurz darauf wieder darin verschwindet.

Ich taumle in ihre Richtung und wäre beinahe der Länge nach über einen Ast geknallt, wenn Danny mich nicht von hinten um die Hüften gepackt und wiederaufgerichtet hätte. Keuchend und schnaufend bahne ich mir den Weg zu Sam.

Das geht nicht fix genug, verdammter ...

Meine Beine bewegen sich schneller, immer schneller, bis meine Füße kaum hinterherkommen, ich den Straßengraben hinunterschlittere und mich dann endlich neben ihr auf die Knie fallen lassen kann.

Herrgott, das darf doch nicht wahr sein! Das darf doch alles nicht ...

»Junie?« Mein Herz galoppiert so stark und ich zittere am ganzen Körper, als hätte ich einen weiteren Schock – was offensichtlich der Wahrheit entspricht.

Denn entweder bin ich vor Trauer und Schmerz irre geworden, oder mein Sunshine liegt tatsächlich vollkommen zerfleddert, mit zerrissenem Kleid und über und über mit Schrammen versehrt vor mir. Was zur Hölle hat sie mit ihren Haaren angestellt?

Meine Augen scannen hektisch ihren Körper, meine Hände tun es ihnen gleich, wissen gar nicht, wo sie haltmachen und sie berühren dürfen.

Holy Fuck! Das ganze Blut auf ihrer Stirn, was ...

Sam rutscht nach hinten, um mir Platz zu machen, steht auf und lässt sich auf der anderen Seite neben Danny nieder, der vorsichtig Junies Schulter abtastet, deren einer Knochen an der Seite seltsam hervorsteht. Sie ist ausgekugelt, das erkenne ich sofort, da ich solche Verletzungen beim Football schon oft genug gesehen habe.

Ihre Augen öffnen sich einen winzigen Spalt und eine Flutwelle der Erleichterung schwappt warm durch meine Blutbahnen und verdrängt Stück um Stück die Eiseskälte, die kurz vorher noch darin gewütet hat.

»Junie, kannst du mich hören?« Ganz sanft nehme ich ihr Gesicht in meine Hände und blicke ihr in die Augen.

»Bin ja nicht taub«, murmelt sie angestrengt.

Ich drücke leicht meine Lippen auf ihre. Diese Frau macht mich fix und fertig.

»O Gott, Sunshine«, flüstere ich an ihrem Mund.

»Der macht diesen Urlaub definitiv Überstunden.« Danny ist die Erleichterung deutlich anzuhören.

Ich kann mich gar nicht sattsehen an ihrem Gesicht, meine Hände scheinen daran wie festgetackert zu sein.

»Das Auto.« Sie schluckt. »Tut mir so leid, Danny, ich …«

»Halt die Klappe, Junie, das Auto ist mir so was von scheißegal«, unterbricht er sie knurrend und schüttelt ungläubig den Kopf. »Das Auto … echt jetzt …« Er steht auf und winkt die Sanitäter, die eben samt Feuerwehr und Polizei an der Unfallstelle angekommen sind, zu uns. Sie haben anscheinend alles losgeschickt, was blinkt, und so wie es hier aussieht, war das auch gut so.

Als ein Rettungsassistent erst Sam und Danny und dann mich beiseiteschiebt, lasse ich äußerst widerwillig ihr Gesicht los und mache ihm Platz.

Danny legt mir seine Hände auf die Schultern und zieht mich aus dem Graben, während der andere Sanitäter, der neben der Trage steht, die die beiden am Rand der Böschung abgestellt haben, uns eingehend mustert. »Seid ihr auch verletzt?«

»Nein, wir sind okay. Wir waren nicht in den Unfall verwickelt«, antwortet Danny ihm.

Jetzt treten auch noch zwei Officer an uns heran.

»Wessen Fahrzeug brennt da gerade aus?«, fragt einer der beiden mit merkwürdig hoher Stimme.

»Das ist meins. Aber ich war nicht der Fahrer.« Danny wird von ihm zum Polizeiwagen gebracht, um seine Aussage machen zu können, während ich akribisch die Bewegungen des Rettungsassistenten beobachte, der Junie untersucht.

»Die Schulter muss eingerenkt und die Stirn genäht werden. Ansonsten sind die Extremitäten unversehrt«, sagt er zu seinem Kollegen, der inzwischen an Junies anderer Seite kniet und ihre Kratzer und Schnitte untersucht.

»Die sind alle nur oberflächlich. Du hast riesiges Glück gehabt, weißt du das eigentlich?«, will der von meinem Mädchen wissen.

Sein Spruch kommt mir ziemlich bekannt vor.

Junie brummt nur leise und schließt die Augen.

Verflucht.

Sie hat Schmerzen und ich kann nichts für sie tun. Das bringt mich um.

»Können Sie sie nicht endlich ins Krankenhaus fahren? Oder ihr etwas gegen die Schmerzen geben?« Ist mir scheißegal, ob ich nerve oder nicht, ich kann ihren Anblick nicht ertragen, wie sie da so liegt und offensichtlich leidet.

»Lass sie ihre Arbeit machen, Connor«, nuschelt sie undeutlich.

Unglaublich diese Frau.

Sie wäre eben beinahe gestorben, hat massive Schmerzen und kriegt es trotzdem noch fertig, mich zu beruhigen, obwohl es andersrum sein sollte.

»Wohin wird sie gebracht?«, schaltet Sam sich ein.

»Ins Cape Cod Hospital. Ist in Hyannis«, erklärt der Sanitäter, der über Junie gebeugt ist. Er blickt noch nicht einmal zu uns auf, so beschäftigt ist er mit ihr. Das holt mich ein wenig runter, da ich sehen kann, dass sie in guten Händen ist.

»Wir fahren hinterher.« Sam zieht mich am Arm noch ein Stück weiter weg, damit die zwei Rettungsassistenten die Liege in den Graben wuchten können.

Keine zwei Sekunden später haben sie Junie routiniert daraufgehoben und angeschnallt, einer der beiden hat ihr zusätzlich eine Halskrause angelegt.

»Falls sie ein Schleudertrauma hat, was mich bei dem Unfall nicht wundern würde. Es ist eh verblüffend, wie wenig Verletzungen sie davongetragen hat«, fügt der Rettungsassistent, der zuerst bei ihr war, erklärend hinzu.

Mag sein, aber mir reichen sie voll und ganz.

Sie verschwenden keine Zeit mehr und heben Junie auf der Trage aus der Böschung hinaus.

Extrem besorgt laufe ich neben ihnen her und greife nach ihrer Hand. Sie fühlt sich eiskalt und schwitzig an, aber sie erwidert meinen Druck leicht.

»Alles ist okay«, murmle ich und weiß nicht genau, ob ich damit sie oder mich beruhigen will. Vermutlich uns beide. »Kann ich mitfahren?«, frage ich einen der Sanitäter.

»Seid ihr verwandt?«

Junies Hand in meiner wird schlaffer, doch ich lasse sie nicht los. Nie mehr. Aber so was von auf gar keinen fucking Fall.

»Nein. Aber verlobt sind sie«, wirft Sam, die hinter mir herläuft, ein. Ich weiß, dass sie helfen will, damit ich im Krankenwagen mitfahren darf.

Junies Augen sind geschlossen, ihre chaotisch abgeschnittenen Haare fallen ihr wirr ins Gesicht.

Wir sind am Wagen angekommen und ich blicke fragend zum Rettungssanitäter, der die Augen verdreht und mit einer knappen Handbewegung auf den Krankenwagen deutet. »Meinetwegen. Ich kann Verlobte ja schlecht voneinander trennen.«

Die Trage mit Junie darauf wird in den Krankenwagen gehoben.

Ich klettere hinter ihr hinein und quetsche mich auf die schmale Bank gegenüber. Ihre Hand lasse ich nur noch einmal kurz los, um einen der Sanitäter an ihre Kopfseite zu lassen; der andere ist vorn eingestiegen.

Danny und Sam, die neben den Polizisten stehen, bedeuten mir, dass sie nachkommen werden.

Ich mustere Junie erneut eingehend. Im hellen Licht kann ich das erste Mal sehen, wie fahl ihr Gesicht ist. Das Blut auf ihrer Stirn sticht leuchtend rot hervor. Sie hat ihre Augen geschlossen und ich weiß nicht, ob sie wach ist oder schläft.

Ich beuge mich nach vorn und presse ihre Hand an meine Lippen. Tränen schießen in meine Augen, laufen mir ungehindert die Wangen hinunter und ich schließe sie.

O Gott, danke!

28

Junie

Meine Schulter ist wieder eingerenkt und meine Stirn mit ich-will-nicht-wissen-wie-vielen Stichen genäht. Die zahllosen Kratzer und Striemen an meinem Körper, die aussehen, als wäre ich in einem Fightclub gewesen – und zwar nicht als Zuschauer –, sind desinfiziert. Dort, wo der Gurt eingeschnitten und mich vor dem Herausschleudern bewahrt hat, fühlt sich meine Brust gequetscht an, und überall habe ich einen Muskelkater. Das war es aber auch schon an Verletzungen. Keine Knochen- oder Rippenbrüche, nur diverse Prellungen und Quetschungen. Die sind allerdings schmerzhaft genug. Aber ich will mich nicht beschweren. Heute Nacht, die ohnehin fast vorbei ist, muss ich trotzdem zur Beobachtung hierbleiben.

Connor musste vom Pflegepersonal hochkant rausgeschmissen werden, da er sich standhaft geweigert hat, von meiner Seite zu weichen. So verflixt süß, dieser Mann. Mein Mann. Immer noch. Wahnsinn. Erst als der Arzt kam und ein Machtwort gesprochen hat, hat Connor sich widerwillig von mir verabschiedet. Ich konnte ihm ansehen, dass er am liebsten zu mir ins Bett gekrochen wäre.

Die Schmerzmittel, die mir die Schwester dagelassen hat, habe ich genommen und spüre allmählich deren Wirkung. Die Schulterschlinge nervt ein wenig, doch ich werde mich schon an sie gewöhnen; immerhin muss ich sie sicher ein paar Wochen tragen.

Und auch wenn die Gedanken in meinem Schädel nach wie vor hin und her hüpfen wie verrückt gewordene Knallfrösche, werden meine Augenlider langsam, aber sicher von einer unbekannten Kraft nach unten gezogen.

Ich bin so müde. So unendlich müde …

***

»Das hätten sie wegschmeißen können.« Sam rümpft die Nase und hält mein Lieblingssommerkleid in die Höhe. Gelinde gesagt ist es nur noch ein graubrauner Stofffetzen, der obendrein stinkt, als käme er direkt aus der Hölle. Hastig schiebt sie es in die Plastiktüte zurück.

Die Visite ist durch und ich bin offiziell entlassen. Connor und Danny sind mit meinen Rezepten in die Apotheke gefahren und holen uns danach vor dem Eingang ab.

»Deine Flipflops sind zusammen mit Dannys Dodge in Flammen aufgegangen, die wirst du auch nicht mehr wiedersehen, sorry.« Sie hebt bedauernd die Schultern.

»Es gibt Schlimmeres. Zum Beispiel Dannys Auto. O Mann ...« Ich reibe mir seufzend mit meiner Hand über den Arm, der in der Schlinge liegt.

Sam greift in eine Tasche, die sie von zu Hause mitgenommen hat, und zieht dunkelblaue Jeansshorts samt weißem Leinenhemd heraus. BH und Slip in der gleichen Farbe folgen. »Der Wagen ist versichert, also mach dir nicht ins Höschen. Was ist eigentlich beim Toxscreen rausgekommen? Wirst du deinen Führerschein los?«

»Nein, der lag bei 0,4. Sie haben ihn ja erst Stunden, nachdem ich das letzte Mal einen Schluck getrunken hatte, gemacht. Das hat geholfen«, murmle ich, während sie mich an der Hand vom Bett hochzieht. Anschließend stellt sie sich hinter mich und löst die Schleifen des Krankenhausnachthemds, sodass ich nur in Slip und Schulterschlinge vor ihr stehe.

Stört mich nicht. Ist ja Sam.

Nachdem sie mir beim Umziehen geholfen hat, knöpft sie mir das Hemd vorn zu und sagt leise: »Ich weiß, dass du weißt, wie scheiße das gestern von dir war. Nur deshalb verzichte ich darauf, es dir unter die Nase zu reiben. Angeheitert in eine Karre zu steigen. Echt, verdammt noch mal, Junie.« Ihre großen dunkelblauen Augen sind voller Gewitterblitze, als sie mich wütend von unten herauf ansieht.

Gott, ich weiß doch, ich weiß.

»Auch wenn du nichts für den Unfall kannst ... Es hätte keine Ahnung was passieren können.«

Meine Kehle wird eng.

»Es tut mir so leid, Sam.« Etwas anderes fällt mir nicht ein.

»Das war der schlimmste Moment in meinem Leben, als ich dachte, du wärst im Auto, während es in die Luft flog.« Sie unterbricht sich selbst und schluckt schwer. Und noch einmal.

Danach greift sie nach der Schulterschlinge und legt sie mir wieder an.

»Komm schon, Grinch, übertreib nicht. Es war der zweitschlimmste Moment, oder?« Ich versuche die Stimmung aufzuheitern, weil wir das immer so machen. Es ist unsere Art, mit furchtbaren Situationen umzugehen. Es macht sie erträglicher.

Aber diesmal lässt Sam es nicht zu und sieht mir mit ihren gewittrigen Augen mitten ins Herz. »Nein, Junie. Das war der aller-, aller-, allerschlimmste Moment in meinem Leben.«

Nun bin ich es, die schluckt. Und schluckt. Und gleich noch einmal. »Tut mir so leid, Sam, das wollte ich nicht«, wiederhole ich mich, denn was soll ich sonst sagen?

Ich wollte nie, dass sie sich Sorgen um mich machen, keiner der drei, und ich wollte auf keinen Fall, dass sie dachten, ich sei mit dem Auto in die Luft geflogen. Doch aus irgendeinem Grund realisiere ich erst jetzt mit einer vollkommen fertigen Sam vor meinen Augen, wie schlimm es für sie gewesen sein muss. Ich verstehe sie. Mit Connor an diesem Tag im Wasser ging es mir genauso.

Es ist so ein entsetzlich grausames Gefühl zu denken, dass man jemanden, den man liebt, für immer verloren hat, dass man es nicht in Worte fassen kann. Ich schäme mich in Grund und Boden dafür, dass sie das durchleben mussten. Obwohl ich weiß, dass ich nicht schuld an dem Unfall bin, wäre der ganze Mist nie passiert, wenn ich nicht ins Auto gestiegen wäre.

»Ist mir schon klar, dass du das nicht wolltest«, grummelt sie, bis sie auf einmal breit grinst.

Oh, oh.

»Deine Strafe hast du ohnehin schon bekommen.« Sie deutet mit spitzen

Fingern auf meine Haare. »Du siehst aus wie eine Vogelscheuche, in die der Blitz eingeschlagen hat.«

So eine kleine Hexe.

»Da würden sich nicht mal Vögel zum Nisten reinsetzen.« Jetzt lacht sie. »Ich kann Danny mal fragen, er leiht mir bestimmt seinen Rasierer, dann k ...«

Weiter kommt sie nicht, da ich sie trotz oder wegen ihres Lachflashs an mich drücke, so fest es meine Schulter zulässt.

Sie wird still und legt ihre Arme um meinen Rücken. Wir sagen beide nichts mehr. Es ist alles geklärt.

Sam war einfach.

Danny wird maximal unangenehm.

Aber Connor ...

***

»Kommt schon aus dem Bad, schlimmer als vorher kann's nicht aussehen«, ertönt Dannys brummender Bass vor Connors und meiner Badezimmertür.

Sam steht vor mir, geht leicht in die Knie, schnappt sich links und rechts zwei meiner Haarsträhnen, führt sie vorn zusammen und runzelt die Stirn.

Mehr schlecht als recht versuche ich auf dem Wäschekorb mein Gewicht auszubalancieren, damit ich nicht mitsamt Korb auf den Fliesenboden segle. Das wäre das Todesurteil für meine Schulter.

»Ich weiß nicht so recht ...« Mit der Schere in der Hand umrundet sie mich zum gefühlt tausendsten Mal.

Da es bereits später Nachmittag ist und ich für einen spontanen Friseurbesuch noch zu platt bin, habe ich Sam gebeten, Hand an meine Haare zu legen. Ein Blick in den Spiegel, als wir vor zwei Stunden nach Hause gekommen sind, hat mir gereicht, um zu wissen, dass ich unter keinen Umständen eine Sekunde länger mit diesem Etwas auf dem Kopf in der Gegend herumlaufen werde. Da stülpe ich mir lieber eine Mülltüte drüber.

In meinem Nacken spüre ich den kühlen Stahl und höre ein weiteres Schnipp. Und dann noch eins. Und noch eins.

»Ein paar Haare hätte ich aber schon noch gern auf dem Kopf.«

»Halt die Klappe. Ich gebe hier mein Bestes, klar?«, schießt sie zurück. »So. Jetzt kann man es lassen. Aber ich warne dich, erwarte nicht zu viel. Zum Friseur solltest du trotzdem so bald wie möglich gehen.«

Ich stehe auf, schaue ein wenig ängstlich in den Spiegel ... und puste erleichtert die Luft aus der Lunge.

Es sieht okay aus. Ehrlich okay. Nicht super, aber auch nicht so schlimm wie noch vor zwei Stunden. Meine Haare fallen mir locker auf die Schultern, sind gleichmäßig geschnitten, und die Länge steht mir eigentlich gar nicht so schlecht.

»Was hast du denn gedacht? Dass ich dich zerschnipple?«, fragt sie empört.

»Nein, aber du bist eben keine Friseurin«, beeile ich mich zu sagen. »Sorry, ich konnte doch nicht ahnen, dass du ein Naturtalent bist.«

»Schleimst du dich etwa gerade bei mir ein, oder was soll das werden?«

»Und? Funktioniert's?«

Sie sieht mich mit einem süffisanten Grinsen an und packt die Schere in meinen Kosmetikbeutel zurück. Da Sam oft möchte, dass ich ihr den Pony schneide, habe ich sie immer dabei.

Ich werfe einen letzten leicht deprimierten Blick in den Spiegel. Auf meiner Stirn prangt ein riesengroßes Pflaster und es wird sicher eine relativ unschöne und große Narbe zurückbleiben.

Was die Eitelkeit betrifft, liege ich schätzungsweise im gesunden Mittelmaß. Nicht supereitel, aber auch nicht so uneitel, dass es mir schnuppe wäre, ob ich mit einer enormen Scharte auf der Stirn herumlaufe oder nicht.

Meine Finger beginnen am Pflaster herumzuzupfen. Sam schlägt sie energisch zur Seite.

»Lass das. Du sollst es erst morgen wechseln.«

»Ist ja schon gut.« Wenigstens ist mein Gesicht ansonsten unversehrt geblieben.

»Besauft ihr euch oder was macht ihr da drin so lange?«, ruft Connor durch die Tür.

»Ich habe ja gesagt, *ich* hätte es machen sollen. Einmal mit dem Rasierer über die Kopfhaut und …«, frotzelt Danny, als Sam die Tür aufstößt und auf unser Bett zusteuert, auf dem er sitzt. Er macht seinen Mund wieder zu.

»Erst die Klappe aufreißen und jetzt kneifen.« Mit ihrer Faust knufft sie ihm in die Schulter, während er sie grinsend auf seinen Schoß zieht.

Connor lehnt barfuß an der Schlafzimmertür und sieht mich aufmerksam an. Er trägt ein graues Ramones-Shirt, dessen Ärmel sich um seine Oberarme spannen, die Haare fallen ihm zerstrubbelt in die Augen und seine langen Beine stecken in ausgeblichenen Jeans im Destroyed-Look. Meine Güte, er sieht so cool aus. Und er gehört mir. Oder? Er gehört doch noch mir? Mist. Ob ich will, oder nicht: Wir müssen dringend reden.

»Du siehst jünger aus, Sunshine. Irgendwie … niedlich.«

Bevor ich etwas darauf erwidern kann, verschwinden Sams Augenbrauen unter ihrem Pony. »Spinnst du, Connor? An ihr ist so gar nichts niedlich. Warte erst mal, bis das Pflaster runter ist, dann ist sie das erste weibliche *Scarface*.«

»Wer kann, der kann. Ich werde meine Narbe mit Stolz tragen.« Ich genieße es so sehr, von ihr nicht mit Samthandschuhen angefasst zu werden, sondern mit dem gleichen Galgenhumor, den wir auch sonst an den Tag legen. Genau das brauche ich jetzt und das weiß sie auch.

»Braves Kind. Nichts anderes habe ich erwartet.« Zufrieden zwinkert sie mir zu.

»Scarface?« Danny sieht stirnrunzelnd zu Sam.

»Du kennst den Film mit Al Pacino nicht? Ist zwar schon circa dreißig Jahre her, aber ein Klassiker«, gibt Connor an ihrer Stelle zurück.

Von Danny kommt nur ein ahnungsloses Schulterzucken.

»Dann wissen wir ja schon, was wir heute Abend schauen«, stellt Sam grinsend fest, als Connors Magen laut und deutlich rumpelt.

»Grillen?« Danny schiebt Sam von seinem Schoß und steht auf.

»Heute nicht. Lieber Pizza, okay? Ihr sucht aus, ich bestelle«, entscheidet sie, während sie sich auf den Weg in die Küche macht.

Mir ist es ohnehin egal, was wir essen. Mein Hunger hält sich in Grenzen, ich bin einfach nur erledigt.

Connor greift nach meiner Hand, doch ich weiche ihm aus. Mit einer

Kopfbewegung deute ich an, dass er vorausgehen soll. Ich muss noch etwas erledigen.

Wortlos trottet er Sam hinterher.

Danny will ihnen nach, aber ich halte ihn am Arm auf. Fragend blickt er zu mir hinunter. Er ist ehrlich groß, fällt mir einmal mehr auf, als er so direkt vor mir steht.

Ich kaue nervös auf meiner Unterlippe herum.

»Danny, hör mal ...«, druckse ich herum, aber er unterbricht mich energisch.

»Wenn du wieder mit der bescheuerten Karre anfängst, nehme ich die Schere aus dem Bad und schneide dir ein Loch in die Haare, klar?«

»Ich wollte nur sagen, d ...«

»Ich weiß, dass es dir leidtut, okay? Und dass du ein mordsmäßig schlechtes Gewissen hast. Aber weißt du auch, wie verflucht froh wir alle sind, dass du einigermaßen heil aus der Sache herausgekommen bist? Das ist alles, was zählt. Dass du so einen Scheiß nicht noch mal machen wirst, davon gehe ich stark aus.«

Ich schlucke ein paar Mal, weil der blöde Kloß schon wieder da ist.

»Falls doch, schneide ich dir nämlich nicht nur *ein* Loch in deine Haare, verstanden?«

Meine Augen werden wieder mal anstrengend feucht. Gott, das geht mir so auf die Nerven.

Danny zieht mich vorsichtig an sich, vermutlich weil er Angst hat mir wehzutun. Mein Arm liegt nach wie vor in der Schlinge vor meinem Bauch. Er wickelt seine einmal ganz um mich herum, meine Nase kommt gerade so an seine Schulter heran.

»Ich bin so froh, Junie. So verdammt froh, dass alles gut gegangen ist«, flüstert er mir ins Ohr.

Und ich muss mich zusammenreißen, um nicht hemmungslos loszuheulen. Im Moment habe ich nicht den blassesten Schimmer, womit ich solche Freunde verdient habe.

29

Connor

Ich beobachte Junie ganz genau.

Wir sitzen um den großen Holztisch auf der Terrasse und haben gerade unsere Pizzen vertilgt. Während wir anderen uns unterhalten, sieht sie stumm aufs Meer hinaus. Gegessen hat sie kaum etwas. Mit einer Hand zwirbelt sie gedankenverloren an einer kurzen Haarsträhne, die andere liegt in der Schlinge vor ihrem Bauch. Ihr Gesicht ist immer noch blass, aber nicht mehr so fahl wie heute Nacht im Krankenhaus. Die gebräunte Haut ihrer Arme und Beine ist mit Kratzern und blauen Flecken übersät, die in sämtlichen Regenbogenfarben schillern. Das weiße Pflaster reicht ihr vom Haaransatz bis zu den Augenbrauen und bedeckt somit beinahe ihre ganze Stirn.

Ihren Blick bekomme ich nicht. Sie weicht mir aus, seitdem wir sie aus dem Krankenhaus abgeholt haben, und ich weiß nicht, wieso. Allmählich werde ich ungeduldig. Ich will endlich mit ihr allein sein, damit wir reden können.

Obwohl ich unfassbar froh bin, dass ich sie nicht verloren habe, merke ich, dass meine Wut auf sie langsam, aber sicher zurückkehrt – und das will ich nicht. Da hilft nur ein klärendes Gespräch.

Die Wellen sind heute ziemlich stürmisch und in der Sonne, die im Westen hinter uns untergeht, glitzert die Gischt wie eine riesengroße Discokugel.

Keiner von uns ist sonderlich gesprächig. Man merkt, dass uns allen die letzte Nacht in den Knochen steckt.

»Was ist jetzt mit Scarface?« Danny nimmt einen Schluck von seinem Bier.

Sam spielt am Stiel ihres Weinglases herum und sieht zu Junie, die aufgrund ihrer Schmerzmittel heute bei Wasser geblieben ist. »Ich denke, *du* gehörst ins Bett.«

Junies Kopf ruckt vom Meer weg zu uns in die Runde. Sie blinzelt, als wäre sie gerade aufgewacht, und blickt müde zu Sam.

»Könnte gut sein.« Vorsichtig stützt sie sich mit der Hand auf dem Tisch ab und steht auf.

Als sie sich die Pizzakartons schnappen will, um sie wegzuräumen, gehe ich dazwischen.

»Geh schon vor, ich mach das hier und komme gleich nach, okay?«

Sie nickt nur und sieht mich wieder nicht an.

So langsam gesellt sich zur Wut doch wieder Schiss und ich kann es kaum noch erwarten, mit ihr allein zu sein.

***

Als ich in unser Schlafzimmer komme, ist es leer. Im Bad höre ich Junie rumoren und wild vor sich hin fluchen.

»Alles in Ordnung?«, frage ich sie durch die geschlossene Tür.

Ein Stöhnen folgt und ein weiterer saftiger Fluch.

»Ja, alles fantastisch, einfach fantastisch!«

Okay? »Kann ich helf …?«

Abrupt reißt sie die Tür auf und steht nur in Unterwäsche mit zerknirschtem Gesicht vor mir. Ihre Schulterschlinge hat sie auf den Wäschekorb neben sich gelegt.

»Ich komme aus dem blöden Teil von BH nicht raus. Mit einer Hand geht das einfach nicht.«

Ich schmunzle, da sie so verzweifelt aussieht. Niedlich verzweifelt. Ihr Blick reicht allerdings aus, damit ich mir jeden blöden Kommentar verkneife, flink um ihren Oberkörper greife und sie im Bruchteil einer Sekunde von ihrem BH befreit habe.

»Angeber«, murmelt sie, schubst mich aus dem Bad und knallt die Tür zu.

Stirnrunzelnd stehe ich im Schlafzimmer. Die Aussprache kann ja lustig werden …

Mit meinem Smartphone werfe ich mich aufs Bett und schreibe kurz mit Nick. David und er haben durch Danny vom Autounfall erfahren. Obwohl sie kurz danach geschrieben haben, konnte ich mich bisher nicht dazu aufraffen, ihre Nachrichten zu beantworten.

Die Dusche rauscht, Junie flucht und als die Tür wieder aufgeht, stolpert sie mit einem Schwall heißen Wasserdampf und einem schwarzen Tanktop mit gleichfarbigem Slip aus dem Bad. Die Schulterschlinge hat sie wieder angelegt. Sie sieht um einiges blasser aus als vorher.

Shit.

Ich kann gerade noch rechtzeitig aufspringen und sie um die Hüften packen, als auch schon ihre Beine nachgeben.

»Das mit dem Duschen musste unbedingt sein, oder?«, schimpfe ich, hebe sie hoch, immer darauf bedacht, nicht ihre Schulter oder den Arm zu berühren, und lege sie behutsam aufs Bett.

»Unbedingt. Ich kann nicht stinkend ins Bett«, murmelt sie erschöpft, während ich ihr die Decke bis zur Taille hochziehe.

Frauen. Gestern beinahe bei einem Autounfall draufgegangen, und heute unbedingt duschen müssen, anstatt sich zu schonen.

Kopfschüttelnd steige ich aus den Shorts, lüpfe die Decke und schiebe mich neben sie. Sie dreht sich von mir weg auf ihre heile Seite und zieht die Beine an.

Na großartig.

War's das jetzt? Kommen wir wieder nicht dazu, darüber zu reden, was alles passiert ist?

»Tut mir leid, Connor.« Sie spricht so leise, dass ich sie kaum verstehen kann.

Also rolle ich mich ebenfalls auf die Seite, stütze den Ellbogen auf die Matratze und den Kopf in die Hand und betrachte ihren Rücken.

»Alles. Es tut mir leid, dass ich gestern einfach gegangen bin, ohne dich zu Wort kommen zu lassen. Es tut mir leid, dass ich angeheitert in Dannys Auto gestiegen und losgefahren bin. Es tut mir so, so leid, dass ihr gedacht habt, ich wäre mit dem Auto in die Luft gegangen.«

Ich schließe kurz die Augen. Daran will ich nicht mehr denken. Keine beschissene Sekunde lang. Das war so ... beängstigend. Und das trifft es nicht einmal annähernd.

Meine Hand wandert, ohne dass ich es realisiere, an ihren Rücken und mein Finger zeichnet federleicht ihre Wirbelsäule nach.

»Ich wollte es dir schon früher sagen. Dass ich keine Kinder mehr bekommen kann.« Sie liegt wie eingefroren vor mir und bewegt sich keinen Millimeter.

Wir kommen der Sache näher.

»Mehr?«, frage ich. Der Gedanke, was das bedeuten könnte, geht mir nicht mehr aus dem Kopf.

»Damals, in der Nacht, als Sam ...« Sie schluckt. »Ich habe in derselben Nacht mit Caleb das erste Mal geschlafen und ... wie soll ich sagen ... wir haben in der Aufregung etwas vergessen.«

Holy, wie konnte der Kerl so bescheuert sein?

Zwar kann ich nachvollziehen, dass Mann so etwas im Eifer des Gefechtes vergessen kann, und klar hätte auch Junie daran denken müssen, doch ich bin der Meinung, dass der Typ die größere Verantwortung trägt. Keinen Plan, warum. Vermutlich, weil unsere Mutter uns ab dem Teenageralter eingebläut hat, dass es unsere Verantwortung ist, immer aufzupassen. Immer.

Aber was ...?

»Na ja, und wir hatten ... keine Ahnung ... Pech?«, erzählt sie weiter, ihre Stimme wird seltsam rau. »Zwei Monate später habe ich mir die ersten Tests aus dem Drugstore gekauft. Alle positiv.«

Scheiße.

Unruhig rutscht sie auf ihrer Seite herum, bis sie eine für sie angenehmere Position gefunden hat.

Ich warte schweigend ab, während mein Finger mittlerweile sanfte Kreise auf ihren Rücken malt.

»Ich konnte und wollte nicht mit Sam darüber reden. Sie hatte damals andere Sorgen, das weißt du.«

Yep. Weiß ich. Und was für welche ...

»Mit Caleb habe ich ja deshalb den Kontakt abgebrochen. Auch wenn er ein Recht darauf gehabt hätte, von meiner Schwangerschaft zu erfahren. Doch ich konnte nicht. Es ging einfach nicht. Auch wegen Sam, aber primär wegen mir. Ich hatte Angst, von ihm zu etwas gedrängt zu werden, das ich nicht wollte. Meinen Eltern konnte ich es erst recht nicht sagen. Es war mir viel zu peinlich.« Ächzend stützt sie ihren Oberkörper auf den gesunden Arm ab und rollt sich aus dem Bett. »Ich brauche Wasser.«

Bevor ich ihr anbieten kann, es für sie zu holen, öffnet sie unsere Schlafzimmertür, geht in die Küche und kommt kurz darauf mit einer gekühlten Flasche zurück. Sie setzt sich schwerfällig zurück aufs Bett. Nur auf den Rand, mit dem Rücken zu mir. Es scheint ihr leichter zu fallen, mich während des Sprechens nicht ansehen zu müssen.

Da ich ihr wenigstens die Flasche öffnen will, wenn ich sie ihr schon nicht holen durfte, setze ich mich ebenfalls auf.

»Komm, lass mich das ma ...«

»Nein, es geht schon«, unterbricht sie mich knapp, nimmt die Flasche zwischen die Beine, schraubt sie auf und trinkt einen Schluck.

O Mann. Ich will ihr nur helfen. Für sie da sein. Doch sie behandelt mich, als wäre ich der Letzte, den sie jetzt braucht. Warum, verdammt noch mal? Wieso ist sie so abweisend?

»Dann habe ich das getan, was viele in meiner Situation eben tun.« Als hätte es die Unterbrechung nicht gegeben, spricht sie weiter und ignoriert mich konsequent. Als wäre ich gar nicht anwesend. Das geht mir langsam ziemlich auf die Nerven.

»Ich habe mich erkundigt, bin zu einer Abtreibungsklinik gefahren, habe mich unter falschem Namen, falscher Adresse und so weiter angemeldet, ein Beratungsgespräch über mich ergehen lassen und die Sache war geritzt. Die Abtreibung wurde durchgeführt, ich bekam die Rechnung, die ich gerade so mit dem Geld auf meinem Sparkonto begleichen konnte, und ging nach Hause. Leider habe ich aber nicht nur die Rechnung bekommen, sondern ein paar Tage später auch eine Entzündung, die beide Eierstöcke lahmgelegt hat. Deswegen musste ich es meiner Mutter beichten, die mit mir gleich zum nächsten Gynäkologen gefahren ist. Nachdem durch Antibiotika die Entzündung zurückgegangen war, hat man Tests gemacht und festgestellt, dass die Abtreibung zur Unfruchtbarkeit geführt hat.«

Ich starre auf ihren Hinterkopf.

Fuck ist das Einzige, was ich gerade denken kann. Nicht besonders eloquent, mag sein, doch ich kann es nicht ändern.

Ihr Kopf senkt sich.

»Ich frage mich immer, ob es ein Junge oder ein Mädchen geworden wäre. Wie er oder sie jetzt aussehen würde, hätte ich das Kleine nicht wegmachen … töten lassen. Das hört sich so brutal an, aber es ist doch so, oder?« Sie stellt nicht mir die Frage. Sie stellt sie sich selbst.

Nun bin ich es, der schlucken muss. Weil ich höre, wie sehr sie es mitnimmt.

»Er oder sie wäre inzwischen sieben Jahre alt. Kannst du dir das vorstellen?«

Nein, kann ich nicht. Ich räuspere mich, nicht sicher, ob sie überhaupt eine Antwort darauf erwartet.

»Ist auch egal … nur eine Spinnerei.« Ihre Schultern straffen sich und sie richtet ihren Oberkörper auf.

»Jedenfalls …« Sie stellt die Flasche auf das Nachttischchen neben dem Bett, steht auf und beginnt unruhig im Zimmer auf und ab zu laufen. Fahrig klemmt sie sich die Haarsträhnen, die ihr immer wieder ins Gesicht fallen, mit einer Hand hinter die Ohren.

Unterbrechen will ich sie auf keinen Fall; ich habe das Gefühl, da kommt noch einiges heraus, was viel zu lange viel zu tief in ihr geschlummert und dabei etliches an Schaden angerichtet hat. Nachdem mir allmählich klar wird, dass sich ihre Abweisung nicht gegen mich, sondern gegen sich selbst richtet, werde ich innerlich wieder ruhiger.

»… hätte ich dir das alles schon erzählen müssen, als es zwischen uns ernst wurde. Es wäre nur fair gewesen. Dann hättest du dir früher überlegen können, ob du so jemanden wie mich willst.«

Zu früh gefreut, das war's nämlich wieder mit meiner inneren Ruhe.

»*So jemanden* wie dich?«, wiederhole ich irritiert ihre Worte. Was soll das denn heißen?

»Ja. So jemanden. Ich kann keine Kinder kriegen, Connor. Keine. Kinder.

Ich bin nicht blöd, Kinder gehören doch zu deiner Lebensplanung dazu, oder etwa nicht?« Sie bleibt stehen und starrt stur an mir vorbei.

Ich will etwas sagen, doch sie kommt mir zuvor.

»Und ich kann nicht nur keine Kinder kriegen, sondern ich kann das deshalb nicht, weil ich schon eins in meinem Bauch habe töten lassen. Verstehst du das?« Zum ersten Mal blickt sie mir in die Augen. In ihren steht so viel Schmerz, dass mein Herz sich anfühlt, als würde ein zentnerschwerer Felsbrocken darauf parken.

»Magst du so jemanden wirklich heiraten? So jemanden wie mich?« Erste Tränen rinnen ungehindert ihre Wangen hinunter und tropfen auf ihre Hand, die in der Schlinge vor ihrem Bauch liegt. Ganz leise. Ganz still. Der Anblick ist so herzzerreißend, dass ich nach Luft schnappen muss.

Mein Mund ist immer noch aufgeklappt. Nichts scheint herauskommen zu wollen, während mein Gehirn nach wie vor mit ihren Aussagen beschäftigt ist. Und mit der Frage, was zur Hölle ich falsch gemacht habe, dass sie auch nur eine Sekunde lang denken kann, ich würde sie nicht wollen. Kinder hin oder her.

Momentan bin ich dermaßen zwischen ihrer offensichtlichen Verzweiflung und meiner Wut auf ihr Verhalten und ihre Annahme, ich würde sie nun ablehnen, hin und her gerissen, dass ich überhaupt nicht weiß, wie ich auf all das reagieren soll.

»Dachte ich mir«, flüstert sie mit einer derartigen Traurigkeit in der Stimme, dass ich in die Knie gehen würde, würde ich nicht sitzen. Ihre Schultern sacken noch mehr in sich zusammen, als es ohnehin schon der Fall ist.

Das reicht aus, damit endlich wieder Leben in meine Zunge und meinen Körper kommt. Ich kann reagieren und stehe vom Bett auf.

»Du bist manchmal so dermaßen blond und blöd, dass es kracht, Junie. Das weißt du schon, oder?«

Schätze, die Wut in mir hat gewonnen.

30

Junie

Ist das sein Ernst? Hat er noch nie etwas davon gehört, dass man Leuten, die auf dem Boden liegen, nicht noch einen Tritt in den Magen verpassen sollte? Denn sie sind ja ohnehin schon ganz unten.

Ich habe es gewusst. Gott, ich hätte mir das alles sparen können und mich heute in diesen blöden Zug setzen sollen. So wie es gestern Nacht schon mein Plan war. Aber nein, ich musste ja unbedingt ...

»Ich will dir mal was sagen, Juniper Chaplan, und du wirst jetzt die Klappe halten und mir ganz genau zuhören. Hast du mich verstanden?«

Er sieht sauer aus. Also so richtig, richtig sauer. Mit seinen eins achtundachtzig baut er sich vor mir auf.

Automatisch weiche ich ein Stück zurück; so wütend habe ich ihn noch nie gesehen.

Das scheint ihn allerdings kaltzulassen, da er unmittelbar nachrutscht. Seine Hand schießt mit ausgestrecktem Zeigefinger nach vorn und er fuchtelt damit wild vor meinem Gesicht herum, als er mit seiner Standpauke loslegt.

»Erstens: Wenn du noch einmal vor mir abhaust und mich mit so einem Geständnis, das uns beide betrifft, allein lässt, ohne mir die Chance zu geben, mich auch nur ansatzweise dazu zu äußern, reiß ich dir so was von den Arsch auf!« Tief holt er Luft.

Auweia, er kommt erst in Fahrt. Er redet so schnell, dass ich mich konzentrieren muss, um nicht auf halber Strecke verloren zu gehen. Dabei spießt er mich regelrecht mit seinem Blick auf.

»Zweitens: Wenn du dich noch einmal, noch ein fucking Mal halb besoffen hinters Steuer setzt, werde ich höchstpersönlich die Bullen rufen und sie dir auf den Hals hetzen! Ist. Das. Klar?«, brüllt er unkontrolliert.

O Mann, wo ist hier der Notausgang?

Ich nicke, was das Zeug hält. Keine Ahnung, was er sonst machen würde. Seine fuchtelnde Hand fährt in seinen Nacken und reibt unwirsch darüber.

»Drittens: Kannst du mir mal sagen, wieso du denkst, dass ich an deinen Eierstöcken interessiert bin? Ich will dich! Nicht unsere ungeborenen Kinder. Klar hätte ich gern welche, das leugne ich auch gar nicht. Auch eigene, wenn es geht. Tut es nicht? Fein, dann eben nicht. Ist scheiße, ist aber eben so, wir können es wohl nicht ändern. Verstanden? Gut. Das wäre also geklärt.« Noch einmal schnappt er nach Luft.

Mittlerweile bin ich zwischen der Terrassentür und seinem Körper eingeklemmt und habe keine Chance mehr, mich aus dem Staub zu machen. Andererseits ist es nicht so, als wäre mir das möglich. Ich bin wie erstarrt und glotze ihn an, als wäre er der böse Wolf, der gerade aus einem Märchenbuch gehüpft ist.

Ein ziemlich angepisster und großer böser Wolf.

»Somit kommen wir zum vierten und letzten Punkt.« Seine Karibikaugen haben nichts mehr von sonniger Südsee, sondern schreien *Tsunamiwarnung*.

»Wie zur Hölle kannst du auch nur eine Sekunde lang denken, ich würde dich abschießen, nur weil du keine Kinder bekommen kannst oder mit sechzehn abgetrieben hast? Wie zur Hölle kannst du auch nur eine Sekunde lang annehmen, dass ich dich deswegen nicht mehr wollen würde? Du warst sechzehn und in dieser Situation allein. Deine Reaktion ist absolut nachvollziehbar. Und woher, zur verfickten Scheißhölle noch eins, kommt deine Unsicherheit bezüglich meiner Gefühle dir gegenüber? Ich meine, Junie …«

Er redet ohne Punkt und Komma und wirft gleichzeitig verzweifelt die Arme in die Höhe, um seinen Worten Nachdruck zu verleihen. Dabei bräuchte er das nicht, die sind so schon klar genug. Mir wird wieder schwindlig, aber diesmal ist es nicht der Kreislauf.

»Wir sind seit eineinhalb Jahren zusammen! Man sollte doch meinen, das ist lange genug, damit sich beide Parteien einander sicher sein können. Oder habe ich dir je Anlass dazu gegeben, an meinen Gefühlen zu zweifeln? Habe ich das?« Außer Atem sieht er mich an und durchbohrt mich regelrecht mit seinem Blick.

»Nei … n …«, stottere ich. Ich bin komplett überfahren. Total platt gewalzt wie ein Opossum am Straßenrand.

Er tritt einen Schritt zurück, greift nach seiner Shorts und schlüpft wieder hinein.

»Irgendwas ist irgendwann jedenfalls schiefgelaufen, sonst würden wir diese Unterhaltung nicht führen. Denn dann wüsstest du, wie sehr ich dich liebe und der ganze Scheiß gestern Abend wäre gar nicht erst passiert.«

Mit diesen abschließenden und mehr als deutlichen Worten dreht er sich um, öffnet die Schlafzimmertür und schließt sie hinter sich. Nicht laut. Nicht mit einem Knall. Nicht leise. Einfach normal.

Ich bin allein. Und muss ihm recht geben.

Wie konnte ich so dermaßen blond und blöd sein, jemals auch nur im Entferntesten an seinen Gefühlen zu zweifeln?

Verflixter Mist.

Was mache ich jetzt bloß?

***

Als ich ihm nach einer Weile ins Wohnzimmer folge, stelle ich fest, dass es leer ist. Nachdem Sam und Danny sich anscheinend schon in ihr Zimmer verzogen haben, bleibt mir nichts anderes übrig, als auf Connor zu warten.

Da die Terrassentür angelehnt ist, gehe ich davon aus, dass er am Strand ist, um runterzukommen.

Nachdenklich lasse ich mich auf eine der Liegen fallen, achte darauf, mit dem Ellbogen der kaputten Schulter nicht die Lehne zu berühren, und schüttle leicht den Kopf.

Ich habe ihn noch nie so sauer erlebt. Keine Ahnung, wie ich das wieder hinbiegen soll. Dass ich so dämlich sein konnte, an seinen Gefühlen mir gegenüber zu zweifeln, kann ich nicht mehr nachvollziehen. Vermutlich kann man erst glauben, dass jemand einen aufrichtig liebt, wenn man es selbst tut.

Aber dafür müsste ich mir verzeihen, nur dann klappt das mit dem Selbstlieben und das ist mir noch nicht gelungen.

Ich blicke gedankenverloren zum Strand hinunter. Aufgrund der Dunkelheit kann ich kaum etwas erkennen, und das, was ich sehe, ist schwarz. Schwarzer Himmel, schwarzes Meer, nur der Strand dicht an der Terrasse wird durch die zwei Flutlichter links und rechts am Haus beleuchtet.

Der Wind ist abgeflaut und der Strandhafer, der das Haus umgibt und dicht an dicht auf den Dünen wächst, knistert leise, während das Meer rauscht und gurgelt. Dann knistert es links von mir ein wenig mehr. Ich rechne damit, dass Connor nun die Dünen heraufkommt. Doch als ich die Augen zusammenkneife und in die Dunkelheit hinter dem Lichtkegel der Flutlichter starre, kann ich nichts ausmachen.

Aus undefinierbaren Gründen bekomme ich plötzlich eine Gänsehaut. An der Kälte kann es nicht liegen, wir haben immer noch angenehme Temperaturen.

Ich muss unweigerlich wieder an den Unfall und den weißen Van denken. Das mir so seltsam bekannt vorkommende Gesicht hinter dem schwarzen Bandana. Es macht mich halb wahnsinnig, dass ich mich nicht daran erinnern kann, woher ich diesen Typen kenne. Ob ich ihn überhaupt kenne. Ich kann meinen Finger einfach nicht drauflegen, egal wie sehr ich auch darüber nachgrüble.

Erschöpft reibe ich mir über die Augen. Irgendwie möchte ich doch nicht mehr allein hier draußen bleiben, rapple mich daher tief seufzend auf, schiebe die Terrassentür hinter mir bis auf einen Minispalt zu, damit Connor später noch hineinkommt, und laufe zurück ins Schlafzimmer.

Immer noch in Gedanken an den Unfall fällt mir ein, dass ich morgen früh auf die Polizeistation kommen soll, um meine Aussage zu machen. Der weiße Van konnte bisher nicht ausfindig gemacht werden. Diese blöden Vollidioten. Erst rammen sie mich von der Straße, danach begehen sie auch noch Fahrerflucht.

Ich lege mich vorsichtig aufs Bett und schiebe mir die Decke bis unters Kinn. Mich fröstelt immer noch und ich bin müde. So verflixt müde. Doch innerlich bin ich so aufgewühlt, dass ich nicht zur Ruhe kommen kann.

Connor, meine Unfruchtbarkeit, der Unfall, Dannys Dodge …

Mist, was würde ich darum geben, wenn ich meine Gedanken ausknipsen könnte wie das Licht an der Decke.

Als ich mich schwerfällig auf meine gesunde Seite drehen will, geht lautlos die Zimmertür auf und Connor kommt herein. Seine Haare sind vom Wind zerzaust und er sieht nachdenklich aus. Aber er scheint sich glücklicherweise wieder beruhigt zu haben.

Leise schließt er die Tür hinter sich, geht auf seine Seite des Bettes und schlüpft aus Shirt und Hose. Anschließend lüpft er unsere Decke, legt sich neben mich und dreht sich zu mir auf die Seite. Schweigend sieht er mich an, während er seine Hand an meine Schläfe legt und sein Zeigefinger sanft die Ränder des Pflasters nachzeichnet.

Mein Herz fängt an zu stolpern.

Connor richtet sich leicht auf und schwebt nun mit seinem Gesicht über meinem.

Mein Herz stolpert noch einmal.

Und als er seine weichen, warmen Lippen zärtlich auf meine drückt, beginnt es, wie wild zu galoppieren. Das kann unmöglich gesund sein.

Ich versuche krampfhaft mich nicht davon ablenken zu lassen, und konzentriere mich auf seine Lippen, die aufgrund der Meeresluft ein bisschen salzig schmecken. Seine Zunge fährt an meiner entlang, seine Haare kitzeln in meinem Gesicht und seine große Hand schiebt sich an meine Wange, mit der anderen hat er sich neben mir abgestützt.

Ich will mich für meine Blödheit und auch für alles andere entschuldigen. »Connor, ich …«

Aber er schüttelt nur den Kopf und sieht mich warm an.

»Wir können morgen weiterreden. Jetzt will ich nur bei dir sein. Ist das okay für dich?«

Durch das Licht der kleinen Lampe, die auf seiner Seite brennt, kann ich erkennen, dass seine Augen funkeln. Meine Hand wandert, ohne dass ich es merke, auf seinen

Unterarm.

Und wie das okay ist. Alles ist okay, Hauptsache, er lässt mich nicht allein. Also nicke ich stumm.

Daraufhin rollt er sich ganz über mich, stützt sich mit seinen Ellbogen links und rechts von meinem Kopf ab, immer darauf bedacht, meine kaputte Schulter nicht zu berühren, und umschließt beschützend meinen Kopf mit seinen rauen Händen. Dabei lässt er mich keine Sekunde aus den Augen. In ihnen steht so viel Liebe, so viel Zärtlichkeit, so viel Zuneigung, dass mein Herz wieder kurz davor ist, irgendwelche Zirkusnummern zu veranstalten.

Er neigt seinen Kopf, beißt mir leicht in die Unterlippe und fährt danach mit seiner Zunge darüber, bevor er mit ihr in meinen Mund taucht. Sie schmeckt nach Fruchtkaugummi und umspielt meine, während seine Daumen über meine Wangenknochen streicheln. Da liegt so viel Gefühl in diesem Kuss, dass ich froh bin zu liegen, so weich werden meine Knie.

Sein leckerer Geruch hüllt mich ein und mir wird überall ganz warm. Immer wieder tupft er zwischendurch kleine Küsse auf meine Lippen, meine Nase, meine Wangen, bevor er wieder meine Zunge mit seiner umspielt.

Wir haben uns ewig nicht mehr so geküsst. So ausgiebig und innig, als hätten wir alle Zeit der Welt. Für diesen Moment scheint sie tatsächlich stillzustehen. Die Zeit. Die Welt.

Meine Hand liegt locker an seiner Brust, dort, wo sein Herz kräftig und schnell wummert. Leise keucht er an meinen Lippen, stupst dann mit seiner Nase meine an, bevor er seine Stirn an meine lehnt und mir tief in die Augen blickt.

Bis auf den Grund meiner Seele.

Das erste Mal, seitdem wir uns kennen, sieht er alles von mir. Und das erste Mal, seitdem wir uns kennen, habe ich keine Angst mehr davor.

31

Connor

Sie schmeckt so verdammt gut. Ein wenig süßlich, das liegt wohl an ihrem Lippenpflegestift, ein wenig salzig, das liegt am Meer, und ganz viel nach ihr selbst. Der Duft von Äpfeln und Kirschen steigt mir in die Nase, während ihre weiche, warme Zunge meine umkreist.

Als ich am Strand war, bin ich allmählich runtergekommen. Ich brauchte Zeit zum Nachdenken. Zwar habe ich immer noch keinen Plan, warum sie sich meiner Gefühle so unsicher ist, aber ich hoffe, dass das nun endgültig ein Ende hat. Außerdem habe ich alles gesagt, was ich wollte, und ich denke, sie auch. Ab einem bestimmten Punkt kann man Dinge auch totreden. Wenn es geht, beschränke ich mich nur auf die wesentlichen Sachen. Reicht ja auch.

Nun will ich sie fühlen. Riechen. Schmecken. Bei ihr sein. Doch ich weiß nicht, wie weit ich heute gehen darf. Ob wir miteinander schlafen sollten. Ich will ihr nicht wehtun, noch nicht mal aus Versehen. Unter keinen fucking Umständen.

Außerdem fühlt es sich so gut an, sie nur zu küssen. Sich so viel Zeit dafür zu nehmen, ohne gleich zur Sache zu kommen. Ich fühle mich wie ein pubertierender Teenager, während ich mit einem Hammerständer zwischen ihren Beinen liege und sie küsse, als wäre ich *Pu der Bär* und sie der Honigtopf.

Meine Hand wandert von ihrer Wange über ihr Schlüsselbein an der Seite ihrer vollen Brust entlang bis unter ihr Tanktop. Ihre Haut fühlt sich warm an und ein wenig schwitzig.

»Hast du Schmerzen?« Ich mustere sie aufmerksam.

»Nein. Zumindest im Moment nicht. Das kann aber auch an den Tabletten liegen«, murmelt sie leise.

Wir sollten es heute dabei belassen, egal wie sehr ich sie spüren möchte. Also will ich mich vorsichtig von ihr herunterrollen.

»Was machst du da?« Der goldene Kreis, der sich um ihre Iriden zieht, glitzert leicht, als sie mich erstaunt ansieht.

»Ich glaube, wir sollten heute *darauf* verzichten. Ich will dir nicht wehtun.«

Sie hält mich am Oberarm fest. »Bleib. Ich sag dir schon, wenn ich Schmerzen habe«, flüstert sie, aber ich zögere noch.

Sie legt ihre schmale Hand auf meine Brust, hebt ihren Kopf leicht an und küsst mich sanft.

Ach, verdammt noch mal. Jetzt kann ich mich auch nicht mehr beherrschen. Schließlich bin ich auch nur ein Mann.

Also springe ich vom Bett auf, schlüpfe aus meinen Boxershorts, klettere zwischen ihre Beine zurück, hebe ihre Hüften an und ziehe ihr den Slip aus. Danach lege ich mich wieder zwischen ihre Beine, penibel darauf bedacht, ihren Arm, der in der Schlinge auf ihrem Bauch liegt, nicht zu berühren.

Meine Lippen küssen sie überall ... auf den Hals, aufs Schlüsselbein und bis hinunter zu ihren weichen Brüsten. Während ich ihr Top nach oben schiebe, leicht an ihrer süßen Brustwarze knabbere und sie zwischen meine Zähne ziehe, stöhnt sie leise auf und drückt ihr Becken gegen meins. Mein Schwanz liegt hart auf ihrem Bauch. Als ich mit meinen Fingern ihre Schamlippen teile, spüre ich, wie feucht und warm sie für mich ist. Meine Fresse, bei dieser Frau ist es wirklich kein Wunder, sich wie ein pubertierender Teenager zu fühlen.

Sanft dringe ich mit zwei Fingern in sie ein, während meine Zunge über ihre Brustwarze fährt. Doch bevor ich weitermachen kann, greift sie mir in die Haare und zieht mich zu sich. Sie schlingt die Beine fest um meine Hüften und rutscht noch ein wenig mehr unter mich. Dann greift sie zwischen uns, umfasst meinen Schwanz an der Wurzel und positioniert ihn an ihrem feuchten Eingang.

Holy!

Ihre Augen funkeln, als sie ihre Hand zurück an meinen Hinterkopf legt und mich an ihre Lippen zieht. Während sie zärtlich an meiner Unterlippe knabbert, dringe ich langsam in sie ein. Sie schließt sich eng und warm um mich und mein Blick sucht ihren. Und bekommt ihn. Mit ihren Unterschenkeln drückt sie meinen Hintern fester an sich und ich rutsche tief in sie. Ich umschließe mit meinen Händen ihr wunderschönes Gesicht und wir sind beide still.

Sehen uns nur an. Fühlen uns. Spüren uns. Mehr nicht. Denn mehr geht nicht.

Ihre Augen glitzern verdächtig feucht. Bevor ich ihr mit dem Daumen über die Wange streichen kann, um die Tränen aufzufangen, die einmal mehr zu fließen beginnen, fallen von irgendwoher noch mehr Tränen auf ihr Gesicht und vermischen sich mit ihren.

Obwohl ich Junie habe – und ich weiß, dass ich sie habe –, und sie sicher ist und lebt, tut mein Herz so verdammt weh, da die Angst, sie jemals verlieren zu können, erbarmungslos darauf einprügelt.

Wir lassen uns nicht aus den Augen und ich beginne mich in ihr zu bewegen. Selbst ich kapiere, dass hier – in diesem Moment – etwas ganz Besonderes passiert.

Klar haben wir nicht immer nur rumgefickt, sondern uns auch geliebt. Klar weiß ich, dass wir das jetzt auch tun. Doch dieses Mal ist es anders, da wir beide das erste Mal feststellen, dass wir ohne einander nicht mehr lebensfähig wären. Und das ist krass.

Ich drücke meine Lippen wieder auf ihre, unsere Küsse schmecken salzig. Durch Junies Körper geht ein kleines Beben, sie drückt meinen Kopf mit ihrer Hand leicht weg von sich, damit sie mich besser ansehen kann.

»Du weißt, dass ich dich liebe, oder?«, flüstert sie.

Ich kann nur nicken. Ja, das weiß ich.

»Und ich weiß, dass du mich liebst«, redet sie weiter.

»Vergiss das nie wieder, hörst du?«, murmle ich an ihren Lippen und tauche einmal mehr mit meiner Zunge in ihren Mund.

Eine Antwort kann sie mir deswegen nicht geben, aber das braucht sie auch nicht. Ich weiß, sie wird es nicht vergessen. Dafür werde ich sorgen.

Ihre harte Brustwarze zwirble ich zwischen meinem Daumen und Zeigefinger und meine Stöße werden schneller und härter, verlieren jedoch nicht an Vorsicht. Ihre Hand liegt locker an der Seite meines Halses, dort, wo die Halsschlagader puckert.

Nach einer Weile beginnen ihre Lider zu flattern. Ich fühle, wie sie um mich herum enger wird. Ich glaube nicht, dass ich sie schon jemals so intensiv gespürt habe wie in diesem Moment.

Meine Hand rutscht unter ihr Becken, hebt es leicht an und in diesem veränderten Winkel dringe ich noch tiefer und fester in sie. Während sie sich ruckartig zusammenzieht, werden meine Eier steinhart. Als wir beide gemeinsam explodieren und uns dabei in die Augen sehen, ist eine Sache ganz klar: Loslassen werden wir uns nicht mehr.

Nie wieder.

No fucking chance.

32

Junie

Das Erste, was ich höre, ist das Geschrei der Möwen, das aus der Ferne an meine Ohren dringt. Ich spüre Connors Knie auf meinem Oberschenkel und seine Wade zwischen meinen Beinen. Meine Augenlider sind nachtschwer und ich habe eigentlich keine Lust, sie zu öffnen, aber es gibt heute einiges zu tun. Um neun Uhr soll ich auf dem Polizeirevier in Harwich antanzen und meine Aussage machen. Meine Euphorie kennt keine Grenzen.

Ich versuche Connors Knie von meinem Oberschenkel zu schieben, was leichter gesagt ist als getan, da er auf der linken Bettseite liegt, also auf der Seite, auf der sich auch meine kaputte Schulter befindet. Verflixt, wie kann ein halbes Bein allein nur so schwer sein? Ich kann mich kaum rühren.

Na bravo.

Zu allem Überfluss schläft er immer noch tief und fest, er rührt sich keinen Millimeter. Selbst dann nicht, als ich probiere, mein Bein unter seinem hervorzuziehen.

Mist. Klappt nicht.

Noch dazu spüre ich, wie mein kompletter Nacken derart verspannt ist, dass sich mein Rücken anfühlt, als wäre er ein einziges Holzbrett.

Also gebe ich auf und bleibe wie ein komatöser Marienkäfer auf dem Rücken liegen. Dann komme ich eben zu spät. Ist auch egal.

Ich drehe meinen Kopf zur Seite und betrachte Connor, den besten Mann von allen.

Er liegt auf dem Bauch, ein Fuß baumelt aus dem Bett, sein Gesicht ist mir zugewandt, die Augen sind geschlossen. Er sieht so friedlich aus. So entspannt. Die von der Sonne und dem Meerwasser ausgeblichenen Haare fallen ihm in die Stirn und seine braun gebrannte Haut hebt sich deutlich von den weißen

Laken ab. Offensichtlich hat er seine Boxershorts gestern Nacht wieder angezogen, was ich nicht mitbekommen habe. Ich kann mich nur noch an atemberaubenden Vanilla-Sex erinnern. Der hat es ernsthaft in sich gehabt. Und das lag ausnahmsweise nicht an Connors körperlicher Beschaffenheit.

Meine Güte, was war das gestern? Mich kitzelt es immer noch überall, wenn ich an die ganzen Gefühle denke, die da mit im Spiel waren. Ich muss wieder an den missglückten Antrag denken. Na ja, missglückt trifft es nicht wirklich. Knallhart abgelehnt schon eher.

Doch nun sieht das Ganze anders aus. Jetzt weiß er alles und will mich tatsächlich trotzdem noch. Mein Bauch kribbelt so schön wohlig, weich und warm, wenn ich nur daran denke.

Wie der Ring wohl aussieht? Ob er mich noch einmal fragen wird? O Gott, hoffentlich.

Ich lege meine Hand auf sein Knie und streichle es. »Connor?«

Mittlerweile wird das Gewicht auf meinem Oberschenkel ernsthaft unangenehm. Mein Bein ist schon eingeschlafen und beginnt allmählich, wie wild zu krabbeln.

Immer noch kein Lebenszeichen.

Also versuche ich mein Bein anzuziehen und mich zur Seite zu drehen, als es sich plötzlich anfühlt, als würde der Schmerz wie ein Laserschwert meine linke Körperhälfte von der Schulter bis zur Hüfte zerteilen. Ich muss kräftig die Zähne zusammenbeißen, um nicht laut aufzuschreien.

Himmel, tut das weh!

Connor fängt an sich zu rühren und stützt sein Knie auf meinem Oberschenkel ab, als er sich schlaftrunken auf die Seite dreht.

Jetzt brülle ich wirklich, da er mich mitsamt meiner kaputten Schulter noch mehr in die Matratze drückt. Der Schmerz wird so heftig, dass weiße Pünktchen vor meinen Augen hin und her flirren.

Er zieht erschrocken sein Bein von mir herunter und entschuldigt sich sofort: »Scheiße, Junie, tut mir leid.«

Meine Augen habe ich fest zusammengekniffen und meine Zähne haben sich kräftig in meiner Unterlippe verkeilt. Zischend presse ich die Luft zwischen ihnen hervor und versuche nicht auf den Schmerz zu achten, der zwar nicht mehr so intensiv ist, dafür jedoch mittlerweile meinen ganzen Körper überzogen hat.

Ich spüre, wie Connor sich über mich beugt. Seine Hände legen sich an meine Wangen und ich zwinge mich, die Augen zu öffnen.

Er kniet neben mir und sieht mich besorgt und noch ein wenig verschlafen an. »Geht es? Wo hast du deine Schmerztabletten?«

»Im Bad. Auf der Ablage vor dem Spiegel«, knirsche ich hinter immer noch zusammengepressten Zähnen hervor.

Er springt auf, flitzt davon und ist zwei Sekunden später mit der Packung wieder da.

»Nächstes Mal parkst du dein zentnerschweres Bein woanders, wenn's geht.«

Er drückt eine Tablette aus dem Blister.

»Sorry, Sunshine. Warum hast du mich nicht geweckt?« Mit seinen Armen umschlingt er meinen Oberkörper, um mir aufzuhelfen.

»Hab ich ja versucht, aber du hast gepennt wie ein Bär im Winterschlaf.« Ich nehme die Wasserflasche, die er mir reicht, und stürze die Tablette mit einem großen Schluck hinunter.

Connor hat sich inzwischen hinter mich gesetzt, sodass ich mich an seine Brust lehnen kann. Die Schmerzen sind noch da, aber nicht mehr so schlimm wie vorher und ich kann mich einigermaßen entspannen. Dafür habe ich das Gefühl, mein Rücken wird immer härter, so verspannt ist er.

Seine Hände liegen locker auf meinen Oberschenkeln, streicheln sie leicht und ich ruhe mich erst einmal ein paar Minuten aus. Was für ein Stress am frühen Morgen.

»Wann musst du auf der Wache sein?« Er stützt sein Kinn auf meinem Kopf ab.

»In eineinhalb Stunden«, antworte ich nach einem Blick auf den kleinen, altmodischen Wecker, der auf dem Nachttischchen steht.

»Dann sollten wir langsam aufstehen.« Er vergräbt seine Nase in meinen Haaren und klingt bei dem Gedanken genauso hoch motiviert, wie ich mich fühle.

Es klopft an der Tür.

»Leute?«, ruft Sam von draußen. »Raus aus den Federn! Gibt auch frischen Kaffee.«

Wenigstens etwas.

***

»Das war es vorerst, Ms Chaplan. Falls wir weitere Fragen haben, melden wir uns bei Ihnen. Ihre Handynummer haben wir ja.« Mit diesen Worten verabschiedet sich der Officer von mir und ich trete aus dem Büro in den Wartebereich.

Connor, der auf einem der Stühle Platz genommen hat, steht auf und gesellt sich zu uns. Besitzergreifend nimmt er meine Hand und zieht mich an sich. Das macht er immer, wenn fremde Männer um mich herum sind. Ist okay, ich bin's gewohnt. Außerdem muss ich zugeben, dass ich darauf stehe.

Connor hat nicht viele Machozüge, aber die, die er hat, machen mich ziemlich an. Vermutlich genau deswegen: weil es nicht viele sind. Die Mischung macht's.

»Können wir gehen?« Er sieht den Officer fragend an, der gerade die Bürotür schließen will.

»Ja, so weit haben wir alles, was wir brauchen. Leider konnte Ms Chaplan den Täter kaum beschreiben, da er ein Tuch vor dem Mund getragen hat. Der weiße Van ist zur Fahndung ausgeschrieben. Mehr können wir vorerst nicht tun. Nachdem keiner von Ihnen das Nummernschild erkannt hat und der Wagen vermutlich noch in der gleichen Nacht von der Insel verschwunden ist, sind die Chancen, ihn zu finden, allerdings relativ gering.« Er kratzt sich am Kopf und seufzt. »Aber laut Ihrem Freund, Mr ...« Suchend blickt er auf das Klemmbrett, auf dem anscheinend unsere Namen sowie die Aussagen vermerkt sind, und blättert die einzelnen Seiten um.

»Mr Huntington«, wirft Connor ein.

»Ja, Mr Huntington. Also, sein Fahrzeug ist wohl gut versichert. Wir schicken Ihnen ein Protokoll über die Anzeige, das kann er an die Versicherung weiterleiten. Sie wird den Schaden erfahrungsgemäß übernehmen, nachdem Sie, Ms Chaplan, unter der gesetzlich erlaubten Promillegrenze waren.«

Vor Erleichterung sacke ich ein wenig in mich zusammen. Mir fällt ein gewaltiger Stein vom Herzen. Alles andere wäre die ultimative Katastrophe gewesen.

»Danke, Officer.«

Connor drückt beruhigend meine Hand.

Der Polizist nickt uns abschließend zu und schließt endgültig die Tür hinter sich.

Connor zieht mich an der Hand nach draußen, während ich grüble und grüble.

»Der Typ aus dem Van«, meine ich nachdenklich, als wir über den Parkplatz auf den alten Jeep zugehen. »Der kam mir so bekannt vor.«

Connor bleibt ruckartig stehen und sieht mich verblüfft an.

»Was? Hast du das denen auch gesagt?« Er deutet hinter sich auf die Wache.

»Schon. Aber ich habe ja nur seine Augen gesehen und die noch nicht einmal richtig. Ich weiß auch nicht … vielleicht bilde ich mir das nur ein.« Ich schnaube frustriert, befreie meine Hand aus seiner und rücke meine Schulterschlinge gerade. »Wobei … Nein, ich bilde mir das nicht nur ein. Gott, es macht mich ganz kirre, dass ich nicht draufkomme, woher ich ihn kenne!«

Als wir am Jeep angekommen sind, hält Connor mir die Tür auf, sodass ich mich umständlich auf den Beifahrersitz hieven kann.

»Ich drehe fast durch, weil ich einfach nicht darauf komme.« Meine Stimme hört sich verzweifelt an, als er die Beifahrertür schließt, um das Fahrzeug herumläuft und sich auf den Fahrersitz schwingt.

»Es ist das erste Mal, dass du das erwähnst. Dass du denkst, du kennst den Pisser.« Er startet den Jeep.

»Es gab wichtigere Dinge zu besprechen.«

»Da hast du absolut recht.« Verschmitzt sieht er mich von der Seite an, bevor er vom Parkplatz auf die Hauptstraße einbiegt.

»Trotzdem.« Ich runzle die Stirn. »Dieser Typ will mir einfach nicht aus dem Kopf. Und ich habe keine Ahnung, warum.«

33

Connor

»Wie bitte? Du kennst den Mistkerl?«, ruft Sam verblüfft und knotet sich ihre Haare nach oben.

»Ich weiß es eben nicht. Er kam mir irgendwie bekannt vor, aber ich kann nicht sagen, woher.« Junie seufzt frustriert.

»Vielleicht erinnert er dich nur an jemanden«, meint Danny, während er in der Tomatensoße herumrührt.

In der ganzen Küche riecht es lecker nach Basilikum, Knoblauch und Thymian.

Danny kann richtig gut kochen und tut es auch noch gern. Wenn das nicht so wäre, hätten wir uns vier Jahre lang nur von Tiefkühlkost und Pizza ernährt.

So ähnlich wie Sam und Junie. Von den beiden kann nämlich keine wirklich kochen. Sam gar nicht – die Frau lässt Wasser anbrennen – und Junie kann nur ihr Omelette zaubern, das war's. Diesbezüglich sieht meine Zukunft zappenduster aus; ich kann nämlich noch weniger als gar nicht kochen.

»Warum komme ich dann nicht darauf, an wen?«, wirft Junie ungeduldig ein und wühlt einhändig im Küchenschrank nach den Spaghetti.

»Lass mich mal und setz dich hin.« Ich schiebe sie sanft zur Seite und bugsiere sie auf einen der Barhocker.

»Du hast einen ziemlichen Schock gehabt.« Sam schnappt sich vier Teller sowie Besteck. »Da kann das Hirn schon mal etwas durcheinanderbringen. Vielleicht hast du ihn noch nie in deinem Leben gesehen und verwechselst ihn mit irgendeinem Promi oder so.« Sie macht sich auf den Weg nach draußen und ruft uns über ihre Schulter zu: »Parmesan brauchen wir auch noch!«

Mittlerweile gehe ich Danny zur Hand und lege die Spaghetti neben den Topf, während er mir den Käse reicht.

»Kann schon sein, das mit dem Durcheinanderbringen«, murmelt Junie, kaut nachdenklich auf der Unterlippe herum, steht vom Barhocker auf und folgt Sam auf die Terrasse.

»Hattet ihr Zeit zum Reden?«, fragt Danny mich leise.

»Ja, gestern Abend noch«, erwidere ich ebenso leise, greife nach der Käsereibe und beginne den Parmesan zu hobeln.

»Und? Den Ring trägt sie jedenfalls noch nicht.«

»Nope. Über die Verlobung haben wir nicht gesprochen.« Seufzend schüttle ich den Rest vom Käse in die Schüssel und werfe die Reibe in die Spüle. »Erst mal war es wichtig, dass zwischen uns wieder alles okay ist, und das ist es. Das reicht mir vorerst.«

»Das glaub ich dir«, murmelt er, als Sam wieder in die Küche zurückstiefelt.

»Alles muss man selber machen«, murrt sie, allerdings nicht unfreundlich, schnappt sich die Schüssel mit dem Parmesan und trabt wieder nach draußen.

»Willst du sie noch mal fragen?«, erkundigt sich Danny weiter.

»Auf jeden Fall. Aber keinen Plan, wann und wie und ob ich es überhaupt noch mal hochoffiziell machen will.« Ich habe mir da bisher noch keinen Kopf gemacht. Den Ring habe ich und ich bin mir auch sicher, dass sie den Antrag diesmal annehmen wird, doch ich denke, ich werde es irgendwann in einem ruhigen Moment machen. Das mit dem *hochoffiziell* ist ja ziemlich in die Hose gegangen. Nach allem, was passiert ist, erscheint mir das ganze Drumherum ohnehin unwichtig.

Alles was zählt, ist, dass es ihr gut geht und sie bei mir ist. Das reicht mir voll und ganz.

***

»Übrigens steht dein Autounfall in der *Cape Cod Times*«, nuschelt Sam mit vollem Mund, als wir beim Abendessen sitzen.

»Ehrlich?« Junie sieht sie erschrocken an und die aufgerollten Spaghetti auf ihrer Gabel machen einen Abflug auf den Teller. »Aber doch nicht mein Name, oder?«

»Nein, ohne Name, keine Panik. Nur, dass es einen Unfall gegeben hat, eine kurze Beschreibung dazu und dass der Unfallverursacher Fahrerflucht begangen hat. Das ist alles. Falls es Zeugen gibt, sollen sie sich bei der Polizei melden«, erklärt sie beschwichtigend und greift zu ihrem Weinglas.

»Puh, ich dachte schon ... Sonst hätte ich sofort meine Eltern anrufen müssen. Darauf habe ich erst mal keine Lust. Ich kann schon die Stimme meiner Mutter hören, wie sie mich behandelt, als wäre ich fünf Jahre alt.« Junie rollt mit den Augen und dreht die Spaghetti wieder auf die Gabel. »Darauf kann ich locker noch ein paar Tage verzichten.«

»Aber irgendwann solltest du es ihnen schon sagen. Zumindest bevor du sie mit deiner sexy Armschlinge überraschst«, gibt Danny zu bedenken.

»Ja, ja, mach ich schon noch«, murmelt sie und schiebt sich die volle Gabel in den Mund.

Ich lege mein Besteck beiseite und lehne mich faul auf dem Terrassenstuhl zurück.

»Sieh's mal so: Für unsere Eltern werden wir immer fünf Jahre alt sein, wenn es um so was geht«, gähne ich und streichle Junie über den Rücken.

»Jedenfalls stand da auch, dass in der letzten Woche zwei Frauen aus der Gegend verschwunden sind.« Sam runzelt die Stirn. »Urlauberinnen, zwischen neunzehn und fünfundzwanzig Jahre alt. Freunde und Familien haben sie als vermisst gemeldet. Sie sind von unterschiedlichen Partys verschwunden und hinterher nicht mehr aufgetaucht. Gruselig.«

Danny lacht. »Und was vermuten Sie, Miss Marple? Um welches Verbrechen soll es sich dabei handeln?«

Sam boxt ihm in die Schulter. »Ich sag ja nichts von einem Verbrechen. Ich habe nur gesagt, dass in der *Cape Cod Times* steht, dass hier auf der Halbinsel Urlauberinnen verschwunden sind. Das ist alles.«

»Vielleicht machen sie auch einfach immer noch Party. Oder haben keinen Bock mehr auf daheim. Kann ja auch was vollkommen Harmloses sein«, meint Junie, schiebt ihren Teller von sich und zupft an ihrem Pflaster herum. »Das juckt wie Hölle. Ich wechsle das blöde Teil, hoffentlich wird's danach besser.« Genervt steht sie auf und macht sich auf den Weg in unser Schlafzimmer.

Ich schiebe meinen Stuhl zurück. »Soll ich helfen?«

»Nein, lass mal«, murmelt sie, als sie durch unsere Terrassentür verschwindet.

»Apropos Partys: Hat David noch eine geplant, oder war's das jetzt für diesen Urlaub?«, fragt Sam mich und stapelt die Teller aufeinander, während Danny ihr die leere Parmesanschüssel reicht.

»David selbst schmeißt keine mehr, aber in ein paar Tagen soll eine recht große Beachparty in Hyannis steigen.« Ich tippe auf meinem Handy herum, klicke auf den Link, den er mir dazu geschickt hat, und reiche es ihr.

Ihre Augenbrauen schießen unter den Pony. »Das sieht doch gut aus. Was meint ihr?«

Danny sieht sie erstaunt an. »Seit wann bist du so eine Partymaus? So was kommt doch sonst immer von Junie.«

»Schon, aber wir haben Urlaub und eine Beachparty ist ja vorzugsweise im Freien. Außerdem könnte Junie ein wenig Ablenkung gebrauchen. Notfalls hab ich ja dich, falls was sein sollte.« Mit großen Kulleraugen blickt sie gespielt hilflos zu ihm auf.

Ich grinse.

Doch bevor ich etwas sagen kann, schreit Junie derartig entsetzt aus dem Badezimmer »Sam!«, dass wir alle drei zusammenzucken.

»Meine Güte, was ist denn jetzt los?« Sie schiebt eilig ihren Stuhl vom Tisch und springt auf.

Ich dagegen stehe längst und bin schon beinahe an der Badezimmertür, als von drinnen kommt: »Nur Sam. Wehe, die Männer kommen hier rein!«

Sam quetscht sich an mir vorbei, während Danny, der hinter uns hergelaufen ist, und ich uns mit hochgezogenen Augenbrauen anschauen.

»Alles okay?«, frage ich besorgt. Ihre Stimme hat sich ernsthaft erschüttert angehört.

»Was glaubst du denn?« Sam hat bereits die Türklinke in der Hand und dreht sich zu uns um. »Husch, husch! Raus hier. Ihr habt die Lady gehört.«

34

Junie

Wie angewurzelt starre ich in den Spiegel.

Das Pflaster liegt im Waschbecken, getrocknetes Blut klebt an der Innenseite. Ich habe länger gebraucht, um es von der Stirn zu lösen, als gedacht, da es wie Superleim an der Naht geklebt hat. Dass Blut so ein guter Klebstoff ist, wusste ich nicht. Wieder etwas gelernt. Aber im Moment bin ich nicht zu Scherzen aufgelegt, denn was mir da aus dem Spiegel entgegenspringt, ist alles andere als lustig.

Keine Ahnung, wie oft ich in diesem Urlaub noch heulen werde, es scheint nicht abzureißen, da einmal mehr Tränen in meine Augen schießen.

Die Nähte, mit denen die Wunde zusammengehalten wird, sind so ein schockierender Anblick, dass mir kurzzeitig die Luft wegbleibt. Sie sind blau und in kurzem Abstand zueinander von der rechten Schläfe quer über die Stirn bis oberhalb der linken Augenbraue gesetzt.

Scheiße.

Die Badezimmertür öffnet sich und Sam presst sich durch den schmalen Spalt. Hastig halte ich mir die Hand vor die Stirn und drehe mich zu ihr um. Durch den Spalt fange ich Connors Blick auf, der mich besorgt ansieht.

»Gib mir fünf Minuten, okay?« Ich ziehe Sam am Arm ins Bad und donnere die Tür hinter ihr zu.

»Was …?«, setzt sie erschrocken an, aber ich lasse sie nicht ausreden.

»Ich sehe wirklich aus wie Scarface, Grinch!«, platzt es aus mir heraus und ich senke meine Hand.

Sams Augen weiten sich. »Oh, oh.«

»Schönen Dank auch, jetzt geht's mir viel besser.« Schluchzend lasse ich mich auf den Wäschekorb fallen.

Das ist doch alles Kacke, oder?

Sie macht einen Schritt auf mich zu und stellt sich zwischen meine Beine.

»Lass noch mal sehen«, verlangt sie resolut und nimmt mein Gesicht in ihre Hände.

Nach einer stillen Musterung und ein paar undeutlich gebrummten Lauten meint sie: »Jetzt mag es noch schlimm aussehen, aber warte mal ab, bis die Fäden gezogen sind. Ich glaube nicht, dass man da am Ende so viel sehen wird.«

Sie sucht meinen Blick, aber ich kann kaum aus meinen doofen Augen schauen, weil alles verschwommen ist.

»Hör auf zu heulen, Junie. Es ist alles in Ordnung. Du bist mit dem Leben davongekommen. Was ist da schon eine Narbe auf der Stirn?«

Verflixt. Sie hat recht, sie hat ja recht, ich will auch ehrlich nicht undankbar sein, aber ...

»Das ist keine Narbe. Das sieht so aus, als hätte jemand versucht, meinen Kopf zu spalten und ihn hinterher notdürftig an der Stirn wieder zusammengeflickt«, stöhne ich und heule noch mehr, weil es eh schon egal ist.

Sam drückt mich an sich. »Nun warte erst mal ab. Wie gesagt, es sieht im Moment noch schlimm aus, aber ich verspreche dir, es wird bald um Welten besser sein.«

Ich hätte nie gedacht, dass ich besonders eitel bin. Anscheinend bin ich öfter mal für eine Überraschung zu haben. Aber es hilft ja alles nichts, oder?

Also ziehe ich meinen Rotz nebst Schultern hoch, setze mich wieder aufrecht hin und schaue sie an.

»Du hast ja recht. Ich habe mich in der ersten Minute einfach erschreckt.« Ungeduldig wische ich mir mit einer Hand die Tränen vom Gesicht.

»Ist alles in Ordnung bei euch?«, höre ich Connors dumpfe Stimme aus dem Schlafzimmer rufen.

Sam blickt verschmitzt auf mich hinunter, während sie ein neues Pflaster aus der sterilen Verpackung nimmt. *Goldig* formt sie mit den Lippen. Jetzt muss auch ich grinsen. Wenn einer unserer Männer jemals spitzkriegen würde, dass wir sie so bezeichnen, wären wir geliefert.

»Alles okay, bin gleich da!«, rufe ich zurück, während Sam mir das Pflaster auf die Stirn klebt.

»So gut wie neu.« Aufmunternd lächelt sie mich an und gibt mir einen Schmatz auf den Kopf. »Mein kleines Scarface.«

Ich knuffe sie leicht in die Seite.

»Doch noch zu früh für solche Scherze?« Sie blickt mich prüfend an.

»Nein, alles gut, Grinch. Scarface 2.0 ist zu allem bereit.« Meinem Herzen geht es schon viel besser. Was würde ich nur ohne sie tun?

***

Die nächsten Tage fliegen förmlich an mir vorbei. Das Wetter ist traumhaft, das Haus sowieso und Connor ist absoluter Zucker. Aufmerksam, liebevoll, einfach verflixt perfekt. Meine riesige Narbe, die inzwischen auch er in voller Pracht gesehen hat, hat ihn in keiner Weise tangiert. Sogar das Pflaster hat er bereits eigenhändig gewechselt, ohne mit der Wimper zu zucken. Manchmal vergesse ich, dass sie überhaupt da ist.

Was meine Unfruchtbarkeit angeht: Kinder wollen wir beide, keine Frage. Doch wir sind noch jung und erst einmal steht Connors Karriere bei den Pats an oberster Stelle. Abgesehen davon möchte ich vorher mein Studium beendet haben. Bis dahin haben wir genügend Zeit, uns ausreichend über die Alternativen zu erkundigen, sei es Adoption, sei es ein Pflegekind.

Der Drache in mir ist zwar immer noch da und wird es wohl auch bleiben, aber er ist gezähmt. Damit kann ich arbeiten.

Meine Güte, der Urlaub hat mehr als turbulent angefangen, wenn ich überlege, was in den letzten fünf Tagen alles passiert ist. Von dem Haiangriff und dem Autounfall bis zu dem abgelehnten Heiratsantrag und dem Outing meines Geheimnisses ... Wenn es nach mir geht, reicht es mir für die nächsten paar Jahre an Aufregung.

Meine Eltern habe ich schlussendlich angerufen und ihnen gebeichtet, was passiert ist. Sie haben glücklicherweise entspannter reagiert als gedacht und nicht verlangt, dass ich mich in den nächsten Zug zu ihnen nach Plymouth setze. Zu sagen haben sie mir zwar ohnehin nichts mehr – ich bin schließlich dreiundzwanzig Jahre alt –, doch sie haben bereits ein Kind verloren. Dass sie seitdem von Haus aus extrem besorgt sind, was mich und meine ältere Schwester Mary anbelangt, können wir sehr gut nachvollziehen; auch wir haben Henry verloren. Somit können wir alle ein Lied über die Verlustangst singen.

Im Moment stehe ich im Bad und wurschtle mich in mein Sommerkleid.

Connor, Danny und Sam sitzen schon auf der Terrasse vor ihrem ersten Drink des Abends, und nachdem für mich heute der erste schmerztablettenfreie Tag ist, höre ich den Weißwein buchstäblich meinen Namen schreien.

Wenn ich mir bloß kein Kleid mit einem Reißverschluss auf der falschen Seite ausgesucht hätte. Mist. Doch es ist einfach zu schön, als dass ich jetzt aufgeben würde. Nur lässt sich das doofe Ding mit nur einer heilen Seite schlecht anziehen. Obwohl die Schulter über die letzten Tage deutlich besser geworden ist, zieht es bei falschen Bewegungen immer noch recht unangenehm. Außerdem klemmt zu allem Überfluss dieses dämliche Teil von Reißverschluss. Wer hat so einen Dreck erfunden?

Nach etlichem Geschnaufe und Gefluche habe ich es endlich geschafft, dieses Ding zu schließen. Ein kurzer Blick in den Spiegel reicht mir, um zu wissen: Besser wird's nicht.

Meine schulterlangen blonden Haare, die der Friseur gestern nachgeschnitten hat, fallen mir offen ins Gesicht, meine Wimpern sind kräftig getuscht, auf die Lippen habe ich zartrosa Lipliner aufgetragen, und dank der Sonne brauche ich weder Rouge noch Puder. Meine Haut ist bronzefarben genug. Das türkisfarbene Kleid liegt eng an meinem Oberkörper an und läuft nach unten luftig aus. Ich zupfe noch ein wenig am Ausschnitt herum.

Yep. Sieht ganz okay aus.

Zufrieden lege ich mir die Schulterschlinge um und mache mich auf den Weg zu den anderen. Die späte Nachmittagssonne beleuchtet das heute ruhige Meer, dass es nur so funkelt.

Ich setze mich neben Connor, der mich anstrahlt, auf die Liege.

»Gut siehst du aus, Sunshine«, flüstert er, beugt sich nach vorn und vergräbt seine Nase in meinen Haaren.

Danny und Sam liegen faul auf der anderen Liege, wobei Sam sich von ihm den Rücken kraulen lässt.

»Wenn du so weitermachst, hab ich bald keine Lust mehr, auf diese Beachparty zu gehen.« Sie schnurrt wie eine kleine Katze.

Ich kann's ihr nicht verübeln. Wir waren heute wieder den ganzen Tag am Strand und auch wenn ich als Invalidin, die ich momentan bin, weder Beachvolleyball gespielt habe noch surfen war, bin ich ebenfalls ziemlich platt. Die Sonne und die Seeluft schaffen mich.

Danny grinst uns an. »Dabei wart ihr noch nicht mal surfen. Was sollen wir dann erst sagen?«

Yep, die beiden waren am Vormittag das erste Mal seit dem Haiangriff wieder auf den Boards. Selbstverständlich hätte Connor sein Wort gehalten und den Rest des Urlaubs darauf verzichtet. Er hatte mir heute Morgen verkündet, dass Danny surfen wolle, aber sofort hinterhergeschoben, dass er mit uns am Strand bleiben würde.

Doch was wäre ich für eine Freundin, ihm etwas zu verbieten, woran sein Herz hängt? Panik hin oder her. Rein nüchtern betrachtet könnte ihm immer und jederzeit etwas passieren. Ob auf dem Footballfeld, in einem Auto oder eben im Wasser. Nicht nur ich, sondern wir beide müssen uns an die Tatsache gewöhnen, dass auch unser Leben endlich ist. Diese Endlichkeit wurde uns in den letzten Tagen ja regelrecht unter die Nase gerieben.

Aus meiner Haut konnte ich trotzdem nicht; die Angst war die ganze Zeit über präsent, als wir unsere Männer dabei beobachtet haben, wie sie sich in die Wellen warfen. Zwar waren wir an einem anderen Strandabschnitt, für den die Coast Guards grünes Licht gegeben haben, aber dennoch. Ein ziemlich mulmiges Gefühl blieb und ich konnte Danny und Connor ansehen, dass es ihnen ähnlich ging. Auch wenn sie es niemals zugeben würden.

»Ja, ja, ihr seid ja so männlich und stark.« Sams Stimme trieft vor Sarkasmus.

»Genau das wollte ich hören«, schmunzelt Danny und kneift ihr zärtlich in die Seite.

Sie trägt ein knielanges weißes Sommerkleidchen mit Spaghettiträgern, die schwarze Mähne ergießt sich über ihre Schultern.

»Ist mir völlig klar. Wenn du so weitermachst, kriegst du wieder Probleme mit den Türstöcken. Ego und so. Autsch!« Energisch schiebt sie seine Hand weg.

Connor schlingt seine Arme um mich.

»Wer fährt?« Er sieht fragend zu Danny.

»Kann ich machen. Ich habe heute sowieso nicht vor mich abzuschießen«, erwidert der, setzt sich auf, trinkt sein Bier aus und deutet danach auf die Flasche. »Und das eine geht gerade noch.«

»Wäre ein Jammer, wenn wir den Dodge Charger der Leihwagenfirma auch noch schrotten würden.« Sam grinst mich frech an.

Die Spitze habe ich mehr als verdient.

»Keine Panik. Ich fahre heute mit Sicherheit nicht.« Ich nehme einen tiefen Schluck Weißwein. So lecker.

»Dann können wir ja beruhigt sein«, sagt Danny trocken, in seinen Mundwinkeln zuckt es verräterisch.

Das werde ich mir mit Sicherheit noch eine Ewigkeit anhören müssen.

35

Connor

Die Party in Hyannis Port ist bereits in vollem Gange, als wir dort ankommen. Der Geruch von Grillfleisch, Sonnencreme und Zigaretten liegt in der Luft.

Danny parkt den Leihwagen auf einem Strandparkplatz gegenüber.

Als wir auf die große Strandbar zugehen, stehen dort schon Massen partywütiger Leute in legeren Sommerklamotten. Im selben Moment schlendert David uns aus der riesigen Villa entgegen.

»Wow, welcher Bonze wohnt denn hier?«, fragt Sam David geradeheraus, noch bevor wir ihn begrüßt haben, und sieht ihn mit großen Augen an.

»Ein Bekannter meines Vaters. Aber die Party wird von seinem Sohn veranstaltet.« David nimmt die Mädchen kurz in den Arm und schlägt unsere Fäuste ab. »Wenn du schon denkst, dass Dannys und meine Eltern reich sind, wirst du gleich umfallen.« Er lacht, greift in die Hosentasche seiner Shorts und reicht jedem von uns ein rotes Armbändchen. »Damit bekommt ihr Essen und Drinks kostenlos und könnt auch ins Haus, wenn ihr wollt.«

»Junior hat das offensichtlich richtig groß aufgezogen.« Junie staunt nicht schlecht, als sie ihr Bändchen entgegennimmt.

Während wir sie uns umlegen, geht David bereits vor.

»Yep. Hat er. Er hat es in den Social Media gepostet und Eintritt nimmt er auch. Aber nur Freunde beziehungsweise Leute mit Bändchen kommen in die Villa.« Er nickt in Richtung Eingangstür, an der ein Schrank von einem Mann in schwarzem Anzug und mit verspiegelter Sonnenbrille steht. »Alle anderen werden höflich aufgefordert am Strand zu bleiben.«

Höflich, ja? Ich glaube nicht, dass der Türsteher über die nötige Gesichtsmuskulatur verfügt, um auch nur ein leichtes Lächeln zustande zu bringen. Zumindest sieht er nicht danach aus.

Und Haus oder Villa? Nichts davon trifft zu, das hier sieht aus wie ein verdammtes Schloss.

Die Treppen, die direkt neben der Beach Bar, die scheinbar ebenfalls zu diesem gigantischen Anwesen gehört, nach oben gehen, hören vor einer zweiflügligen Tür auf. Wobei Tür die falsche Bezeichnung dafür ist. Sie ist so groß wie ein Scheunentor, nur hat dieser Bau mit einer Scheune so gar nichts gemein.

Das Gebäude ist sehr modern und anders als viele der anderen Häuser hier nicht im charmanten Cape-Cod-Stil gehalten. Dreistöckig und quadratisch ragt es aus der Dünenlandschaft hervor und wirkt merkwürdig deplatziert in dieser Gegend. Weiß getüncht mit riesigen Fenstern und Türen jeweils von den Böden bis zu den Decken. Auf den ersten Blick wirkt es, als wäre es komplett aus Glas. Nicht wirklich einladend. Schätze, Geschmack kann man auch mit viel Kohle nicht kaufen.

Junie hakt sich bei mir unter und drückt meinen Arm.

»Kommt, lasst uns erst mal was zu trinken holen.« Mit diesen Worten zieht sie mich zur Bar.

Der Menschenauflauf ist enorm. Ich schiele zu Sam, die ein bisschen unruhig neben Danny herläuft. Er hat ihr einen Arm um die Schulter gelegt und sie eng an sich gedrückt.

»Na? Immer noch Bock auf Party?«, ärgert Junie sie.

»Dass es so voll wird, konnte ich ja nicht ahnen«, murmelt Sam und sieht eingeschüchtert aus.

Junie schmunzelt. »Keine Sorge, Grinch, wir passen gut auf dich auf.«

»Ach, halt doch die Klappe.«

Danny ignoriert den üblichen Schlagabtausch unserer Mädchen, den wir inzwischen ausreichend gewohnt sind, und löst sich von Sam.

»Ich besorg uns mal Getränke.« Schon drängelt er sich durch die Masse an die Bar und wird mit Weißwein, Bier und einer Coke für sich selbst einige Zeit später wieder daraus hervorgespuckt.

»Das ist hier ja schlimmer als bei einem NFL-Spiel«, stöhnt er und drückt uns die Gläser und Flaschen in die Hand.

»Wenn man eine Party in den Social Media postet, kommt eben genau *das* dabei heraus«, sagt David.

»Dann mal Prost!« Junie streckt uns ihr Weinglas entgegen, nachdem jeder von uns sein Getränk in der Hand hält.

Wir stoßen gerade an, als Nick und ein Typ in unserem Alter neben uns stoppen. »Hey, Leute! Darf ich vorstellen: der werte Herr Gastgeber.«

Hätte mir klar sein müssen. Dem springt der Reichtum plakativ aus dem Gesicht. Weder Danny noch David würden je mit ihrem Geld protzen und es so zur Schau stellen wie dieser Typ. Shorts und Polohemd stammen von Designern, die sogar ich erkenne, da die Logos deutlich aufgedruckt und somit nicht zu übersehen sind. Eine goldene Rolex baumelt an seinem Handgelenk und seine dunklen Haare sind zurückgegelt. Er ist weder besonders groß noch klein, besonders gut aussehend oder hässlich, sondern ganz normaler Durchschnitt. Anscheinend hält er sich jedoch für den Allergrößten.

»Noah«, schiebt Nick seinen Namen kurz und bündig hinterher.

Ich frage mich, ob sie enger befreundet sind. Es würde mich wundern, denn dieser Noah ist eigentlich nicht unser Style.

Sam neben mir holt Luft und Junie rammt ihr leicht den Ellbogen in die Seite.

»Nett sein, Grinch«, zischt sie ihr leise zu.

Ich grinse. Anscheinend denken wir alle das Gleiche.

»Gefällt's euch?«, fragt Noah und streckt Danny seine Hand entgegen.

Wir nicken unisono.

»Eine krasse Villa«, gibt Danny höflich zurück und schlägt in seine Hand ein.

»Da hat mein Alter mal was richtig gemacht«, sagt Noah überheblich.

Ich kann mir nicht helfen, dieser Schmierlappen wird mir immer unsympathischer.

»Scheint so«, murmelt Danny und zieht seine Hand zurück.

»Wenn ihr etwas braucht, sagt Bescheid oder nehmt es euch einfach, wir sind da nicht so«, bietet Noah uns an und zwinkert unseren Mädchen anzüglich zu.

Aufpassen, du Idiot.

Sein Blick bleibt kurz an Junies Stirn kleben, auf der immer noch ein Pflaster prangt. Dann dreht er sich um und verschwindet in der Menge.

Wenn er Junie noch einmal so angafft, kriegt er Probleme.

»Der geht nicht zum Friseur zum Haareschneiden, sondern zum Ölwechsel.« Sam verdreht die Augen.

»Sorry, Leute, aber was wollt ihr denn mit dem?«, fragt Junie an David und Nick gewandt.

Bei mir hat er sowieso verschissen. Wenn es etwas gibt, was ich auf den Tod nicht ausstehen kann, dann ist das, wenn mein Mädchen geblickfickt wird, obwohl ich direkt neben ihr stehe.

Ein Blick zu Danny, der Noah mit angesäuertem Blick hinterherstarrt, sagt mir, dass er der gleichen Meinung ist. Dieser kleine Schnösel sollte sich besser vorsehen.

»Er ist der Sohn eines Geschäftspartners meines Vaters. Mehr nicht. Und er schmeißt die Party«, erklärt David uns schulterzuckend.

»Also seid lieb.« Nick grinst und schlägt mir auf die Schultern. »Ein riesiger Sympathieträger ist er zwar nicht, aber kostenlos Partymachen ist doch nicht schlecht.«

»Habe ich was gesagt?« Ich nehme einen tiefen Schluck von meinem Bier, während ich versuche mich zusammenzureißen.

»Nope. Aber dein Blick spricht Bände«, erwidert David schmunzelnd, während wir auf ein paar leere Sitzsäcke zulaufen, die quer über den Strand verteilt sind.

»Reiches Vatersöhnchen eben«, kann ich mir dann doch nicht verkneifen zu sagen.

»Kann uns doch egal sein.« Nick lässt seine beachtliche Körpermasse auf einen der Säcke fallen.

»Wir verschwinden mal für ein wenig Klatsch und Tratsch«, informiert uns Junie, zwinkert mir zu, nimmt Sams Hand und zieht sie mit sich.

Mir soll's recht sein. Ist auch mal ganz schön, nur mit meinen Jungs hier zu sitzen. Also lümmle ich mich in einen der Säcke und entspanne mich. Der Urlaub scheint ja zum Glück nun doch einigermaßen relaxt zu werden. Das haben wir uns nach dem beschissenen Start auch mehr als verdient.

36

Danny

Unsere Mädchen sitzen immer noch auf zwei Säcken recht weit ab vom Schuss am Strand und unterhalten sich angeregt, während wir Jungs uns mittlerweile im Haus umsehen. Von hier aus sehe ich sie hervorragend, da dieses Riesenteil von Villa beinahe komplett verglast ist. So kann ich über den gesamten Strand blicken, während ich im zweiten Stock an einer enormen Fensterfront mit spektakulärem Panoramablick stehe.

Ein paar Typen sehen in Sams und Junies Richtung, doch die beiden sind so in ihre Unterhaltung vertieft, dass sie es nicht bemerken. Vermutlich ist das der einzige Grund, der diese Spanner davon abhält, unsere Mädchen anzugraben.

Besser so. Connor und ich sind wegen Noah ohnehin schon angefressen. Der Nächste, der sich in ihre Nähe wagt, kann was erleben. Mag machomäßig sein, aber es sind eben *unsere* Mädchen. Keiner hat sie zu blickficken – und anzugraben erst recht nicht.

Klar können sich beide verbal hervorragend verteidigen, aber wenn wir mit dabei sind, übernehmen wir das für sie. Ist mir egal, dass ich deswegen hinterher jedes Mal Stress mit Sam bekomme. Von wegen, mein Beschützerinstinkt würde mit mir durchgehen, ich würde sie bevormunden ... bla, bla, bla. Ich bin, wie ich bin, und diesen Teil von mir kann ich nicht ändern. Vermutlich deswegen, weil ich ihn auch nicht ändern will. Connor tickt da ganz ähnlich.

Und die Frage nach dem Dreier war nicht ernst gemeint. Never-fucking-ever würde ich meine Kleine teilen. Mit niemandem und unter keinen Umständen. Doch in der Sekunde, in der ich die Frage rausgehauen hatte, habe ich plötzlich Schiss bekommen.

Sam ist trotz ihrer schlimmen Vergangenheit alles andere als prüde. Eher sexy wie die Hölle und mittlerweile auch im Bett selbstbewusst, was mich mächtig freut. Es zeigt, wie wohl und sicher sie sich bei mir fühlt. Deswegen hätte es ja sein können, dass sie Bock auf andere Erfahrungen hat.

Aber ihre Reaktion, die eindeutig Ablehnung signalisiert hat, war klar und deutlich, und mir ist ein Stein vom Herzen gefallen.

Ich höre Nick, Connor und David nur mit halbem Ohr beim Fachsimpeln über Football zu. Abgesehen von unseren supersexy Mädchen ist zudem die ganze Aussicht zu genial, als dass ich mich nur auf das Gespräch konzentrieren könnte.

Blöderweise macht sich langsam meine Blase bemerkbar.

»Wo ist in diesem Palast hier die Toilette?«, frage ich David und drücke Connor meine Coke in die Hand. Allmählich bereue ich es, dass ich später noch fahren muss. Ein Glas vom fünfundzwanzigjährigen Talisker, den die Jungs in den Händen halten, hätte ich ansonsten unter keinen Umständen ausgeschlagen.

»Den Gang geradeaus, die letzte Tür auf der linken Seite.« Er deutet mit seiner Hand den Flur hinunter.

Ich reiße mich nur schwer vom phänomenalen Ausblick los und mache mich auf den Weg zum Badezimmer. Vermutlich ist es aus Gold.

Ganz falsch lag ich nicht, auch das Bad ist der schiere Irrsinn. Ewig groß mit zwei Waschbecken, die tatsächlich so aussehen, als wären sie vergoldet. Meine Eltern sind nicht gerade arm, aber der Reichtum hier spielt auf einem ganz anderen Level.

Nach dem Pinkeln wasche ich mir die Hände und schlendere danach den Gang zur Fensterfront zurück, als ein Geräusch mich innehalten lässt.

Es hört sich falsch in meinen Ohren an, doch ich kann nicht ausmachen, wieso.

Ein kleines Stück hinter dem Bad geht eine andere Tür ab, die geschlossen ist. Eigentlich bin ich weder ein Spanner noch ein Lauscher, aber ich bleibe trotzdem vor der Tür stehen und warte eine Sekunde.

Hm, hab mich wohl getäuscht.

David kommt mir entgegen und ich will gerade etwas sagen, als wieder dieses Geräusch durch die Tür dringt. Jetzt weiß ich, warum es sich falsch anhört: Diesmal ist es um einiges lauter und ich kann ganz genau hören, dass es sich um einen Schrei handelt.

Die feinen Härchen an meinen Unterarmen stellen sich auf.

»Hast du das gehö ...?«, setze ich an, werde aber von Noah unterbrochen, der in diesem Moment aus dem Zimmer kommt und uns überrascht ansieht.

Rasch werfe ich einen Blick hinter ihn und kann ein paar Jungs von der Party ausmachen, die sich Whiskey schlürfend auf breiten Ledersesseln herumfläzen und auf eine große Leinwand stieren. Und jetzt weiß ich auch, woher der Schrei kam.

Das Erste, was ich ausmachen kann, ist eine nackte Frau, die mit gespreizten Gliedmaßen an den Pfosten eines Himmelbettes gefesselt ist. Ihr Gesicht ist hinter einer Katzenmaske versteckt und neben ihrer linken Brust ist deutlich ein kreisrundes schwarzes Muttermal zu erkennen, was mir auf der hellen Haut nur so entgegenspringt.

Das Zweite, was ich sehe, ist eine männliche, groß gewachsene Gestalt, die ebenfalls nackt mit einer schwarzen Maske über dem Kopf vor dem Bett steht.

Natürlich habe ich schon etliche Pornos gesehen. In meiner Jugend habe ich streckenweise nichts anderes geschaut, ich bin ein Typ, wir stehen da nun mal drauf. Aber BDSM ist nicht so mein Style und Masken finde ich nicht besonders sexy. Ich für meinen Teil will das Gesicht der Frau sehen, mit der ich Sex habe.

»Sorry, ich wusste nicht, dass ihr vor der Tür steht.« Noahs Stimme klingt scheißfreundlich. So ... schmierig.

Tja, und ich wusste nicht, dass sich hinter der Tür ein halber Kinosaal verbirgt, in dem ein Hardcore-Pornofilm gezeigt wird.

David neben mir reckt ebenfalls den Hals, um in den Raum sehen zu können.

»Ihr könnt gern reinkommen, ich muss erst mal pissen«, bietet Noah uns großzügig an.

David winkt zeitgleich Connor und Nick zu uns, während er mich schulterzuckend angrinst und anschließend in den Raum schubst.

»Sorry, Bro, ich bin eindeutig zu angeheitert für falsche Scham.« Er wackelt anzüglich mit den Augenbrauen. »Mal reinschauen schadet nicht, oder?«

»Mal wo reinschauen?«, fragt Connor, der neben mir zum Stehen kommt und mir meine Coke in die Hand drückt.

Mein Blick schweift zur Leinwand zurück.

Jemand hat den Ton leiser gestellt, man hört kaum noch etwas von den zwei Hauptdarstellern.

Die Härchen an meinen Armen stellen sich wieder auf und ich weiß gar nicht, wieso. Ist eben ein Porno. Meinetwegen ein Hardcore-Porno, aber es gibt Schlimmeres. Die Qualität des Films ist recht gut und man sieht, er wurde professionell gedreht.

Der Mann nähert sich dem Bett mit einer Bullwhip in der Hand und die gefesselte Frau beginnt unruhig zu zappeln.

Irgendetwas stört mich massiv an dem Bild, doch ich weiß zur Hölle nicht, was.

»Pornokino?« Connor nippt entspannt an seinem Whiskey.

»Peitschen sind nicht so meins«, sagt Nick schräg hinter mir.

Ich beobachte das Publikum, das im Raum verteilt steht oder sitzt. Nicht alle schauen auf den Bildschirm, aber die meisten schon und denen läuft vor lauter Geilheit beinahe der Sabber hinunter. Auch nicht mein Ding. Mir mit zwanzig Typen einen Porno reinzuziehen.

Der Typ im Film lässt mittlerweile die Peitsche auf die Frau niedersausen. Meine Fresse ... und wie! Ihr Körper zuckt und zappelt und ist so angespannt wie ein Drahtseil. Wieder und wieder holt er aus und trifft sie überall. Dabei ist die rohe Brutalität seiner Schläge nicht zu übersehen.

»Holy ...«, flüstert David, wobei er sich alles andere als erregt anhört.

Wir alle sind hartem Sex nicht abgeneigt, aber ich weiß, dass David im Bett deutlich dominanter ist als ich. Er steht auf Fesseln und diesen ganzen Unterwerfungskram, hat er mir irgendwann mal gesteckt. Deswegen verunsichert es mich noch mehr, dass selbst er völlig abgeturnt zu sein scheint.

Inzwischen zeichnen sich rote Striemen auf dem Oberkörper und den Beinen der gefesselten Frau ab, die Haut ist stellenweise bereits aufgeplatzt.

Verflucht, was ist das für ein perverser Scheiß?

Doch anstatt den Blick von der Leinwand abzuwenden, starren meine Augen weiterhin darauf. Ich kann sie ums Verrecken nicht davon loseisen.

Der Mann lässt die Peitsche fallen, geht mit langen Schritten auf die wehrlose Frau zu, kniet sich zwischen ihre Schenkel und rammt sich mit einem gewaltvollen Stoß in sie.

Shit, was …?

Irgendjemand hat anscheinend den Ton wieder lauter gedreht, da plötzlich ein so entsetzlich qualvoller Schrei aus den Boxen dröhnt, dass mir eine volle Ladung Eiswürfel die Wirbelsäule hinunterrutscht. Ihr Körper bäumt sich einmal mehr auf und ihre Gliedmaßen reißen an den Fesseln.

Das Ganze ist so grausam, dass mir richtiggehend übel wird.

»Soll das ein Rape-Porno sein?«, murmelt Connor angewidert neben mir. Seine Entspannung von eben ist komplett verflogen.

»Das ist echt nicht mein Ding. Ich bin hier weg, Leute«, kommt von Nick, der sich bereits umgedreht hat.

Mittlerweile würgt der Mann die Frau mit einem schwarzen Tuch und ich schaffe es endlich, meinen Blick abzuwenden. Meine Kehle ist staubtrocken und mir schießen Bilder von Sam und ihrer Vergangenheit vor die innere Linse. Fuck, ich fasse es einfach nicht, dass man auf solche Drecksfilme stehen kann.

Ruckartig drehe ich mich um, um mich mit Connor und Nick vom Acker zu machen. David steht immer noch wie erstarrt an die Wand gelehnt da. Ich schnappe mir seinen Arm und ziehe ihn mit mir, als Noah von der Toilette wiederkommt.

»Nicht euer Ding?«, fragt er ohne jede Scham, als hätten wir uns eben den Teaser vom neuesten Blockbuster reingezogen.

»Was ist das für eine kranke Scheiße?«, platzt es unmittelbar aus David heraus.

»Hey, Geschmäcker sind verschieden. Viele stehen auf so was. Unterwerfung, Dominanz und so weiter«, verteidigt er sich und lächelt wieder so schmierig.

»Das ist doch keine Dominanz! Das sieht einfach nur nach Vergewaltigung aus«, knurre ich ihn an und spüre, wie sich meine Hände an den Seiten zu Fäusten ballen.

Connor legt mir beschwichtigend eine Hand auf die Schulter.

»Entspann dich. Das ist nur ein Porno. Meinetwegen ein Rape-Porno, wenn du es so drastisch sehen willst. Aber das sind nur Schauspieler«, versucht Noah mich zu beruhigen, ich jedoch sehe ihm an, dass er allmählich nervös wird und unruhig hinter sich in den Raum blickt. »Alles nur Show.«

Und erst jetzt fällt es mir wie Schuppen von den Augen, was mich die ganze Zeit so verdammt gestört hat.

Nicht, dass die Frau gefesselt ist. Nicht, dass der Mann sie so brutal behandelt. Wobei das allein ausreicht, um mich völlig abzuturnen. Nein. Das, was mein Unterbewusstsein so triggert, ist, dass es eben genau so nicht aussieht: gespielt. Sondern verdammt realistisch.

Meine Zähne malen ungesund stark aufeinander.

»Alles nur Show?«, presse ich hervor. »Sicher? Dafür sieht's aber verdammt real aus. Ihre Haut ist durch die Schläge aufgeplatzt. Das lässt doch keine Pornodarstellerin mit sich machen.«

Irgendjemand schlägt von innen die Tür hinter mir zu und nun höre ich wenigstens diese furchtbaren Laute nicht mehr.

Noah weicht sicherheitshalber ein Stück vor mir zurück.

Besser so.

»Alter, was denkst du denn? Wenn du dir einen Actionfilm anschaust, gibt es da auch jede Menge aufgeplatzter Haut. Das ist genauso Fake«, redet er auf mich ein.

Wieso glaube ich ihm nicht? Keinen Plan. Mein Instinkt sagt mir, dass er ein verschissener Lügner ist. Es kann daran liegen, dass ich durch Sam vorbelastet bin, was dieses Thema anbelangt, aber ein Blick zu den anderen reicht mir, um zu wissen, dass nicht nur ich von dem Film schockiert bin.

»Komm, wir gehen.« Connor zieht mich an der Schulter mit sich.

»Sorry, Leute! Ich hoffe, ihr habt trotzdem noch Spaß«, traut sich dieser Arsch auch noch uns hinterherzurufen und Connor hat seine liebe Not, dass ich mich nicht von ihm losreiße und diesem arroganten Perversling meine Faust ungebremst in die Fresse ramme.

***

»Glaubt ihr ihm das? Dass das alles nur gespielt war? Oder drehe ich hohl?«, muss ich von Nick wissen, als wir uns durch die Menschenmenge den Weg nach draußen bahnen.

»Keinen Peil, Bro. Die Qualität war super und wenn es eine echte Vergewaltigung wäre, hätte man die doch eher mit einer Heimkamera gedreht. Oder?« Leicht verunsichert blickt er mich an und reibt sich fahrig über den Nacken.

»Es sah täuschend echt aus«, beharre ich auf meiner Meinung.

»Lass uns unsere Mädchen einsammeln und abhauen«, murmelt Connor mir zu.

Ich kann ihm ansehen, dass auch er nicht weiß, ob er Noah glauben soll.

»Tut mir leid, ich hatte keine Ahnung, dass er so eine Scheiße veranstalten würde«, entschuldigt sich David, während wir die Treppen zum Strand hinunterlaufen.

Ich will mir nur noch Sam und Junie schnappen und von hier verschwinden. Mir reicht's.

»Glaub ich dir. Konntest du ja nicht wissen. Der Typ hat sie doch nicht alle«, grummelt Connor. »Pornos sind ja scharf, aber das hatte nichts damit zu tun.«

Yep, ich bin absolut seiner Meinung. Die ganze Sache hinterlässt einen derart beschissenen Nachgeschmack in meinem Mund, dass ich mir heute sicher mehr als einmal die Zähne putzen muss, um ihn loszuwerden.

»Du stehst doch auf so was, oder? Fesseln und Unterwerfung und so weiter. Warum hat dich dann dieser Film so schockiert?«, frage ich David, da mir das Ganze einfach keine Ruhe lässt.

Er bleibt daraufhin so abrupt stehen, dass Nick um ein Haar in ihn hineingelaufen wäre.

»Weil das da drinnen nichts, aber auch gar nichts mit dem zu tun hat, auf das ich stehe, klar? Ja, ich steh auf Fesseln und bin dominant im Bett, aber da geht es um Hingabe und Lust. Diese Frau dort«, er deutet auf die Villa in seinem Rücken, »sah nicht so aus, als würde sie irgendetwas von dem genießen, was dieser Folterknecht mit ihr angestellt hat.« Er holt tief Luft und sieht mir fest in die Augen. Die Enttäuschung, die aus ihnen hervorspringt, ist nicht zu übersehen.

Fuck, ich hätte mich anders ausdrücken sollen.

»Denkst du im Ernst, ich würde so was machen oder gutheißen? Wie lange kennen wir uns schon, hm?« Die Enttäuschung weicht der Wut, die sich nun in seiner angespannten Körperhaltung zeigt.

David ist zwar der Witzbold unserer Gruppe, aber er hat eine ziemlich kurze Zündschnur und kann von null auf hundert in die Luft gehen. Und vom Witzbold ist im Moment weit und breit nichts zu sehen.

Jetzt ist es an Nick, ihm die Hand auf die Schulter zu legen, so, wie Connor es vorhin bei mir getan hat.

Dass ich mich manchmal auch so missverständlich ausdrücken muss, verflucht.

»Beruhig dich, Bro, er wollte doch nur wissen, warum du von dem Film so schockiert warst, trotz deiner Vorlieben«, meint er ruhig, aber David lässt sich davon nicht besänftigen und starrt nun uns beide stinksauer an.

»Seid ihr alle plötzlich bescheuert geworden, oder was?«, zischt er, seine Stimme vibriert vor Zorn.

Scheiße.

»In diesem Drecksfilm ging es um rohe Gewalt! Das ist doch etwas völlig anderes als Unterwerfung und Dominanz. Da geht es in erster Linie um Vertrauen. Und das gibt einem die Frau. Sie ist diejenige, die bestimmt und mir für eine kurze Zeit die Macht über sich gibt. Freiwillig.« Sein Blick bohrt sich regelrecht in meine Augen. »Ihr Lustschmerz zu bereiten, wenn sie es mag und ihr Okay dazu gegeben hat, ist etwas vollkommen anderes, als sie zu schlagen und auszupeitschen. Darauf stehe ich überhaupt nicht. Fuck, Danny … traust du mir ernsthaft zu, mir würde einer abgehen, wenn ich solche Filme sehe? Oder ich würde Frauen jemals so behandeln wie dieser Wichser eben?«

»Natürlich nicht.« Selbstverständlich denke ich nicht so über ihn. Ehrlich nicht, denn … »Wir wären nie Freunde, wenn ich so über dich denken würde. Sorry, Dave, ich habe mich falsch ausgedrückt. Mir gehen diese Bilder nicht aus dem Kopf und ich wollte deine Meinung dazu wissen, weil du von uns allen eben derjenige bist, dessen sexuelle Präferenz in die BDSM-Richtung geht. Hätte ja auch sein können, dass ich überreagiere.«

»BDSM?«, wiederholt David ungläubig und lacht rau auf. »Ich bin bloß gern der dominante Part. Leute, die tatsächlich BDSM praktizieren, würden sich schlapp lachen, wenn sie hören, dass du mich mit ihnen vergleichst.« Kurz darauf wird er wieder ernst. »Wegen solcher verdammten Filme und solcher verschissenen Typen denken viele, die keine Ahnung davon haben, es ginge darum, Frauen gegen ihren Willen Schmerzen zuzufügen und sie zu erniedrigen. Doch nichts könnte weiter von der Realität entfernt sein. Die Frauen bestimmen. Immer und zu jeder Zeit. Wir dürfen sie dominieren, weil sie uns lassen. Das ist der springende Punkt. Egal ob es nun um Unterwerfung, Dominanz oder BDSM geht. Und nein, ich denke nicht, dass du überreagierst. Wenn, dann reagieren wir alle über, und das wäre schon ein verdammt seltsamer Zufall, oder?« Unwirsch fährt er sich durch seine kurzen blonden Haare, während ich mir in den Hintern treten könnte, dass ich meine Frage so flapsig formuliert habe – und das auch noch bei so einem heiklen Thema.

»Sorry, Bro, ich wollte dir ehrlich nicht zu nahetreten oder dir etwas unterstellen«, stelle ich daher noch mal klar. »Ich weiß, dass du keine Frau jemals zu etwas zwingen würdest. Wie gesagt, sonst wären wir nie befreundet. Das muss dir doch klar sein. Oder?« Zerknirscht blicke ich in seine stahlgrauen Augen.

»Das will ich stark hoffen. Und ja, das ist mir klar«, brummt er immer noch ein wenig missmutig, aber wenigstens nicht mehr so stinksauer wie noch vor ein paar Minuten. Er sah in der Tat so aus, als würde er mich am liebsten ungespitzt in den Boden rammen.

»Fein, dann ist das Missverständnis ja geklärt.« Nick schlägt David und mir zufrieden seine Pranke auf die Schulter. Seine Schläge, auch wenn sie freundschaftlicher Natur sind, hauen selbst mich beinahe um. Ich will niemals herausfinden, wie es ist, sich ernsthaft mit ihm prügeln zu müssen.

»Lasst uns endlich die Mädchen holen und von hier verschwinden«, wirft Connor ungeduldig ein und geht mit langen Schritten in Richtung Meer.

Schweigend folgen wir ihm, und unten, ganz dicht an der Brandung, kann ich die beiden ausmachen.

»Das bleibt unter uns, klar? Kein Wort zu Junie oder Sam«, fällt mir gerade noch ein, bevor wir in Hörweite der Mädchen sind.

Die drei nicken schweigend. Sie alle kennen Sams Vergangenheit und das Letzte, was ich will, ist, sie mit irgendeiner Scheiße zu triggern.

Fuck, ehrlich. Diese kranken Typen da drin ... Die Coke stößt mir im Laufen bitter auf.

Holy, ist das alles widerlich.

37

Junie

Keine Ahnung, wie die Party so ist, aber mit meinem Grinch hier zu sitzen und den ganzen Abend ungestört zu reden, ist Balsam für meine Seele. In den Hintern beißen könnte ich mir, dass ich mit Sam nicht schon längst über die Sache damals gesprochen habe; darüber zu reden tut so verflixt gut. Das haben wir eben ausreichend getan.

Insgesamt haben Sam und ich mindestens zwei Flaschen Weißwein geleert. Da ich die Tage zuvor enthaltsam war, merke ich allmählich, wie mir der Kopf davonfliegt. In meinen Fingerspitzen kitzelt es lustig und alles fühlt sich locker und leicht an. Ich atme tief die würzige Seeluft ein und bin herrlich entspannt.

Sam neben mir scheint es ähnlich zu gehen.

»Was ist jetzt mit dem Ring? Steckt er ihn dir noch an?«, fragt sie neugierig.

Bevor ich ihr jedoch antworten kann, tauchen unsere Männer mit Nick und David im Schlepptau neben uns auf.

Connor beugt sich zu mir nach unten und gibt mir einen Kuss auf den Scheitel, während Danny Sam so schwungvoll an den Händen zu sich nach oben zieht, dass sie direkt in seine Arme stolpert.

»Ihr habt uns aber vermisst«, sagt sie lachend, als ich Connors Hand, die er mir entgegenstreckt, dankend annehme.

»Lasst uns verschwinden. Ist spät«, brummt Danny und klingt dabei merkwürdig. Irgendwie … angepisst.

Ein Blick zu Connor, der ebenfalls angespannt aussieht, reicht mir, um zu wissen, dass hier etwas nicht stimmt.

»Ist was passiert?« Ich blicke zu David und Nick, die hastig den Kopf schütteln. Zu hastig.

»Nope. Uns ist nur langweilig. Lasst uns noch ein wenig auf unserer Terrasse chillen. Kommt ihr auf einen Absacker mit?«, richtet sich Connor an David und Nick.

»Logisch, gern. Ist das okay für euch, Ladys?«, fragt David uns.

Sam zuckt mit den Schultern. »Klar, warum nicht?«

Damit steht die Sache fest.

»Absacker hört sich super an. Ich freu mich schon auf einen Whiskey. Oder zwei ... oder drei.« Danny legt seinen Arm um Sam, als wir uns über den Strand auf den Weg zum Parkplatz machen.

Das verwundert mich ein wenig. Er ist Alkohol zwar nicht abgeneigt, aber gleich härteren, und dann noch jede Menge davon? Das ist eher ungewöhnlich.

Als wir kurz davor sind, das Grundstück zu verlassen, taucht auf einmal dieser Noah wie aus dem Nichts breit grinsend vor uns auf.

»Cool, dass ihr da wart. In zwei Tagen steigt die nächste Party, aber diesmal nicht von mir. Ich schicke Nick den Link. Vielleicht habt ihr ja auch Lust?«

Connors Griff um meine Hand wird fester und Danny neben mir knirscht mit den Zähnen.

Was ist hier los?

»Mal sehen«, erwidert Nick als Einziger ausweichend und nickt ihm kurz zu, woraufhin Noah sich ohne ein weiteres Wort umdreht und wieder in der Menge abtaucht. Seltsamer Typ und überhaupt nicht mein Fall. Ein richtiger Schleimscheißer, so geschniegelt und gestriegelt.

Inzwischen schleift Danny Sam beinahe zum Auto, so zügig läuft er vorneweg.

»Nicht so schnell, Danny«, keucht sie hinter ihm und versucht mit ihm Schritt zu halten.

Auch Connors Tempo ist recht schnell, Nick und David folgen uns dicht und scheinen ebenfalls dringend von hier wegzuwollen. Das Verhalten der Männer wird immer eigenartiger.

»Was ist los mit euch? Wieso seid ihr so komisch? So angepisst?«, will ich von Connor wissen und ziehe an seiner Hand, um ihn ein wenig zu entschleunigen.

»Keiner ist angepisst. Wir sind bloß vom Surfen ein bisschen groggy und Danny will einen Absacker. Das ist alles«, erwidert er ausweichend.

Na klar, wer's glaubt.

An den Autos angekommen, schiebt sich Nick hinters Lenkrad von Davids Fahrzeug, während der sich auf den Beifahrersitz schwingt.

Unsere Männer verlieren ebenfalls keine Zeit und noch bevor wir angeschnallt sind, lässt Danny schon den Motor des Dodge Charger an.

»Also, ich fand die Party super. War doch nett da. Wir können uns ja mal den Link von der anderen Party anschauen, wenn Noah sie ...«, beginnt Sam, wird aber gleich energisch von Danny unterbrochen.

»Auf den habe ich keinen Bock mehr«, blafft er und biegt scharf auf die Hauptstraße ein.

»Meine Güte, was ist denn passiert? Habt ihr euch gezofft?« Sie sieht ihn erstaunt von der Seite an.

Ich kuschle mich an Connors Schulter und atme tief seinen Duft ein. Seinen Arm hat er um meine heile Schulter gelegt und drückt mich an sich. Fester als normalerweise.

»Hab ich auch schon gefragt, Grinch, aber sie tun sehr geheimnisvoll«, werfe ich ein und gähne herzhaft.

Was auch immer sie auf einmal für Probleme mit diesem Typen haben, sie werden sie schon geregelt haben, so, wie ich sie kenne. Und wenn sie nicht darüber reden wollen, können wir sie nicht dazu zwingen. Abgesehen davon bin ich viel zu fertig, um mir groß darüber Gedanken machen zu können.

»Unsinn. Er ist mir einfach unsympathisch, das ist alles. Ich muss doch nicht jeden mögen«, murrt Danny unwirsch.

»Sympathisch find ich ihn auch nicht. Die nächste Party ist doch ohnehin nicht seine und keiner zwingt uns mit ihm abzuhängen.« Sam lümmelt sich tief in den Beifahrersitz.

»Eben«, stimme ich ihr zu und seufze müde.

Meine Schulter zieht schmerzhaft und ich merke immer mehr, wie platt ich bin. Lange werde ich sicher nicht mehr auf der Terrasse bleiben, mir fallen jetzt schon die Augen zu.

***

»Was ist jetzt? Hat Noah dir den Link geschickt?«, frage ich Nick, der verschwitzt nach einer Wasserflasche greift.

Nach neun Stunden Schlaf und hervorragendem Guten-Morgen-Sex bin ich rundum zufrieden und befriedigt und lümmle neben Sam faul auf einer Sonnenliege herum.

Nick und David sind herübergekommen, um mit unseren Jungs Beachvolleyball zu spielen.

»Yep. Die Party scheint in Provincetown direkt am Hafen zu steigen.« Er hält mir sein Smartphone unter die Nase.

Ich schnappe es mir und bin begeistert.

»Sieht gut aus.« Sommer, Sonne, Strand und Party. Genauso habe ich mir den Urlaub vorgestellt.

»*Was* sieht gut aus?«, will Danny wissen, als er mit Connor und David im Schlepptau die Holztreppe zur Terrasse hochsteigt.

Die drei sind patschnass, anscheinend haben sie sich nach dem Spiel im Meer abgekühlt. Sie sehen aus wie eine wandelnde Werbung für eine Surfmarke.

Warum David und auch Nick nach wie vor Singles sind, erschließt sich mir nicht. An ihrem Aussehen oder ihrem Charakter kann es jedenfalls nicht liegen. Ich schätze mal, sie wollen sich noch nicht binden, anders kann ich es mir nicht erklären.

»Die Party, von der Noah gesprochen hat.« Ich reiche ihm Nicks Handy.

Connor schaut über Dannys Schulter auf das Display.

»Da wollt ihr unbedingt hin?« Er klingt alles andere als begeistert.

»Wieso nicht? Ist eine Party, sieht cool aus und mit Sicherheit wird sie groß genug aufgezogen, sodass ihr eurem neuen besten Freund aus dem Weg gehen könnt.« Ich grinse ihn verschmitzt an.

»Erinnere mich bloß nicht an diesen Idioten.« Danny schmeißt sich auf einen Terrassenstuhl.

»Meine Güte, was ist denn los mit euch? Hat er beim Schwanzvergleich gewonnen, oder wie?«, ärgert Sam ihn.

Ich lache.

»Sehr witzig. Ich mag ihn einfach nicht«, kontert Danny lahm und fährt sich durch die nassen Haare.

»Musst du doch auch nicht. Wir laufen ihm bei der Größe der Feier sicher ohnehin nicht über den Weg, also entspann dich«, entgegnet sie.

»Seit wann bist du eigentlich so scharf auf solche riesigen Partys?«, fragt er missmutig, ohne auf ihr Argument einzugehen.

»Freu dich doch, dass ich Lust darauf habe.« Sams Ton wird allmählich ungeduldig.

Ich mache mal lieber einen Vorschlag zur Güte. »Leute, ihr könnt auch einfach hierbleiben. Grinch und ich können allein hingehen, wir machen eine Ladys Night daraus.«

Danny lacht ungläubig auf. »Ja, sicher. Als ob wir euch auf so einer Party allein lassen würden.«

»Ach du meine Güte! Du tust so, als würden wir in ein Kriegsgebiet ziehen wollen. Außerdem habt ihr das bei der letzten doch auch getan. Da haben wir uns aufgeteilt, schon vergessen?«, erinnere ich ihn.

»Aber wir waren da, falls etwas gewesen wäre. Und *Kriegsgebiet* trifft es gar nicht mal so schlecht, finde ich. Jede Menge besoffene Typen und ihr zwei mittendrin.« Sein Beschützerinstinkt schlägt wieder voll durch.

»O Gott, Danny«, seufzt Sam. »Was soll schon passieren? Da werden eine Menge Leute sein. Wenn ihr keinen Bock darauf habt, ist das vollkommen in Ordnung. Wir müssen doch nicht den ganzen Urlaub aufeinanderglucken. Junie und ich nehmen ein Uber, passen gut auf unsere Gläser auf und werden nicht in fremde Autos steigen.« Ihr Tonfall wird leicht sarkastisch und ich kann sie verstehen.

Danny verhält sich im Moment so, als würden wir ohne sie und ihren Schutz keine Party überleben.

»Wenn du mit Süßigkeiten gelockt wirst, bist du doch sofort weg«, schlage ich deshalb in die gleiche Kerbe und hoffe so, die Stimmung aufzulockern.

Leider lässt Danny sich nicht darauf ein. »Was schon passieren soll? Das fragst du mich? Ernsthaft? Und seit wann stehst du auf Menschenmassen?«, knurrt er sie an, schiebt den Terrassenstuhl nach hinten und steht auf.

Das mit dem Stimmung-auflockern ist fulminant danebengegangen. Langsam wird es hitzig.

David, Nick und Connor verkrümeln sich ins Haus, um nicht in die Schusslinie zu geraten.

Cleverer Schachzug.

»Ich stehe nicht auf Menschenmassen. Aber die letzte Party hat mir gut gefallen. Außerdem können Junie und ich uns ein wenig ab vom Schuss setzen, wenn es mir zu viel wird. Wenn ich jedes Mal vom Schlimmsten ausgehen würde, was mir auf einer Party passieren könnte, würde ich mich kaum noch auf eine trauen und wäre wieder genau dort, wo ich vor eineinhalb Jahren war. Das kannst du doch nicht wirklich wollen, oder?«, entgegnet sie energisch, begibt sich ebenfalls in die Vertikale und stemmt die Hände in ihre schmalen Hüften.

Danny starrt wütend auf sie hinunter und wischt sich fahrig übers Gesicht. Danach folgt ein abgrundtiefer Seufzer.

»Meinetwegen, dann gehen wir eben hin.«

»O nein, mein Lieber«, faucht sie, ihre Augen werden schmal.

Oh, oh.

Nun rapple auch ich mich auf, um mich ebenfalls aus der Schusslinie zu retten.

»Ihr bleibt gefälligst hier, wenn ihr keine Lust habt. Und hör endlich auf mich so zu bevormunden. Das hasse ich wie die Pest und das weißt du ganz genau. Ich bin keine zehn mehr und du bist sicher nicht mein Daddy«, zischt Sam ihn an.

Als ich gerade durch die Terrassentür ins Haus treten will, baut Connor sich plötzlich darin auf.

»Wenn ihr fahren wollt, fahrt. Aber wir kommen mit. Ende der Diskussion!« Sein Blick reicht mir aus, um nichts darauf zu erwidern. Es würde nichts bringen; ich würde verlieren, das sehe ich sofort. Ich habe ja gesagt, ein paar Machozüge hat er schon.

Sam hingegen funkelt jetzt alle beide an. Im Gegensatz zu mir kann sie Machogehabe, egal welcher Art, auf den Tod nicht ausstehen und geht dabei meist direkt in die Luft wie der Grinch, der am Weihnachtsmorgen aufwacht.

»Okay, also … dann Party morgen Abend?«, nuschelt David, der neben Connor aufgetaucht ist, hinter dem Flaschenhals seines Bieres.

»So sieht's aus«, sage ich schnell und werfe Sam einen Blick zu. *Lass es gut sein!*

Sie verdreht die Augen und lässt sich wieder auf die Liege plumpsen. Danny hingegen stapft angesäuert in die Küche.

Das kann ja heiter werden.

38

Connor

»Du musst dich zusammenreißen. Wenn du so weitermachst, werden sie anfangen richtig nachzubohren«, sage ich leise zu Danny, dem ich in die Küche gefolgt bin. »Entspann dich. Wir kommen alle mit, ignorieren diesen Penner, behalten die Mädchen im Auge und haben einen schönen Abend.«

Mit einem Ruck reißt er die Kühlschranktür beinahe aus der Verankerung und greift nach einem Bier.

»Ich weiß auch nicht, was mit mir los ist. Das Video geht mir einfach nicht aus dem Kopf. Das war nicht alles Show, Connor. Da kann mir dieser Schleimscheißer Noah erzählen, was er will.«

Er sieht richtiggehend angewidert an. Ich kann es ihm nicht verübeln.

Den kurzen Ausschnitt, den wir gestern davon zu sehen bekommen haben, fand auch ich mehr als widerlich. Und diese Schreie ...

Sofort musste ich an den Abend denken, an dem Sam sich im Bad eingesperrt und kurz das Video ihrer Horrornacht angespielt hat. Die Schreie, die damals aus dem Laptop kamen, haben sich ähnlich angehört. Erschreckend ähnlich. Bei dem Gedanken daran hätte ich fast auf den edlen Marmorboden dieser Prunkvilla gekotzt.

»Selbst wenn. Nachweisen kannst du es ihm nicht. Außerdem weißt du nicht, woher er den Film hat«, meint David, der unter der Spüle abtaucht, um nach dem Grillanzünder zu suchen. Er kennt sich hier aus, Danny und er waren oft gleichzeitig auf Cape Cod und haben beim jeweils anderen abgehangen.

»Schon klar, aber falls wir da gestern tatsächlich eine gefilmte reale Vergewaltigung gesehen haben, müssen wir etwas unternehmen«, beharrt Danny auf seinem Standpunkt.

»Da hast du völlig recht. Aber was?« Ich stimme vollkommen mit ihm überein, wüsste jedoch nicht, wie wir dagegen vorgehen könnten.

»Wie willst du herauskriegen, ob das, was wir gesehen haben, echt war oder ein Fake?«, stellt Nick ihm die Frage, dessen Klärung vorerst am wichtigsten ist.

»Keine Ahnung. An das Video kommen und es danach überprüfen lassen? Wie gut kennst du ihn?«, erkundigt Danny sich bei David, der sich mit dem Grillanzünder in der Hand wieder aufrichtet.

»Eigentlich so gut wie gar nicht. Er ist der Sohn eines Geschäftskollegen meines Dads, das habe ich euch ja bereits erzählt. Das ist alles. Wir haben als Kinder ab und zu hier auf Cape Cod abgehangen. Quasi zwangsläufig wegen unserer Väter. Das war's aber auch schon. Ich weiß kaum etwas über ihn. Nur, dass er nicht in New England wohnt, sondern im Bundesstaat New York.« David runzelt nachdenklich die Stirn. »In Albany, glaube ich. Aber ich kann mir beim besten Willen nicht vorstellen, dass er das Video einer echten Vergewaltigung zeigen würde. Das wäre einfach nur krank.«

Wir schweigen und hängen alle unseren Gedanken nach, bis Nick zögerlich fragt: »Habt ihr auch davon gehört? Von den drei Frauen, die hier in den letzten Wochen verschwunden sind?«

Erstaunt werfe ich einen Blick zu Danny, der ihn ebenso überrascht auffängt, und stutze. »Drei? Sam hat nur was von zweien erzählt. Das war vor ein paar Tagen.«

»Tja, mittlerweile sind's drei. Wartet kurz.« Er fischt sein Handy aus seiner kurzen Cargohose und hackt auf den Touchscreen ein. »Hier«, sagt er schließlich und reicht mir sein Smartphone.

Aufmerksam überfliege ich den Artikel in der *Cape Cod Times*. Die Schlagzeile ist nicht reißerisch formuliert, sondern nüchtern und sachlich. Es ist eben die *Cape Cod Times* und nicht die Regenbogenpresse. Und ja, es sind inzwischen drei junge Frauen als vermisst gemeldet, die alle zwischen Barnstable und Hyannis Port von Partys verschwunden sind.

Ein merkwürdiges Gefühl macht sich in mir breit.

Ich reiche das Smartphone an Danny weiter. Der scrollt kurz durch den

Bericht, runzelt anschließend die Stirn und beginnt auf dem Touchscreen herumzudrücken.

»Hier muss doch irgendwas von ... Ah, da!« Seine Stirn wirft immer tiefere Falten, dann erstarrt sein Gesicht komplett. »Holy ...« Sein Kopf ruckt nach oben und er sieht mich entsetzt an.

Die Hand, mit der er mir Nicks Handy reicht, zittert leicht.

Was ist denn jetzt ...

»Schau dir die Vermisstenbilder an und die Beschreibungen zu den jeweiligen Personen«, fordert er mich mit seltsam belegter Stimme auf.

Meine Augen heften sich sofort auf das Display. Hektisch suche ich in der Beschreibung nach irgendetwas, das erklären könnte, warum Dannys Gesicht so dermaßen schockiert wirkt, aber ich kann nichts finden.

»Die Letzte. Schau dir die letzte Beschreibung an«, murmelt er heiser.

Nick und David treten hinter mich, während ich fieberhaft weitersuche.

Eins siebzig groß, schlank, blonde Haare, grüne Augen, zuletzt gesehen in Barnstable. Besondere körperliche Merkmale ...

Fuck!

Mir fällt vor lauter Schreck beinahe das Handy aus der Hand.

»Ein kreisrundes schwarzes Muttermal auf der linken ...«, flüstere ich atemlos, da ich mich genau an den dunklen Fleck erinnern kann.

Nick unterbricht mich entgeistert: »Holy Shit ... das darf doch nicht wahr sein!«

»Schauspieler also, ja? So eine verdammte Schei ...!«, fängt Danny an zu fluchen.

Ich werfe hastig einen Blick auf die Terrasse.

Unsere Mädchen scheinen in eine Unterhaltung vertieft zu sein und nichts von unserer mitzubekommen.

»Nicht so laut, verflucht«, knurre ich ihn an.

Mein Beschützerinstinkt ist zwar nicht so krass ausgeprägt wie Dannys – seiner ist es aber auch aus nachvollziehbaren Gründen –, trotzdem müssen sie nicht erfahren, was hier momentan für eine kranke Scheiße abgeht.

»Was machen wir jetzt?«, zischt David.

Wir schauen uns alle schockiert und zugleich ratlos an.

»Okay. Eins nach dem anderen«, sagt Danny als Erster und reibt sich einmal quer übers Gesicht. Man kann ihm ansehen, wie die Rädchen in seinem Gehirn auf Hochtouren laufen. »Wir müssen zuallererst an den Film rankommen. Ihn downloaden.«

»Von woher denn, du Genie? Wir haben weder eine Ahnung, wo er zu finden ist, noch, ob oder wie wir an ihn rankommen können«, schnaubt David frustriert.

»Ich rufe Sean an.« Dannys Stimme ist entschlossen. Sein Bruder ist Staatsanwalt und weiß sicher eher als wir, was zu tun ist. »Ich erzähle ihm, was hier abgeht, und frage ihn, wie wir uns verhalten sollen. Dann sehen wir weiter.«

»Soll ich Noah …?«, wirft David ein, doch Danny unterbricht ihn energisch.

»Kein Wort zu ihm. Wenn er da mit drinhängt, warnen wir sie nur.«

»Was ist mit den Bullen? Müssten wir die nicht informieren?« Nick lässt sich neben Danny auf einen Barhocker fallen. Aus Papa Bär scheint die Luft wie aus einem Ballon entwichen zu sein und er ist blass um seine dunkle Nase.

»Wie soll das aussehen? Hey, Officers, wir haben auf einer Beachparty einen Rape-Porno gesehen, dessen Hauptdarstellerin offenbar eine der vermissten Personen war. Nope, das Video haben wir nicht und somit auch keine Beweise. Wer das gedreht hat? Keine Ahnung. Wo die Beweise sind, dass es echt und kein Fake war? Auch keinen Plan. Soll ich weitermachen?«, redet Danny sich in Rage.

»Fuck, die würden uns gar nicht ernst nehmen.« David kaut unruhig auf einem Zahnstocher herum, den er sich aus einem Becher hinter der Herdplatte geschnappt hat.

»Okay. Ist angekommen«, versuche ich Danny zu beruhigen, obwohl ich selbst alles andere als ruhig bin.

Ich überlege fieberhaft, bis mir endlich ein Gedanke kommt.

»Was haltet ihr davon, wenn wir uns bei Noah einschleimen?«, schlage ich vor und finde die Idee eigentlich gar nicht so bescheuert.

»Falls er mit drinhängt, checkt er das sofort. Gerade David und ich sind ihn angegangen. Da wäre es viel zu auffällig, wenn wir auf einmal auf gute Freunde machen. Wenn wir über diese Schiene versuchen wollen etwas herauszubekommen, müsstest du das machen, Connor. Oder Nick. Ihr zwei habt euch nicht dazu geäußert. Das kommt glaubwürdiger rüber«, meint Danny.

Nick knirscht so sehr mit den Zähnen, dass ich das Muskelspiel in seinen Wangenknochen sehen kann.

»Connor hält sich da raus. Du bist angehender NFL-Spieler. Wenn irgendwie rauskommt, dass du angeblich auf Rape-Pornos stehst ...« Er reibt sich mit seinen tellergroßen Händen über die Oberschenkel.

Scheiße, daran habe ich überhaupt nicht gedacht. Warum auch? Es ist ja nicht so, als wäre ich schon eine Berühmtheit. Aber klar, mein Gesicht ist seit dem Draft in Football-Kreisen bereits bekannt und bei den Fans ebenfalls, was mir dieser Coast Guard bewiesen hat.

»Bleibe also nur noch ich.« Nicks Enthusiasmus hält sich verständlicherweise in Grenzen.

»Leute«, kommt plötzlich von David. »Wenn das in dem Film wirklich das Mädchen war, das verschwunden ist ... Was haben sie danach mit ihr gemacht? Wo ist sie jetzt?«

Wenn mir vorher schon bei dem ganzen Thema schlecht war, ist mir nun kotzübel.

39

Sam

Dieser Noah scheint es sich bei unseren Männern ordentlich versaut zu haben. Eigentlich sind sie friedfertig, deswegen wundert es mich umso mehr, was im Moment mit ihnen abgeht.

Ich hasse es, mich mit Danny zu streiten.

Nach der Diskussion gestern über diese blöde Party, auf die wir heute gehen wollen, haben wir das noch ausgiebig getan. Inzwischen habe ich gar keine wirkliche Lust mehr auf die Feier. So wichtig ist sie mir auch wieder nicht.

Doch abgesehen davon kann ich es überhaupt nicht leiden, wenn bei Danny der Beschützerinstinkt so dermaßen durchknallt, dass ich das Gefühl habe, das wehrlose Lämmchen zu sein, während er einen auf Schäferhund im Testosteronrausch macht. Nein danke.

Ich runzle die Stirn, als ich das Bad verlasse und Danny nur mit einem Handtuch um die Hüften auf mich zukommt. Obwohl er erst duschen geht, riecht er so lecker nach Meer. Und nach ihm.

»Danny, ihr müsst da heute ehrlich nicht …«, setze ich an.

»Ist okay, Kleine«, unterbricht er mich leise. Sein Blick wird sanft und er streicht mir den Pony aus dem Gesicht. »Wir gehen dahin und werden Spaß haben. Ich habe übertrieben, sorry.«

Wo kommt denn diese Einsicht auf einmal her?

»Versprichst du mir etwas?«, fährt er fort.

War klar, dass da noch was kommen wird.

»Lass uns heute zusammenbleiben, okay?« Er runzelt die Stirn und beugt sich zu mir hinunter.

Automatisch stelle ich mich auf die Zehenspitzen.

An meinem Mund murmelt er: »Mir gehen die verschwundenen Frauen nicht aus dem Kopf.« Seine Lippen pressen sich zärtlich auf meine und er umschließt mein Gesicht mit seinen warmen Pranken, wie er es immer tut.

Ich weiß genau, was er da gerade versucht, und *er* weiß genau, dass es klappt. Wenn er mir so sanft und liebevoll kommt, kriegt er alles von mir. Jedes verflixte Mal.

Blöde Manipulation.

Aber bevor er mich vollständig einlullen kann, fällt mir noch etwas ein. »Warum das denn auf einmal? Du hast mich doch erst mit Miss Marple verarscht?« Ich wippe auf meine Fußballen zurück und sehe ihm aufmerksam in die Augen.

Seine Hände beginnen mit den Trägern meines Sommerkleides zu spielen. »Ich weiß. Aber inzwischen ist eine dritte Frau verschwunden, hat Nick erzählt. Langsam wird's unheimlich, findest du nicht?« Er dreht sich um, zieht sich das Handtuch von den Hüften und schmeißt es auf den Wäschekorb.

In meinem Kopf wird es leer.

Er sieht so scharf aus. Dieser knackige Hintern und der austrainierte ...

»Schneewittchen?« Breit grinsend wirft er mir einen Blick über die Schulter zu. »Checkst du mich etwa gerade ab?«

»Sei nicht so eingebildet.« Meine Stimme klingt irgendwie rauchiger als sonst.

»Willst du noch mal mit unter die Dusche kommen? Dann kann ich überprüfen, ob du dich auch überall gründlich gewaschen hast«, ärgert er mich weiter, steigt hinein und dreht sich anschließend zu mir um.

Uff.

Libido ist schon längst auf dem Weg zu ihm, doch glücklicherweise kann ich mich gerade noch rechtzeitig daran erinnern, wer hier der Boss ist. Außerdem habe ich mich schon komplett fertiggemacht und keine Lust, wieder von vorn anzufangen.

»Da hab ich aber Schwein, dass ich mich mit Körperhygiene bestens auskenne. Deswegen, danke vielmals, aber ist nicht nötig.« Ich drehe mich hastig um und schmeiße die Tür hinter mir zu.

Dannys brummiges Lachen dröhnt mir hinterher und schießt mir direkt zwischen die Beine.

Blödmann.

***

»Meine Güte!«, entfährt es mir, als Danny auf den Parkplatz am Hafen in Provincetown abbiegt.

David und Nick sind bereits da und winken uns zu. Nick aka Papa Bär steht in einer Parklücke, die er offensichtlich zum Leidwesen einiger anderer Autofahrer freigehalten hat. Danny fährt zügig hinein und schaltet den Motor aus.

Der Parkplatz und auch das, was man vom Strandabschnitt und dem Hafen dahinter erkennen kann, ist proppenvoll. Das ist eine ganz andere Dimension von Party und so langsam bekomme ich doch wieder Schiss. Puh, das sind ernsthaft, ernsthaft viele Menschen.

»Wehe, du beschwerst dich.« Danny sieht mich süffisant von der Seite an, bevor er aus dem Auto steigt.

Du hättest vielleicht doch mal auf ihn hören sollen, aber nein, du musst immer deinen Dickkopf durchse …

Halt die Klappe! Ich schaff das schon.

Junie reißt die Beifahrertür auf und sieht mich verschmitzt an. »Kommst du jetzt, Partygirl?«

Na dann, wird schon schiefgehen.

Danny ist natürlich trotzdem weiterhin ein Gentleman und nimmt meine Hand in seine.

Das Getümmel ist enorm, ich komme mir vor wie eine Ameise in einem riesigen Haufen.

Junie hakt sich bei Connor unter und David deutet auf eine der vier Beach Bars.

»Wir holen was zu trinken, das hält ja sonst keiner aus«, schlägt er vor und drängelt sich mit Nick durch die Massen.

Aus den Augenwinkeln kann ich Noah sehen, der auf David zusteuert.

Na bravo.

So viel zum Thema, man kann sich aus dem Weg gehen.

Doch anstatt sich gegenseitig anzugehen, schlägt David anstandslos in seine Hand ein. Nick boxt ihm sogar freundschaftlich gegen die Schulter.

Okay?

»Das kapier ich nicht«, sagt Junie, die ebenfalls in die Richtung der drei schaut, neben mir verblüfft. »Erst findet ihr ihn alle scheiße und jetzt ist er wieder cool? Und da sagt ihr, wir Frauen wären kompliziert.«

»Man kann sich auch mal irren. Vielleicht ist er ja doch nicht so ein Volltrottel«, murmelt Danny, aber sein Griff um meine Hand wird eine Spur fester, deshalb kaufe ich ihm seine Aussage nicht ab. Er macht offensichtlich gute Miene zum bösen Spiel.

Mir soll's recht sein. Eigentlich geht es mich nichts an, was zwischen ihnen vorgefallen ist. Scheint ja ohnehin nicht weiter wichtig zu sein.

Ein Typ rempelt mich aus Versehen an, als er sich an uns vorbeidrückt.

»Sorry!«, ruft er mir zu und wird gleich darauf von der Menge verschluckt.

Ich beginne zu schwitzen, so voll ist es hier.

»Komm, Grinch, lass uns mal aus der Traube abhauen«, schlägt Junie vor, da sie sieht, dass es mir allmählich zu viel wird, und zieht mich an der Hand zum Hafen.

»Habt ihr eure Handys dabei?«, ruft Danny uns hinterher.

»Ja, ja. Wir setzen uns da vorn hin. Kommt nach, wenn ihr die Drinks habt.«

Sie verdreht die Augen wegen seines momentan mehr als nervigen Verhaltens und wir lassen unsere Riesen im Getümmel stehen.

***

»Irgendeine Ahnung, was es mit dem Stress zwischen Noah und unseren Männern auf sich hat?«, fragt Junie mich, während unsere Beine vom Steg baumeln; unsere Lederflipflops liegen neben uns.

Ich blicke zur Beach Bar, an der die Männer vermutlich immer noch anstehen. Ausmachen kann ich sie in dieser Menschenmasse nicht.

»Keine Ahnung. Aber Danny ist echt anstrengend mit seiner Bodyguard-Nummer. Woher die auf einmal kommt? So extrem, meine ich.« Nachdenklich lasse ich meinen Blick schweifen.

Trinkende, grölende, lachende Leute, soweit das Auge reicht. Die Sonne ist bereits hinter den Dünen und Häusern verschwunden und über dem Wasser breitet sich ein dunkelblauer Nachthimmel aus, der immer weiter auf uns zurückt.

»Gute Frage. Connor ist auch komisch drauf. Übrigens«, meint sie stirnrunzelnd, »laut der *Cape Cod Times* ist wohl ein drittes Mädchen von einer Party verschwunden.«

»Ja, das hat mir Danny vorhin erzählt. Anscheinend verfolgt er die Story jetzt ebenfalls. Vielleicht verhält er sich deshalb so merkwürdig«, überlege ich laut, als Junie aufsteht, mir ihre Handtasche in den Schoß wirft und ihr Handy in die Schulterschlinge schiebt.

»Ich muss mal wohin. Bleibst du hier? Sonst finden uns die Männer nicht und drehen am Ende noch völlig durch.«

»Yep, geht klar.«

Wow, drei Vermisste schon. Als hätte sich mitten auf Cape Cod ein schwarzes Loch aufgetan und sie unwiederbringlich verschluckt.

Ich werfe einen Blick aufs Meer hinaus.

Der Nachthimmel, der inzwischen tiefschwarz ist, kommt unaufhaltsam näher. Ein laues Lüftchen weht.

Ich habe keinen blassen Schimmer, warum, doch plötzlich bekomme ich eine Gänsehaut.

40

Junie

Die Schlange vor den öffentlichen Damentoiletten ist ewig lang. Der Klassiker. Unruhig trete ich von einem Bein aufs andere.

Oah, das dauert.

Um mich abzulenken, ziehe ich mein Smartphone aus der Schulterschlinge und scrolle noch einmal durch die *Cape Cod Times*. Offensichtlich gibt es keine weiteren Neuigkeiten, also schiebe ich es wieder zurück an seinen Platz. Meine Blase drückt inzwischen recht unangenehm.

Neben mir steht ein wild knutschendes Pärchen und lenkt mich kurzfristig von meinem menschlichen Bedürfnis ab. So, wie sie den Typen anhimmelt, sind sie eindeutig frisch verknallt oder sich vielleicht sogar erst heute über den Weg gelaufen. Ihn kann ich nur von hinten sehen.

Allmählich rücke ich in der Schlange weiter vor und nach einer gefühlten Ewigkeit bin ich endlich dran.

Das wurde aber auch Zeit.

Eine Minute später fühle ich mich um ein volles Kilo leichter. Das war allerhöchste Eisenbahn.

Das knutschende Pärchen ist nicht mehr da, als ich nach dem Händewaschen nach draußen trete. Während ich um die Ecke des Toilettenhäuschens biege, sehe ich, wie es zum Parkplatz läuft.

Ich schmunzle. Ach ja, frisch verliebt. Das waren noch Zeiten. Da sind Connor und ich phasenweise gar nicht aus dem Bett gekommen.

Doch auch jetzt kann ich mich nicht beschweren; ich bin in ihn noch genauso verknallt wie am ersten Tag. Mit Schmetterlingen und allem Drum und Dran.

Der Mann hält das Mädchen eng an sich gedrückt, sie scheint sich nicht mehr auf den Beinen halten zu können. Merkwürdig. Vor ein paar Minuten hat sie noch ganz fit gewirkt.

Als sie an einem schwarzen Mustang angekommen sind, fummelt er mit ihr im Arm die Tür auf, bugsiert sie auf den Beifahrersitz, schlägt die Tür wieder zu, geht um das Auto herum und steigt auf der Fahrerseite ein. Mit röhrendem Motor braust er in die Nacht davon.

Während ich ihnen noch hinterherstarre, passiert es.

Etwas macht laut Klick in meinem Hirn.

Meine Beine können sich plötzlich keinen Millimeter mehr bewegen und meine Gedanken spielen Mord im Dunkeln. Einer haut ab, kramt in meiner Vergangenheit herum und befördert einen Schnipsel daraus hervor, den ich am liebsten für immer vergessen würde.

Das dritte Unijahr.

Die Cafeteria.

Das Haldol, das mir in den Kaffee geschüttet wurde.

Meine lähmenden Glieder.

Die Beine, die unter mir weggeknickt sind.

Ich muss genauso ausgesehen haben wie diese Frau eben auf dem Parkplatz. Kann es sein, dass auch sie unter Drogen ...

Doch ich kann nicht länger darüber nachgrübeln, da ein anderer Gedanke in meinem Kopf aufploppt und sich in mein Bewusstsein frisst.

Die Frauen, die hier in den letzten Wochen verschwunden sind, hatten alle eins gemeinsam: Sie wurden zuletzt auf Beachpartys gesehen.

Scheiße.

Und ein Gedanke meint, er müsse sich besonders vorwitzig in den Vordergrund drängen und beginnt in meinem Kopf zu kreischen und zu schreien. Dieser Gedanke ist es, der mich vollständig erstarren lässt. Denn er lässt mich endlich erkennen, woher mir der Typ in dem weißen Van so bekannt vorkam.

Er hat mich tatsächlich an einen Promi erinnert, das ist noch der größte Witz an der Sache, aber lachen kann ich darüber nicht. Der Spitzname Vin Diesel, den ich dem Typen damals gegeben habe, hat seit diesem beschissenen

Ereignis nämlich einen mehr als faden Beigeschmack bei uns allen hinterlassen. Und der arme Schauspieler kann überhaupt nichts dafür.

An meinem ganzen Körper stellen sich die feinen Härchen auf und unwillkürlich schnappe ich nach Luft.

Das kann doch nicht …? Der ist schon wieder auf freiem Fuß?

Er und der andere Typ – Danny hat sie damals die bösen Zwillinge getauft, da sie aufgrund ihrer Vermummung kaum zu unterscheiden waren – sowie Jerry wurden zu drei Jahren Haft verurteilt. Verflixt wenig für Körperverletzung und versuchte Entführung; *versucht,* weil sie uns nicht vom Campusgelände schaffen konnten. Unsere Männer waren glücklicherweise schneller.

Haben sie etwa Bewährung bekommen? Hätten wir darüber nicht informiert werden müssen? Oder sind sie ausgebrochen?

Meine Güte.

Okay, okay. Jetzt einmal tief durchatmen und …

»Na? Hast du mich vermisst?«

41

Danny

»Das kann doch nicht sein«, motzt Connor neben mir. »Wir stehen hier sicher schon zehn Minuten an.«

An der Bar läuft es total unkoordiniert ab, immer mehr Leute drängeln und schubsen herum und die drei Barkeeper dahinter sind mit dem Ansturm heillos überfordert.

»Bleib locker, Bro, wir kommen schon noch dran«, versuche ich ihn runterzuholen, wobei auch ich allmählich genervt bin. So, wie es aussieht, kann das mit den Getränken noch dauern.

Nach der ganzen Sache mit dem Video und den verschwundenen Frauen will ich unsere Mädchen nicht allzu lange allein lassen. Auch wenn ich weiß, dass ich mit Sicherheit überreagiere. Trotzdem. Lieber bin ich überwachsam, als dass ihnen etwas passiert.

Ich blicke zum Pier und kneife die Augen zusammen. Junie scheint nicht mehr bei Sam zu sitzen.

Scheiße, jetzt trennen sich die beiden auch noch. Die haben sie doch nicht mehr alle! Ein bisschen, ein klitzekleines bisschen vorsichtig könnten doch auch sie sein.

Tief durchatmen.

Ich muss mich ernsthaft zusammenreißen. Ich übertreibe. Ganz bestimmt. Absolut. Und ausgerechnet ich sage zu Connor, er soll sich entspannen.

Stirnrunzelnd schüttle ich den Kopf über mich selbst, lasse den Typen vor mir vorbei und quetsche mich in die dadurch entstandene Lücke an der Bar. Dem Barkeeper brülle ich meine Bestellung ins Ohr, da der Lärm von den ganzen Leuten um uns herum immer lauter geworden ist. Danach recke ich meinen Hals und blicke wieder zum Pier.

Jetzt kann ich Sam auch nicht mehr sehen.

Verflucht.

»Kannst du Sam irgendwo auf dem Steg ausmachen?«, rufe ich David hinter mir über den Lärm hinweg zu, während Connor die Bestellung im Auge behält.

David drückt sich einen Schritt nach hinten, um besser um die Bar herumsehen zu können.

»Nope. Saßen die beiden nicht eben noch da?«

Ich ziehe fahrig mein Smartphone aus der Tasche, um sie anzurufen, doch genau in der Sekunde, in der ich es mir ans Ohr halten will, wird eine junge Frau neben mir so heftig von hinten geschubst, dass sie ins Taumeln gerät. Reflexartig lasse ich das Handy fallen, damit ich sie am Arm packen und so vor einem Sturz bewahren kann. Dafür kracht das blöde Teil auf den Boden.

»Danke.« Die Frau blickt flirtend zu mir auf.

»Nicht dafür«, erwidere ich höflich, ignoriere ihren Anmachversuch und bücke mich, um mein Smartphone aufzuheben. In derselben Sekunde tritt Connor zurück und steigt mit seinen Vans mitten drauf.

»Pass auf!«, brülle ich ihn an, aber es ist bereits zu spät.

Er sieht erschrocken nach unten, nimmt den Fuß von meinem Handy und hebt es auf.

»Sorry, Bro, das wollte ich nicht.« Zerknirscht reicht er es mir. Das Display ist komplett gesplittert.

Auch das noch.

»Ich hab nicht gesehen, dass es dir runtergefallen ist«, schiebt er entschuldigend hinterher.

Nervös wische ich mir mit der Hand übers Gesicht.

»Schon gut, scheiß drauf. Ich wollte gerade Sam anrufen, weil ich die zwei nicht mehr auf dem Pier sehe.« Das Smartphone ist mir scheißegal, ich will nur wissen, wo unsere Mädchen stecken.

»Ich ruf Junie an«, schlägt Connor vor und drängelt sich aus der Menschentraube.

David tippt mir in der Zwischenzeit auf die Schulter, da der Barkeeper unsere Bestellung auf die Tresen gestellt hat. Wir greifen nach den Getränken und schieben uns in Connors Richtung. Er steht mit seinem Handy am Ohr da und schüttelt den Kopf.

»Mailbox. Bei beiden.«

Logisch, wie soll's auch anders sein?

Noch einmal tief durchatmen.

Ich versuche wirklich relaxt zu sein, doch das gestaltet sich immer schwieriger.

42

Sam

Meine Beine baumeln nach wie vor über dem Pier und mein Blick schweift über den traumhaft schönen Hafen. Richtig schnuckelig sieht er aus. Überall Jollen, wunderschön gepflegte Segelboote und Jachten – logisch, wir sind ja hier auf Cape Cod, da dürfen die natürlich nicht fehlen. Beinahe an jedem Boot sind kleine bunte Lampions angebracht, die im aufziehenden Nachthimmel immer heller leuchten.

Junie lässt sich ganz schön viel Zeit. Keine Ahnung, was sie auf der Toilette so lange treibt, aber eine Viertelstunde sitze ich hier sicher schon allein herum. Auch unsere Männer kann ich noch nicht ausmachen. Dass sie länger brauchen, war abzusehen. Die Menschenansammlungen um die Beach Bars werden größer und größer.

Ich puste mir den Pony aus der Stirn und beginne an meinem Gummiband herumzuzupfen. Diese blöde Angewohnheit kann ich nicht ablegen.

Nach weiteren fünf Minuten wird es mir zu bunt. Also stehe ich seufzend auf, schnappe mir unsere Taschen, lege mir beide um Hals und Schulter und mache mich auf den Weg zu den Toilettenhäuschen.

Sag lieber Danny Bescheid. Der bringt dich um, wenn er dich auf dem Pier nicht finden kann, so wie er momentan drauf ist.

Stimmt, das sollte ich auf jeden Fall machen.

Noch im Laufen fische ich mein Handy aus der Tasche und tippe ihm zügig eine Nachricht, dass wir uns in fünf Minuten am Pier treffen. Anschließend stecke ich es wieder zurück und stoppe an der mehr als langen Schlange vor den Damentoiletten.

Das ist mal wieder so was von typisch. Nachdem Junie nicht ansteht, kann sie eigentlich nur in einer der Kabinen sein. Mit zickigen Blicken im Rücken drängle ich mich kurzerhand an der Schlange vorbei und schreie ihren Namen einmal quer durchs ganze Häuschen.

Hm. Keine Antwort.

Da ich nicht weiß, was ich sonst tun soll, laufe ich wieder um das Häuschen herum und drehe mich einmal im Kreis.

Mist.

Keine Männer, keine Junie, na bravo.

Dann eben anrufen. Hätte ich gleich so machen sollen, ich Idiot.

Mit dem Smartphone am Ohr scanne ich die Umgebung. Die Menschen fangen an, mir auf die Nerven zu gehen, nun, wo ich wieder mitten in der Menge stehe. Daher mache ich mich auf den Weg in Richtung Parkplatz, dort ist wenigstens nicht allzu viel los.

Junies Mailbox springt an.

Gott, ich drehe gleich durch! Das ist doch alles scheiße. Erst streite ich mich mit Danny wegen dieser Drecksparty, danach verschwindet Junie spurlos und die Männer kann ich auch nicht finden.

Noch einmal halte ich mir das Telefon ans Ohr.

Super, einfach super. Bei Danny geht auch nur die Mailbox dran. Will er mich verarschen? Ich soll am besten keinen Schritt ohne ihn auf dieser Party machen und jetzt kann ich ihn nicht erreichen?

Hinzu kommt, dass ich mir langsam Sorgen mache. Es sieht Junie nicht ähnlich, mich am Pier sitzen zu lassen. So etwas würde sie nie tun, weil sie weiß, dass mich solche großen Feiern nervös machen.

DU wolltest doch unbedingt auf diese blöde Party gehen.

Ich weiß. Aber ich konnte nicht ahnen, dass jetzt alle verschwinden.

Dann geh sie suchen.

Keine Lust, mich durch die Menge zu schieben.

Dann fang auf dem Parkplatz an und versuche, sie immer wieder anzurufen. Irgendwann wird ja mal einer von ihnen an sein doofes Telefon gehen.

Was sollte Junie auf dem Parkplatz wollen?

Vielleicht hat sie etwas im Auto vergessen, was weiß ich? Irgendwo musst du anfangen und da sind die wenigsten Leute.

Na gut, auf los geht's los.

Mein Handy behalte ich in der Hand. Zwei Minuten gebe ich ihr, danach versuche ich es noch einmal. Und bei Danny auch. Und Connor. Wenn schon Telefonterror, dann richtig.

Den Parkplatz erreiche ich schnell und bin froh, dass er hell erleuchtet ist, da uns die Nacht inzwischen fest im Griff hat. Ein paar Leute stehen hier herum, doch je weiter ich nach hinten sehe, desto leerer wird er.

Ich kneife meine Augen zu Schlitzen zusammen und suche aufmerksam die Gegend ab.

Nope.

Auch hier keine ... wobei ... da! Ganz hinten! Ist das nicht ihr Sommerkleid? Die Farbe stimmt jedenfalls. Auf die Entfernung kann ich nicht genau erkennen, ob es tatsächlich Junie ...

Doch, das ist sie, ich kann das Weiß ihrer Schulterschlinge ausmachen und Frauen mit Schulterschlingen gibt es nicht so oft.

Aber was zur Hölle macht sie da?

Während ich mich in Bewegung setze, lasse ich sie nicht aus den Augen.

Sie steht mit einem hochgewachsenen Typen an einem schwarzen Kastenwagen, an dem die hintere Tür zum Laderaum geöffnet ist, und scheint wild mit ihm zu diskutieren. Da sie so weit von mir und auch allen anderen entfernt sind, kann ich sie nicht verstehen. Aber ich kann erkennen, dass er sie an beiden Armen festhält.

Da stimmt etwas nicht.

Ich beginne zu joggen, als der Typ ihren Kopf packt, nach vorn drückt und sie mit seinem Körpergewicht in das Fahrzeug drängt.

Mein Herz rutscht mir mit Anlauf in den Slip.

Aus dem Joggen wird ein gestreckter Sprint und schließlich jagen meine Füße über den Asphalt auf das Fahrzeug zu.

Der Typ kommt kurz darauf wieder aus dem Laderaum, knallt die Türen zu, läuft zügig um das Fahrzeug und reißt die Fahrertür auf.

Fast bin ich bei ihr, doch ich weiß, ich bin nicht schnell genug.

Verfluchte Kacke.

»Junie!«, brülle ich.

Der Typ dreht sich zu mir um.

Mein Herz donnert an meinen Brustkorb, der Schweiß bricht mir aus sämtlichen Poren. Mein Hirn erkennt sofort, um wen es sich handelt. An den Dreckskerl erinnere ich mich nur allzu gut. Den Befehl, sofort auf dem Absatz kehrtzumachen und in die andere Richtung zu rennen, gibt es mir allerdings nicht, beziehungsweise zu spät.

Das kommt für mich jedoch ohnehin nicht infrage, denn Junie ist in diesem Wagen und ich muss ihr helfen! Die Tatsache, dass das dämlich und irrwitzig ist, entgeht mir durchaus nicht, aber in diesem Moment, in dieser Sekunde ist es die einzige Option für mich.

Mittlerweile schreie ich, was das Zeug hält, um so viel Aufmerksamkeit wie möglich zu erregen, während ich mich mit meinem vollen Körpergewicht auf Jerry werfe, der immer noch mit geöffnetem Mund an der Fahrertür steht. Ich knalle ihm mein Handy, die einzige Waffe, die ich habe, an den Wangenknochen.

Viel zu spät bemerke ich, dass die Beifahrertür aufgerissen wird und dieser beschissene Vin-Diesel-für-Arme-Verschnitt bedrohlich auf mich zukommt.

Der auch noch.

Die gute alte Panik schwappt über mich hinweg wie eine eiskalte Welle, doch mein Körper schreit gleichzeitig nach dem Adrenalin, das auch sofort Gewehr bei Fuß steht. Mit ihm im Rücken schaltet mein Hirn in den Überlebensmodus.

Ich trete um mich, versuche die beiden zu treffen, mit meinen Füßen, den Fäusten, mit allem, was geht. Das Smartphone liegt längst irgendwo auf dem Boden.

Vin Diesel bekommt meine Haare zu fassen, packt brutal zu und schleift mich zur hinteren Tür der Laderampe.

Kacke, kacke, kacke, nein, nein, nein, unter keinen Umständen darfst du zulassen, dass sie dich da reinschubsen!

Mein Hals nebst Lunge beginnen zu brennen, so sehr kreische ich mir die Seele aus dem Leib; meine Fingernägel suchen nach Haut, die sie zerkratzen, nach Augen, in die sie sich bohren können, doch Jerry und Vin Diesel haben sich vom ersten Schock meiner Attacke erholt und ich habe absolut keine Chance.

Jerry boxt mir erbarmungslos und mit voller Wucht in den Magen und Säure schießt meine Speiseröhre hoch.

Scheiße, tut das weh!

Reflexartig krümme ich mich nach vorn. Die Schreie, die aus meinem Mund kommen, formen sich zu einem einzigen, lang gezogenen, ächzenden Keuchen.

Die Hecktür wird aufgerissen und meine Füße verlieren die Bodenhaftung. Bevor ich noch irgendetwas unternehmen kann, werde ich wie ein Frachtstück in den Laderaum geworfen, der Riegel donnert ins Schloss und es wird finster.

43

Connor

David, Danny und ich haben uns aufgeteilt, um das Partygelände zu durchkämmen.

Nick ist immer noch irgendwo mit diesem Schleimscheißer Noah unterwegs und ich laufe das dritte Mal den Parkplatz ab. Auf dem Pier sind sie nicht und so langsam finde ich es nicht mehr witzig.

Immer wieder versuche ich die beiden auf ihren Handys zu erreichen, doch auch hier bin ich kein Stück weitergekommen. Ich habe keinen Plan, wo wir noch suchen sollen.

Verdammte Scheiße noch mal!

Besorgt fahre ich mir über den Nacken, während ich die Parkplatzreihen hoch- und runtergehe. Den Lärm der partywütigen Meute kann ich kaum noch hören, so weit bin ich inzwischen von der Beach Bar entfernt, aber ich kann nicht den kleinsten Hinweis auf unsere Mädchen ausmachen.

Das bringt doch alles nichts.

Ich will mich wieder auf den Weg ins Getümmel machen, als mein Fuß auf einen viereckigen, flachen schwarzen Gegenstand tritt, der auf dem Boden nichts verloren hat.

Erstaunt bücke ich mich, um ihn aufzuheben und muss trotz meiner brutalen Sorge um die Mädchen leicht schmunzeln. Smartphones und ich scheinen heute nicht besonders gut miteinander klarzukommen, so viel ist sicher. Das ist schon das zweite, auf das ich heute Abend trete.

Moment mal. Moment.

Ich drehe es hastig um und halte es unter den hellen Lichtkegel der Straßenlaterne.

Das Zucken in meinen Mundwinkeln erstarrt augenblicklich.

Ein Union Jack ziert die Schutzhülle.

Meine Hände beginnen zu zittern, als ich das Handy noch mal umdrehe und auf den unteren kleinen Knopf drücke, der mir den Sperrbildschirm zeigt. Obwohl das Display einen großen Riss mit mehreren Verästelungen aufweist, kann ich zweifellos Dannys breit grinsende Visage darauf erkennen.

Fuck.

Mein Puls schießt eklatant in die Höhe und mein Mund wird trocken.

Rasch richte ich meinen Blick auf den Boden und suche ihn aufmerksam ab. Es dauert nicht lange, da bleibt er an einem Lederflipflop hängen, der ein Stück weiter weg liegt.

Sind das … Das sind doch …?!

In wenigen Schritten bin ich an der Stelle und hebe den Flipflop auf. Mein Puls fängt an zu rasen und ein eiskalter Blitz fährt mir einmal quer durch den ganzen Körper.

So eine Fuckscheiße!

Ich krame mein Handy aus den Shorts und prügle regelrecht auf die Kontakte ein.

»Komm schon, komm schon, komm scho …«, murmle ich und jogge währenddessen mit Junies Schuh und Sams Smartphone in der Hand sowie meinem Handy am Ohr über den Parkplatz zum Pier.

»Wo steckst du?«, plärrt Davids Stimme mir entgegen. Im Hintergrund ist es massiv laut und ich höre Danny irgendetwas rufen.

»Am Parkplatz, ich komm zum Pier. Beeilt euch!«, brülle ich knapp hinein, stecke fahrig das Handy in die Hosentasche zurück und beginne zu rennen.

Kleine Online-Artikel zu den verschwundenen Frauen spielen in meinem Kopf Poker und jedes Mal, wenn eine Karte mit einem Gesicht aufgedeckt wird, wird es automatisch durch Junies und Sams ausgetauscht.

Das darf doch alles nicht wahr sein!

Am Pier angekommen, sehe ich Danny und David auf mich zusprinten. Schon von Weitem schreit Danny mir entgegen: »Was ist? Wo …? Hast du sie?«

Ich schaffe es nicht, ihm zu antworten, ich wüsste nicht, wie. Dazu fehlen mir die Worte. Also strecke ich ihm außer Atem Sams Smartphone entgegen, das er mir unmittelbar aus der Hand reißt. Mit großen Augen starrt er darauf, als David kurz hinter ihm zum Stehen kommt und sich schnaufend mit den Händen auf den Knien abstützt.

»O mein Gott! Wo ...?«, flüstert Danny.

Ich kann seine Panik beinahe körperlich spüren; die habe ich mittlerweile auch. Nackte, schnörkellose, verfickte Panik.

Mein Herz pumpt nach wie vor ungesund schnell in meinem Brustkorb, während ich das Gefühl habe, völlig wahnsinnig zu werden.

»Auf dem Parkplatz. Ziemlich weit hinten«, unterbreche ich sein Gestammel, ich kenne die Frage ohnehin. »Junies Flipflop lag ein Stück weiter weg.« Die Sandale baumelt mir wie zum Beweis vom Zeigefinger.

»Warum ...? Was ...?«, stottert er weiter, er scheint genauso wenig wie ich einen klaren Gedanken fassen zu können.

»Keinen Plan. Keinen fucking Plan«, presse ich hervor.

Langsam wird es in meiner Kehle eng. Meine Augen hören nicht auf, immer und immer wieder die Umgebung zu scannen. Wer weiß? Vielleicht tauchen die zwei doch plötzlich irgendwo auf? Die Hoffnung stirbt zuletzt und nur, weil sie – ich schiele auf meine Uhr – seit einer Stunde ...

Seit einer verfluchten Stunde?

»Bro!«, ruft David Nick zu, den ich am Anfang des Piers ausmachen kann, und winkt wild mit den Armen.

Der winkt kurz zurück und kommt auf uns zu.

»Ihr glaubt ja nicht, was ich ...«, platzt es aus Nick heraus, doch Danny fällt ihm ins Wort: »Sam und Junie sind weg.« Er deutet auf Junies Schuh in meiner und Sams Handy in seiner Hand.

Nick erstarrt und glotzt erst ihn an, danach mich und den Schuh und zum Schluss David, bis ihm ein »Holy!« entweicht. Kurz darauf sprudeln die Worte nur so aus seinem Mund, sodass ich mich konzentrieren muss, um mitzukommen.

»Scheiße, wir müssen sofort die Bullen rufen! Noah hat mir auf seinem Smartphone nicht nur eins von diesen perversen Videos gezeigt, sondern gleich zwei. Beide haben nach der ersten Fickszene geendet, er meinte, das seien nur Teaser. Wenn ich mehr sehen wolle, müsse ich zahlen. Auf die Frage, was danach komme, hat er nur gesagt, dass es echt scharf werden würde. O Mann, was für kranke … Musste danach erst mal klarkommen und habe mir einen Drink gegönnt. In der Zeit habe ich noch mal die Seite der *Cape Cod Times* online gecheckt. Eine von den drei Vermissten ist wieder aufgetaucht.« Er holt tief Luft.

Unfassbar, was man alles zwischen zwei Atemzügen sagen kann und unglaublich, wie leicht mir plötzlich ums Herz wird. Erst jetzt merke ich, wie gnadenlos angespannt ich die ganze Zeit gewesen bin. Gott sei Dank, denn das könnte bedeuten, dass wir uns doch getäuscht haben, und am Ende alles nur ein Fake war. Es gibt absolut nichts, was ich gerade lieber hören wollen würde.

»Wo war sie die ganze Zeit? Geht's ihr gut? Hat sie w …?«, plappere ich erleichtert drauflos, aber Nick schüttelt energisch, nein, verzweifelt den Kopf, sodass ich mitten in der Frage abbreche.

»Sorry, ich habe das falsch formuliert. Also … die Frau ist nicht …«, stammelt er, rubbelt sich über seinen Afro und tritt wie blöde von einem Bein aufs andere.

»Was?«, würge ich hervor, während er mich verstört anstarrt.

Als ich das Entsetzen in seinen Augen sehe, wird mir schlagartig eiskalt.

»Sie habe ihre Leiche gefunden, Mann.«

Danny unterbricht sein Getigere und bleibt stocksteif stehen.

Ich kann Nick nur wie bescheuert anglotzen, weil mein Kopf ein vollkommenes Chaos veranstaltet.

»Das ist noch nicht alles, Leute«, fährt Nick fort, während sich eine Gruppe von Leuten an uns vorbeiquetscht, um zur Bar zu gelangen. Er zückt sein Smartphone, tippt fahrig darauf herum und hält es mir unter die Nase.

Mit zitternden Händen nehme ich es ihm ab.

Meine Augen flirren von links nach rechts, ich kann den Artikel, der da online auf der Seite der *Cape Cod Times* steht, gar nicht schnell genug lesen.

Als ich zur Beschreibung der gefundenen Leiche komme, gefriert mir das

Blut bereits bei den ersten Worten in den Adern: blond, einen Meter siebzig groß, grüne Augen.

O nein! Nein, nein, nein! Bitte nicht!

Mein Herz stellt seine Tätigkeit ein.

Setzt aus.

Einfach so.

Mein Mund öffnet sich, in der Hoffnung, Sauerstoff zu bekommen, aber nichts passiert. Ein zentnerschwerer Koloss ist auf meinen Brustkorb geknallt und quetscht all meine inneren Organe zusammen – zumindest fühlt es sich so an.

Hinter mir kann ich Dannys Flüstern hören, während er den Artikel überfliegt.

»Besondere Merkmale: ein kreisrundes schwarzes Muttermal auf der linken Seite des Torsos ...« Er zieht zischend die Luft ein und wendet sich ruckartig ab.

Meine Knie werden auf einmal gefährlich weich. Nicht gut. O Gott. Eben noch war mein Mund staubtrocken, jetzt wird er mit einem Schlag mit viel zu viel Speichel geflutet.

Ich beuge mich vornüber und versuche ruhig zu atmen.

»Die Frau aus dem Video ...«, raunt David und ich schließe die Augen.

Krampfhaft versuche ich auszublenden, wie er damit beginnt, die losen Fäden zu einem einzigartigen albtraumhaften Horrornetz zusammenzuspinnen.

»Leute ... Das Video, die verschwundenen Mädchen, die Leich ...«

»Halt die Fresse, David! Halt deine Scheißfresse!«, brüllt ihn Danny unvermittelt von der Seite an und rauft sich die Haare.

David klappt seinen Mund unverzüglich wieder zu und schweigt. Sein Gesicht ist seltsam fahl.

In mir macht sich ein abgrundtiefes Grauen breit, das sich auf der Stelle Luft verschaffen muss. Sonst zerfetzt es mich. Doch anstatt wie Danny jemanden anzugehen, hole ich tief Luft und brülle: »Fuck!«

Die Leute in unserer näheren Umgebung drehen sich erschrocken zu uns um.

Ist mir scheißegal.

»Verdammte Kacke, was jetzt, Herrgott?« Danny rennt mittlerweile auf und ab.

»Wir müssen zu den Cops. Dringend. Die haben sicher schon Leute auf diese Fälle angesetzt. Ihr wisst doch: Die ersten vierundzwanzig Stunden sind entscheidend.« Nick übernimmt die Führung.

Ich bin ihm verflucht dankbar dafür, da weder Danny noch ich im Moment denken können.

Das ist nun das zweite Mal innerhalb einer Woche, dass ich Todesangst um mein Mädchen habe. Nur kommt diesmal die Angst um Sam noch dazu.

Das kann doch alles verfickt noch mal einfach nicht wahr sein!

44

Junie

Mit dem Rücken auf dem Boden und an den Händen und Füßen mit Kabelbindern gefesselt liege ich im Laderaum des Kastenwagens. Wenigstens haben sie mir die Hände vor den Bauch verschnürt, sodass sich der Schmerz in meiner Schulter, der aufgrund der brutalen Behandlung von eben wieder aufgeflammt ist, einigermaßen beruhigt hat.

Diese vermaledeite Schulter.

Wäre die nicht, hätte mich dieses Arschloch nicht so weit nach hinten zum Auto zerren können. Der Mistkerl hatte seine Finger so fest in das eingerenkte Gelenk geschraubt, dass ich vor lauter Schmerz kaum atmen, geschweige denn schreien konnte. Auch wenn er deutlich nachgelassen hat, veranstaltet der Rest meines Körpers ein mordsmäßiges Durcheinander und schwankt zwischen maßloser Panik und heftiger Übelkeit hin und her.

Trotzdem versuche ich entschlossen meine Atmung zu normalisieren, da bereits kleine helle Blitze vor meinen Augen umhertanzen, als wäre ich auf einer verflixten Technoparty.

Der Motor des Kastenwagens brummt laut, doch ich werde nicht mehr so durchgeschüttelt wie vor wenigen Augenblicken, was mir verrät, dass wir bereits vom unbefestigten Parkplatz heruntergefahren und auf der Hauptstraße angekommen sind.

Ich schiele zu Sam, die ich aufgrund einer fehlenden Lichtquelle kaum erkennen kann, obgleich sie nur wenige Zentimeter neben mir liegt. Unsere Taschen haben sie ihr unmittelbar von der Schulter gerissen und anschließend ebenfalls an Hand- und Fußgelenken Kabelbinder angebracht.

Sie liegt auf der Seite mit dem Gesicht zu mir, und obwohl es dunkel ist, kann ich es viel zu blass schimmern sehen. Ihre Augen sind abnormal geweitet und wenn mein Atem schon zu hastig geht, bricht ihrer sämtliche Rekorde.

Als Jerry und Vin Diesel sie in den Laderaum geschleudert haben, war ich in der ersten Sekunde egoistischerweise furchtbar erleichtert. Erleichtert, nicht mehr allein zu sein. In der zweiten jedoch machte die Erleichterung einer übermächtigen Verzweiflung Platz. Schlimm genug, dass ich in dieser katastrophalen Lage bin, da muss Sam nicht auch noch mit hineingezogen werden. Aber ändern können wir es jetzt auch nicht mehr.

Ihre Knie schlagen in schnellem Rhythmus auf den Boden. Ich kann ihre Zähne bis zu mir klappern hören, als sie sich bei mir entschuldigt: »S ... sorry.«

Wofür?

»Was ist passiert? Was ...?«, muss ich erst einmal wissen und passe mich ihrem Gestammel an.

Nach etlichem Gestotter, Luftgehole und Zähneklappern weiß ich nun, was draußen vor sich gegangen ist.

Am liebsten würde ich sie mir packen und durchschütteln, weil ich nicht glauben kann, wie mutig, aber auch wie wahnsinnig leichtsinnig und total lebensmüde diese Frau ist.

»Du bist so dämlich, Sam. Du hättest sofort abhauen und Hilfe holen müssen! Meine Güte, bist du vollkommen irre, dass du sie angegriffen hast?«, schimpfe ich sie leise.

»Dann wärst du w ... weg gewesen. Ich hatte k ... eine Z ... Zeit zu ve ... verlieren.«

Sie hat ernsthaft die Nerven, mir trotz der Panikattacke, die sie nebenbei von sich wegzuschubsen versucht, zu widersprechen.

Obwohl wir in einer so katastrophalen Lage sind, ziehen sich meine Mundwinkel leicht nach oben.

»Du bist komplett verrückt, das ist dir klar, oder?«

Aus Sams Richtung kommt ein Schnauben. »D ... deswegen liebst du m ... mich d ... doch.«

Ungläubig schüttle ich den Kopf.

Okay.

Gut.

Ein paar Mal tief durchatmen.

Sams Knie schlagen nicht mehr gar so schnell auf den Boden, das ist schon mal ein gutes Zeichen.

»Geht's einigermaßen?«

Ein ersticktes, spöttisches Lachen erfüllt den Laderaum. »B … blendend geh … t's m … mir.«

Die Frage war zugegebenermaßen ziemlich dämlich.

Ich probiere mich auf die gesunde Seite zu rollen und somit ein wenig mehr in ihre Richtung.

»Kannst du atmen?«, frage ich, starre sie an und versuche, so viel es geht, durch die Dunkelheit zu erkennen.

Sie sieht nicht gut aus. Schweiß perlt von ihrer Stirn und sie presst die Zähne immer noch so fest aufeinander, dass ich ihren Kiefer knirschen höre.

Auch wenn ich selbst schon mit eineinhalb Füßen in einer ausgewachsenen Panikattacke stecke, werde ich seltsamerweise ruhiger. Keine Ahnung, ob es an Sams Anwesenheit oder der Tatsache liegt, dass ich weiß, es würde nichts bringen, in Panik zu verfallen.

Diese Ruhe ist es, die mir wiederum Zeit zum Nachdenken lässt.

Was machen Jerry und Vin Diesel hier auf Cape Cod? Abgesehen davon, ob sie aus dem Knast ausgebrochen sind oder auf Bewährung frühzeitig entlassen wurden, warum entführen sie uns?

Okay, ich habe diesen Vin Diesel bei diesem beschissenen Unfall erkannt, aber na und? Was ist daran so schlimm?

Dann werden sie wohl doch ausgebrochen sein, ansonsten wäre es ihnen doch egal, ob sie jemand erkennt oder nicht.

Oder?

Frustriert schnaube ich auf.

Das bringt alles nichts. Ich habe einfach keinen blassen Schimmer, was hier abgeht.

Und unsere Männer … sie suchen sicher schon nach uns. Wenn wir ihnen nur irgendeinen Hinweis auf …

Halt! Stopp!

Ein paar kleine Endorphine durchzucken meinen Körper wie winzige elektrische Stromschläge.

Ich beginne hektisch herumzuzappeln.

Da meine Hände vor meinem Körper gefesselt sind, kann ich sie nicht benutzen, um mich mit ihnen abzustützen und auf die Seite zu rollen. Noch dazu blockiert mich meine Schlinge, also muss es eben so gehen.

Ich unterdrücke ein lautes Stöhnen, als ich auf der kaputten Schulter zum Liegen komme. Aber ich kann es spüren. Es ist noch da und drückt in dieser Position unangenehm auf meinen Ellbogen.

Einmal mehr fange ich an zu zappeln und zu ruckeln, bis ich mich wieder zu Sam auf die andere Seite gedreht habe.

»Sam«, wispere ich, da ich auf keinen Fall will, dass die beiden ausgerechnet jetzt auf uns aufmerksam werden.

»Mhm?«

»Das Handy. Ich hab noch mein Handy in der Schulterschlinge.« Meine flüsternde Stimme überschlägt sich vor lauter Aufregung.

Sams Kopf ruckt in die Höhe und sie schaut mich hoffnungsvoll an. »Ohne M ... mist?«

Ich robbe noch ein Stück näher an sie heran. »Es ist ganz nach hinten an meinen Ellbogen gerutscht. Du musst mit deinen Händen in die Schlinge greifen.« Anders geht es nicht, da meine vollkommen nutzlos sind.

Dafür müsste sie mich allerdings berühren und ich weiß, dass sie das im Moment kaum schaffen wird.

»Du musst dich zusammenreißen, okay? Ich weiß, wie schwer das ist. Atme ein paar Mal tief durch. Du schaffst das, Sam.« Mittlerweile liege ich so dicht neben ihr, dass ich ihren abgehackten Atem in meinem Gesicht spüren kann.

Sie nickt schwach und ich rutschte ein weiteres Stückchen zu ihr auf. Mehr geht nicht. Wenn ich meinen Kopf bewegen würde, könnte ich ihre Nasenspitze berühren.

Sam streckt ihre Arme nach der Schulterschlinge aus und streift mit ihren gefesselten Händen meinen Bauch. Himmel, sie sind eiskalt. Ich muss mich am Riemen reißen, um nicht zurückzuzucken.

Ihr Keuchen zerrt an meinen Nerven, als sie beginnt, ihre Hände in die Schulterschlinge zu schieben. So gut es geht, versuche ich meine Hände von mir zu strecken, damit sie leichteren Zugang hat. Das Smartphone ist nach wie vor in der sicheren Kuhle zwischen meinem Ellbogen und dem Stoff der Schlinge eingeklemmt.

Sams Eiswürfelhände zittern so stark, dass mein ganzer Arm vibriert, während sie sich immer weiter vorarbeitet.

»Ich kann es spüren«, presst sie nicht mehr ganz so zitterig hervor.

Dafür bin ich diesmal diejenige, die ihre Zähne zusammenbeißt, da der Druck, den Sam auf meine kaputte Schulter ausübt, extrem unangenehm ist. Die dadurch entstehenden Schmerzen schubse ich jedoch entschieden zur Seite, sie sind nebensächlich. Um die kann ich mich immer noch kümmern, wenn wir frei sind. Falls wir uns befreien können ... Nein. *Sobald.* Nicht falls. Wir werden es schaffen. Etwas anderes steht überhaupt nicht zur Debatte.

Eisfinger fummeln weiter an meinem Ellbogen herum.

»Ich hab's. Fuck, ich hab's«, haucht sie erleichtert und starrt mich an.

Das Stottern in ihrer Stimme ist verschwunden und in ihren Augen, die meinen sehr nahe sind, kann ich Triumph erkennen.

»Super! Lass nicht los, lass es bloß nicht los«, feure ich sie leise an und fühle, wie das von meiner Haut aufgewärmte Display meinen nackten Unterarm entlangstreift, als sie es vorsichtig herauszieht.

Da biegt der Wagen auf einmal um eine scharfe Kurve.

Sam, die nun das Smartphone fest in den Händen hält, wird dadurch auf mich geworfen.

Ein kreischender Schmerz saust durch meine Schulter, als ihr Kopf daraufknallt.

»Pffff ...«, zische ich und versuche, so leise wie möglich zu sein.

»Pass doch auf, du Loser!« Jerrys Stimme dringt aus der Fahrerkabine dumpf zu uns herein. Es ist das erste Mal, dass wir sie hören; die bisherige Fahrt über waren beide still.

Sam drückt sich mit ihren gefesselten Händen, so gut es geht, von mir weg.

»Sorry, Junie«, murmelt sie und probiert in der Seitenlage, das Handy einzuschalten.

Gott sei Dank, es hat geklappt, denn ich sehe, wie ihr Gesicht bläulich aufleuchtet, als das Display aktiviert wird.

»Immer noch Henrys Geburtsdatum?«

Der Schmerz in meiner Schulter hat mich nach wie vor voll im Griff, deshalb kann ich nur nicken.

Wegen ihrer an den Gelenken gefesselten Hände dauert es länger als üblich, aber sie schafft es – mit einigen Verrenkungen und dem kleinen Finger –, meinen Code einzutippen.

»Ich schalte es auf lautlos und aktiviere als Erstes die Standortermittlung.« Sie tippt angespannt auf dem Display herum. »Nur noch kurz ...« Von ihrer Panikattacke ist nichts mehr zu sehen. Hoch konzentriert stellt sie all die nötigen Sachen ein, damit das Handy und somit wir gefunden werden können.

Das zweite Mal in diesem Urlaub stelle ich verblüfft fest, was Todesangst an Kräften freisetzt. Mögen sie uns nicht im Stich lassen. Bisher sind sie alles, was wir diesen Mistkerlen entgegenzusetzen haben.

»Ist eine Verbindung da?«, kann ich endlich stöhnen und ramme meine Zähne in die Unterlippe. Gott, tut meine Schulter weh!

»Ja. Aber nur ein Balken. Das muss reichen«, erwidert sie unter angehaltenem Atmen, als plötzlich der Wagen auf unebenen Grund fährt. Es rattert, klappert und schaukelt und ich bete, dass Sam mein Handy fest genug hält.

Dann, plötzlich, hält das Fahrzeug an.

Der Motor wird abgeschaltet.

Mein Herzschlag setzt aus.

Wir hören, wie vorn die Türen des Kastenwagens geöffnet werden, und Schritte, die um das Fahrzeug herumlaufen und dabei knirschende Geräusche erzeugen.

Verdammte Scheiße!

Sam versucht das Handy wieder in meine Armschlinge zu schieben. Jetzt prügelt mein Herz so stark auf meinen Brustkorb ein, dass ich das Gefühl habe, er wird von innen aufgebrochen.

»Mach schneller, schneller …«, zische ich ihr zu, als auch schon mit einem Ruck die Tür des Laderaumes aufgerissen wird.

45

Connor

»Was ist daran so schwer zu verstehen?«, brülle ich den Detective vor mir an. »Sie. Sind. Beide. Auf. Dieser. Party. Entführt. Worden!«

Nicks Arm liegt auf meiner Schulter und Danny läuft seit zehn Minuten eine Scharte in den mausgrauen Teppich des Büros der Sondereinheit in Hyannis, die sich mit den Vermisstenfällen befasst. David lehnt an der weißen Wand und starrt ins Leere.

Unwirsch reibt Detective Moore sich über den weißen Kinnbart.

»Ich habe Sie schon die ersten fünf Male verstanden, Mr Jackson. Und auch Sie, Mr Huntington.« Er nickt Danny knapp zu. »Ich kann aber nicht einfach Straßensperren errichten und die halbe Marine von Cape Cod aufs Meer hinausjagen, nur aufgrund der Tatsache, dass Sie Ihre Freundinnen seit zwei Stunden vermissen. Sie könnten sich überall aufhalten und müssen nicht zwingend einem Verbrechen zum Opfer gefallen sein.«

»Sie sind von einer Beachparty verschw ...«, setzt nun auch Danny an, wird aber von Moore resolut unterbrochen.

»Ja, ich weiß. Auch das haben Sie bereits mehrfach erwähnt. Und ja, ich weiß auch, dass die anderen Frauen ebenfalls zuletzt auf solchen Partys gesehen wurden. Aber das reicht nicht aus, um den Aufwand zu rechtfertigen, den es mit sich bringen würde, ganz Cape Cod in Alarmbereitschaft zu versetzen. Sie mutmaßen bislang lediglich, dass die beiden entführt wurden. Wie bereits gesagt, sind gerade mal zwei Stunden vergangen. Ich kann verstehen, dass es schwer für Sie ist, aber warten Sie bis morgen früh. Wenn die beiden bis dahin nicht aufgetaucht sind, melden Sie sich bitte wieder bei mir.« Mit diesen Worten steht er auf und ich kann nicht fassen, was er da von sich gibt.

Ich öffne meinen Mund, doch Moore hebt nur die Hand, bevor er erneut spricht: »Ich weiß, dass Sie extrem besorgt sind, das kann ich gut nachvollziehen, aber Sie müssen auch uns verstehen. Sie glauben nicht, wie viele besorgte Eltern, Freunde, Freundinnen seit den Artikeln in der *Times* täglich bei uns anrufen und ihre Töchter und Freundinnen als vermisst melden. Bislang sind alle nach wenigen Stunden wieder aufgetaucht.«

»Bis auf zwei. Zählt man die dritte nicht mit, die als Leiche angespült wurde«, knurrt Danny.

Moore nickt müde. Ich kann Mitgefühl in seinen Augen sehen. Mir ist klar, dass er nur seinen Job macht und sich an Regeln halten muss. Doch das hilft uns nicht weiter.

Frustriert vergrabe ich die Hände tief in meine Taschen, um mich selbst auf diese Weise davon abzuhalten, auf die Wand mir gegenüber einzuprügeln.

Aus ohnmächtiger Sorge.

Aus blanker Panik.

Aus maßlosem Frust.

»Was ist mit dieser Rape-Porno-Sache? Wir alle haben die Frau aus dem Video wiedererkannt. Sie hatte exakt den gleichen Leberfleck wie die Leiche, die angespült wurde. Es werden Frauen entführt und danach vor laufender Kamera missbraucht und womöglich sogar umgebracht. Reiche Wich ... Pisser, Schnösel zahlen viel Geld dafür, sich diese kranke Scheiße ansehen zu dürfen!« Davids Stimme klingt ungläubig und verzweifelt, also genau so, wie ich mich fühle. »Dagegen müssen Sie doch vorgehen!«

»Das ist Ihre Schlussfolgerung. Ich sage ja nicht, dass sie falsch ist. Sie könnten richtigliegen. Obgleich ich natürlich hoffe, dass dem nicht so ist, weil es sich dann um Snuff-Filme handeln würde. Doch Gentlemen: Sie haben keinerlei Beweise und die brauchen wir, um dagegen vorgehen zu können.« Detective Moore beginnt an einer Hand nüchtern die Fakten aufzuzählen. »Wir haben kein Video, das wir sichten und auf Echtheit überprüfen können. Sie haben lediglich gesehen, wie diese Frau – wenn sie es denn war – scheinbar missbraucht wurde. Das können Sie jedoch nicht beweisen. Und Sie haben in diesem Film ebenfalls nicht gesehen, dass sie umgebracht wurde. Das ist, wie gesagt, lediglich eine Schlussfolgerung.« Er scheint am Ende seiner Geduld angekommen zu sein, seine Stimme hat den gleichen Ton angenommen, mit dem ein Vater mit seinen begriffsstutzigen Teenagern spricht.

Was zur Hölle sind Snuff-Filme?

»Wir werden diesen Noah Brown, in dessen Haus Sie das Video gesehen haben, überprüfen. Dann sehen wir, ob sich dabei etwas ergibt. Aber mehr können wir vorerst nicht tun. Kommen Sie morgen früh wieder, falls Ihre Freundinnen bis dahin nicht aufgetaucht sind.« Er steht hinter seinem Schreibtisch auf und läuft energisch auf uns zu.

Das ist doch ...

Ich kann verfickt noch mal keinen einzigen klaren Gedanken mehr fassen.

Aber eins weiß ich: Ich flippe gleich verdammt noch mal aus!

***

Keinen Plan, wie unsere Freunde Danny und mich aus der Polizeiwache herausbugsiert haben, aber nun stehen wir alle um Dannys Leihwagen herum, während David und Nick uns prüfend mustern.

Mit fahrigen Handbewegungen rubble ich mir immer wieder über Nacken, Gesicht und Haare, weil ich nicht weiß, was ich sonst machen soll.

Danny hat sich in der Zwischenzeit Nicks Handy geschnappt und telefoniert abseits von uns mit Sean. Ich weiß nicht, ob er uns helfen kann. Er ist zwar mittlerweile Staatsanwalt von Massachusetts, aber ob er etwas bei diesem Detective Moore ausrichten kann? Keinen Peil.

David runzelt die Stirn, während er etwas auf seinem Smartphone liest. Anschließend hält er es Nick unter die Nase, der große Augen bekommt.

»Was?«, frage ich alarmiert, doch Nick schüttelt hastig den Kopf.

»Das willst du nicht wissen.«

»Bist du bescheuert? Was ist los?« Ungeduldig reiße ich David das blöde Teil aus der Hand und überfliege den Bericht. Es ist eine Seite, auf der Begriffe erklärt werden.

> Als Snuff-Film, kurz Snuff (umgangssprachlich to snuff someone out = jemanden auslöschen), wird die filmische Aufzeichnung eines Mordes bezeichnet, der zur Unterhaltung oder sexuellen Erregung des Zuschauers begangen wurde. Es gibt keinen Nachweis, dass ein solcher Film je real veröffentlicht wurde. Der reale Snuff-Film gilt daher als moderne Sage. Allerdings gibt es inoffizielle Aussagen der Polizei, die die Vermutung zulassen, dass es sich um mehr als nur eine Sage handelt. Details würden zum Schutze der Familien zurückgehalten.

Ich bekomme kaum noch Luft. Weiße Punkte flirren vor meinen Augen und mir bricht der kalte Angstschweiß aus.

David nimmt mir das Handy ab, bevor ich es fallen lassen kann.

Atmen.

Einfach.

Nur.

Atmen.

Ruhig.

Und.

Regelmäßig.

Einmal mehr beuge mich nach vorn und stütze meine Hände auf die Knie, während ich Nicks Adidas sehe, die neben meinen Füßen auftauchen.

»Immer langsam, Bro.«

Ich spüre wieder seine Hände auf meinen Schultern.

Verdammt.

Ruhig.

Atmen.

Ich muss mich am Riemen reißen. Ich muss! Das ist ja wohl das Mindeste. Ich verdammtes Weichei!

Je mehr ich mich innerlich selbst verfluche, desto besser geht es mir, so verrückt das auch klingen mag.

Es geht hier nicht um mich, sondern um unsere Mädchen. Also muss ich verfickt noch mal meine körperlichen Befindlichkeiten hintanstellen. Wenn ich wie der letzte Softie umkippe, bringe ich ihnen überhaupt nichts.

Ich begebe mich in die Vertikale zurück und schiele zu Danny, der nach wie vor mit Sean telefoniert, jedoch mitbekommen hat, dass bei uns etwas Übles abgeht.

Wortlos geht er auf David zu, dem erneut das Smartphone aus der Hand gerissen wird.

Dannys Augen fliegen über das Display, danach schreit er vollkommen außer sich in Nicks Handy: »Snuff-Film??? Sean, was zur verfluchten ...«

Anscheinend unterbricht dieser ihn am anderen Ende der Leitung. Wie er das geschafft hat ... weiß der Geier.

Ich weiß, dass Danny zu ihm aufsieht und großen Respekt vor seinem Bruder hat. Das kommt uns jetzt allen zugute. Ein Amok laufender Danny ist nämlich ebenfalls das Letzte, was Sam und Junie brauchen.

Nach wenigen Augenblicken – mehr können es nicht gewesen sein, sie haben sich dennoch in die Länge gezogen wie ausgelutschter Kaugummi – beendet Danny sein Gespräch mit Sean, gibt Nick das Handy zurück und fährt sich durch die Haare. Der Move des Abends.

Und exakt in der Sekunde, in der die Tür zur Polizeistation aufgestoßen wird und Detective Moore heraustritt, fängt es in meiner Hosentasche an zu vibrieren.

46

Junie

Die Kabelbinder um unsere Füße haben die Mistkerle durchgeschnitten. Anders könnten wir auch nicht quer durch die Dünen laufen, es sei denn, sie wollten *Häschen hüpf* mit uns spielen. Aber danach sehen die beiden nicht aus.

Sam wird von Jerry vor mir her gestoßen und ich habe das zweifelhafte Vergnügen mit Vin Diesel.

Den Kastenwagen, den die beiden in einem kleinen Waldstück neben einem anderen schwarzen Fahrzeug geparkt haben, haben wir längst hinter uns gelassen.

Der Vollmond wirft mit seinem matten silbrigen Licht weiche Schatten auf die Dünenlandschaft. Es wäre eigentlich eine durch und durch romantische Szenerie, würde hier nicht der totale Horrorfilm ablaufen.

»Beweg dich schneller, Schlampe«, weist mich mein mittlerweile personifizierter Albtraum an und schubst mich an der Schulter nach vorn. Natürlich absichtlich an der kaputten.

Schmerzen schießen abermals durch meine linke Körperhälfte und treiben mir Tränen in die Augen, als sich Jerry zu uns umdreht.

Hämisch mustert er mich.

»Du heulst jetzt schon? Dann wirst du später schreien. Aber das wirst du sowieso.«

Sam vor mir atmet schwer, bleibt jedoch stumm.

Später? Was …?

Ich bin wie gelähmt.

Meine Beine bewegen sich zwar und mein Puls rast, aber alles andere in mir drin ist kalt, steif und starr.

Vin Diesel schubst auch Sam kräftig und so werden wir mehr oder minder über die Dünen getrieben.

Das Erste, das mir ins Auge sticht, als wir den Strand erreicht haben, ist ein Bootsanleger, der hier scheinbar mitten im Nirgendwo weit ins Meer hinausführt, damit kleinere Motorboote bei Ebbe nicht mit ihrem Rumpf im sandigen Meeresboden kentern können. Das Zweite sind mehrere Jetskis, die an diesem Anleger vertäut sind. Und das Letzte, was mein Blick streift, ist ein kleines Bootshaus, das auf Höhe des Anlegers steht. Wobei klein relativ ist, da ich beim Näherkommen erkennen kann, dass das Bootshaus nicht die durchschnittlichen Maße hat, sondern ziemlich stattlich gebaut ist.

Jerry geht mit großen Schritten voran und klopft fest an die massive Holztür. Sie wird umgehend geöffnet, als wären wir erwartet worden, und der böse Zwilling Nr. 2 steht im Rahmen.

Großartig.

Die Nacht wird ja immer besser.

Zwilling Nr. 1 hinter mir schubst mich abermals, wodurch ich beinahe auf Sam falle, und wir stolpern beide kopfüber ins Haus.

Die gesamte Einrichtung ist verblüffend gemütlich für ein Bootshaus. Schwere Ledersessel stehen links und rechts vor einem offenen Kamin. An den Wänden hängen malerische Bilder von Cape Cod und dem Meer, und vor dem Kamin steht eine Glasvitrine mit einer großen Auswahl an Whiskey und anderen Spirituosen.

Kurzfristig von der Einrichtung abgelenkt hätte ich beinahe die junge Frau übersehen, die ebenfalls an den Händen gefesselt in einem der Sessel kauert. Sie ist so tief nach unten gerutscht, dass ich sie wegen der hohen Lehnen, die sie umschließen, fast nicht gesehen hätte. Ihre Augen sind geschlossen, es wirkt so, als würde sie schlafen.

Ist das nicht …?

Mein Kopf ruckt zu Zwilling Nummer zwei.

Doch, sie sind es. Das Pärchen vom Parkplatz.

Bevor ich weiter darüber nachdenken kann, werden wir jeweils in einen Sessel gestoßen.

Ich schreie auf, als meine Schulter an das verblüffend harte Polster knallt, und kneife reflexartig die Augen zusammen. Sam hat es vorhin tatsächlich geschafft, mein Smartphone in die Schlinge zurückzustopfen, allerdings liegt es jetzt unter meinem Unterarm. Damit es nicht herausrutscht, übe ich permanenten Druck darauf aus, und das strengt mit der Zeit an.

Als ich die Augen wieder öffne, blicke ich zu Sam.

Die schwarzen Haare hängen ihr zerzaust ins Gesicht, das so weiß ist, dass es beinahe gespenstisch aussieht. Der Schweiß läuft ihr inzwischen ungehindert über die Stirn, ihr ganzer Körper zittert und ihre Augen starren auf den Boden.

Verflixt, hoffentlich funktioniert das mit dieser dämlichen Handyortung. Keine Ahnung, was Sam noch gemacht hat, ob sie überhaupt noch etwas anderes hat machen können, unsere Zeit war ja mehr als knapp bemessen.

Ich versuche ihren Blick einzufangen, aber keine Chance. Sie stiert schwer atmend auf ihre gefesselten Hände. Die Kabelbinder sind bei uns beiden dermaßen festgezurrt, dass sie tief ins Fleisch schneiden.

Jerry wühlt in seiner Hosentasche herum und befördert ein Päckchen Marlboro daraus hervor.

»So viel Fracht an einem Abend, wer hätte das gedacht?« Er grinst Sam verächtlich an. »Drei Fliegen mit einer Klappe. Das ist nicht schlecht, oder?«, meint er an die Zwillinge gewandt.

Ihre Augen wirken gleichermaßen kalt und emotionslos. Genauso wie Jerrys, dem ich nun wieder meine volle Aufmerksamkeit schenke. Was er sagt, jagt mir einen Schauer nach dem anderen über die Haut.

»Ihr macht uns zu sehr reichen und glücklichen Männern, wisst ihr das? Kent wird uns großzügig entlohnen.« Seine Stimme klingt seltsam heiter, während er sich eine Zigarette ansteckt.

Ich schlucke schwer und schiele abermals zu Sam, doch sie hat sich komplett abgemeldet. Sie scheint von dem Gespräch nichts mitbekommen zu haben. Wenn doch, würde sie spätestens jetzt vollends ausrasten.

Und ich frage mich, wann der Zeitpunkt kommen wird, an dem mich endlich nichts mehr schocken kann …

»Die Beachparty hat sich richtig gelohnt, zumindest für uns. Tja, man trifft sich immer zweimal im Leben«, sagt Jerry triumphierend und lächelt mich dabei kalt an. Seine Augen sind leer und stumpf. »Letztes Mal habt ihr uns ganz schön verarscht. Aber das ist nicht weiter wild, Schlampe. Diesmal kommt ihr hier nicht lebend raus. Wir wollten zwar nur dich, weil wir dachten, du hättest ihn …«, er deutet auf den einen Zwilling, »nach dem Unfall erkannt, und das hätten wir natürlich nicht gebrauchen können, bei dem, was wir hier machen. Aber dass uns auch noch das kleine Schwarzhaar ins Netz läuft, ist eine Extrabelohnung. Das, was wir für euch auf Lager haben …« Er beugt sich ein Stück zu mir hinunter, grapscht nach einer meiner kurzen Haarsträhnen und schnuppert geräuschvoll daran.

Ist das ekelhaft.

Ich reiße meinen Kopf zurück, doch er ist schneller, schiebt sich flink die Kippe zwischen die Lippen, vergräbt seine andere Hand in meine Haare und zieht mich mit einem schmerzhaften Ruck zu sich.

»… entschädigt mich für alle Zeit. Was für ein grandioser Zufall, dass ihr ausgerechnet diesen Sommer auf Cape Cod seid«, nuschelt er hinter dem Zigarettenstummel. Er bläst mir genüsslich den Rauch ins Gesicht, die Asche seiner Kippe fällt auf mein nacktes Knie.

»Sie werden hervorragende Schauspielerinnen für noch hervorragendere Filme abgeben. Bei der Fotze da übernehme ich die männliche Hauptrolle«, grunzt der Zwilling neben mir lüstern. »Das Pflaster auf der Stirn ist zwar nicht besonders ansehnlich, aber unter der Maske sieht man davon eh nichts.«

Ich kapiere nur Bahnhof. Aber dass das Ganze noch viel schlimmer ist, als ich dachte, bekomme ich mit.

Ich fixiere meine Beine.

Ruhig atmen.

Immer ruhig atmen.

Das Wummern in meinen Ohren und das heftige Pochen meiner Halsschlagader gehen mir auf die Nerven. Mein Körper kriegt sich überhaupt nicht wieder ein, denn mein Hirn hat es nun begriffen. Es hat verstanden, was das hier sein könnte. Was das hier mit größter Wahrscheinlichkeit ist.

Die Endstation. Die verflucht verfickte Endstation in meinem viel zu kurzen Leben.

47

Connor

Gps an. jervin

Ich check's einfach nicht.

Die Buchstaben hüpfen mittlerweile vor meinen Augen auf und ab, so sehr konzentriere ich mich auf sie. Als ob mir das irgendwie helfen könnte, die Nachricht, die ich eben von Junies Handy bekommen habe, zu verstehen.

Gut, *GPS an*, das kapiere ich. So blöd bin ich auch nicht. Aber was, verflucht noch mal, soll *jervin* heißen? Ich kenne niemanden, der so heißt.

Außerdem irritiert mich der Kotz-Emoji dahinter extrem. Keine Zeit, irgendetwas auszuschreiben, aber für ein Emoji reicht es? Den Galgenhumor unserer Mädchen kenne ich inzwischen sehr gut, aber das geht selbst mir zu weit.

Was soll der Scheiß?

Wir stehen alle in einem Halbkreis um mein Handy versammelt und ich will gerade Junies Nummer wählen, als Detective Moore, der über meine Schulter schaut, es mir entschlossen aus der Hand nimmt.

»Nicht anrufen. Noch nicht. Lassen Sie uns erst das Handy Ihrer Freundin orten. Anscheinend hat sie die Standortermittlung eingeschaltet, soweit ich ihre Nachricht korrekt deute.«

Ein echter Sherlock, der Typ. Er scheint auf einmal richtig angespannt zu sein, wenn man seinen jetzigen Zustand mit dem von vor wenigen Minuten vergleicht. Viel wichtiger ist allerdings: Er scheint uns endlich ernst zu nehmen. Das und Junies Lebenszeichen reichen aus, damit sich ein funkelndes Lichtlein am Ende eines rabenschwarzen Tunnels auftut.

»Kommen Sie mit!« Moore dreht sich auf dem Absatz um und eilt mit langen Schritten die Treppen der Wache wieder nach oben.

Meine Gedanken rasen und formen alle möglichen Wortkombinationen mit *jervin* in Verbindung mit einem Kotz-Emoji in meinem Kopf zu einem einzigen Kauderwelsch zusa …

Und dann macht es Klick.

So laut, dass ich ruckartig stehen bleibe und Danny in mich hineinläuft.

»W …?«, setzt er an, als ich mich unvermittelt umdrehe und ihn anstarre.

»Jervin. Kapierst du's? Jer – Vin.«

Danny erwidert perplex meinen Blick, bis seine Augen auf einmal riesengroß werden.

Der Groschen ist gefallen.

»Jerry und Vin Diesel. Nein, das glaube ich nicht. Die sitzen doch noch ein?! Das kann nicht …« Einmal mehr reißt er Nick das Handy aus der Hand, klickt auf den letzten Kontakt und hält es sich ans Ohr.

Nick und David stehen neben uns auf den Treppen der Wache und blicken sich verständnislos an, bis Danny in den Hörer brüllt: »Wieso zur Hölle sagt uns keine Sau, dass Jerry Worthington und die beiden anderen Wichser draußen sind, häh?«

Sean ist mit ziemlicher Sicherheit spätestens jetzt taub. Seine Antwort warte ich nicht ab; für mich ist glasklar, dass nur sie dahinterstecken können. Nichts anderes macht Sinn. Wer oder was sollte *jervin* sonst bedeuten?

Ich renne die Treppen hoch, meine Jungs im Schlepptau.

Aber wenn es wirklich stimmt, wenn die drei Arschlöcher tatsächlich unsere Mädchen haben, bleibt die Frage nach dem Warum. Warum, zur verfickten Scheißhölle? Ich verstehe das nicht. Haben sie sie sich aus Rache wegen damals geschnappt? Oder stecken die drei in dieser ganzen Snuff-Film-Horrorgeschichte mit drin? Oder beides?

Ich kann keinen einzigen klaren Gedanken fassen. Doch eins steht fest: Es kann kein Zufall sein, dass sich unsere Wege wieder kreuzen. Das wäre zu viel beschissenes Karma auf einmal.

Und wenn sie unseren Mädchen auch nur ein Haar krümmen, bringe ich diese Dreckswichser um, das schwöre ich bei allem, was mir heilig ist.

Danny hinter mir sagt nichts mehr, hat jedoch das Smartphone nach wie vor am Ohr, als wir die Tür zur Sondereinheit erreicht haben und dort Moore sowie einen Kollegen, der uns zunickt, über einen Laptop gebeugt vorfinden.

»Detective Williams«, stellt er sich knapp vor und wendet sich wieder dem Computer zu.

»Das Handy ist in Langnook Beach. Das liegt in Truro. Eine Viertelstunde von hier«, informiert uns Moore, ohne seinen Blick vom Bildschirm zu nehmen.

Danny hat inzwischen aufgelegt und zieht mich am Ellbogen nach draußen in den Flur.

»Ich weiß, wo das ist. Komm schon! Das geht mir hier alles zu langsam.«

Überzeugen muss er mich nicht.

Zügig drehe ich mich um, mache wieder zwei Schritte ins Zimmer hinein und will mir mein Handy vom Schreibtisch schnappen.

»Nicht so schnell! Sie haben keine Ahnung, was das für Typen sind. Ob sie bewaffnet sind. Wo sie sich genau aufhalten. Sie könnten irgendwo am Strand sein oder bereits auf dem Wasser. Sie bleiben hier.« Moore sieht plötzlich recht einschüchternd aus, aber das ist mir so was von fuckegal.

Danny sieht das anscheinend genauso, er stößt nur ein ungläubiges Schnauben hervor. »Ja, sicher. Als ob wir hier einfach warten würden! Außerdem können wir uns denken, was das für Typen sind.«

Verflucht.

Das hätte er lieber nicht sagen sollen, nun müssen wir am Ende eine komplette Aussage machen, bevor irgendetwas pass ...

»Ach, ist das so, ja?« Moore sieht Danny aus schmalen Augen an.

Danny beginnt zu erzählen und das dermaßen schnell, dass Moore kaum mitkommt.

Für meinen Geschmack ist Danny trotzdem nicht schnell genug, also schnappe ich mir mein Handy, drehe mich auf dem Absatz um und bedeute Nick und David mir zu folgen. Hätte ich nicht tun müssen, sie kleben ohnehin schon an meinen Fersen.

Keiner sagt ein Wort. Es würde nur zu wilden Spekulationen führen, die gerade niemand gebrauchen kann.

Auf dem Parkplatz angekommen sehe ich Danny dicht gefolgt von Moore und Williams auf uns zuhetzen. Dahinter joggen sechs Officers in Richtung ihrer Fahrzeuge.

Endlich kommt Schwung in die Sache.

***

Die Fahrzeugkolonne wird langsamer und ich bin, wie so oft in letzter Zeit, kurz vor dem Ausflippen, als der Wagen mit den beiden Detectives vor uns abbiegt und auf einem unbefestigten Feldweg neben einem schwarzen Kastenwagen und einem Mustang in der gleichen Farbe hält.

Wir tun es ihm gleich und springen alle vier aus dem Dodge; Davids Auto haben wir auf dem Parkplatz der Wache stehen lassen.

Mittlerweile können wir davon ausgehen, dass es sich bei den Kidnappern der Mädchen tatsächlich um Jerry und Konsorten handelt.

Auf dem Weg hierher hat Sean sich noch einmal bei uns gemeldet und – oh, Überraschung! – diese Flachwichser sind vorzeitig auf Bewährung entlassen worden. Wundert mich nicht, wenn man sich mal die totale Überlastung der Gefängnisse ansieht. Da wird alles und jeder, der nicht unbedingt *Mörder* auf der Stirn tätowiert hat, vorzeitig entlassen, sonst hätten die nächsten noch schwereren Jungs ja keinen Platz. Doch jetzt ist nicht der richtige Zeitpunkt, um sich über unser desolates Strafverfolgungssystem aufzuregen.

Dummerweise wurde Sean über ihre vorzeitige Entlassung nicht informiert. Fehler passieren, schon klar, aber nachdem dieser Fehler unseren Mädchen teuer zu stehen kommen könnte, kann ich dafür kein Verständnis aufbringen.

Moore winkt uns zu sich, sobald wir aus Dannys Wagen gehechtet sind.

»Quer durch das Wäldchen, danach über die Dünen und wir sind am Meer. Laut Karte steht dort ein kleines Bootsanlegerhäuschen, sie können nur da sein.« Er verliert keine Zeit und legt ein ordentliches Tempo vor, während er uns zuraunt: »Sobald wir dort sind und ich sage, dass Sie bleiben sollen, wo Sie sind, machen Sie das auch, haben wir uns verstanden?«

Wir nicken hektisch und ein kurzer Blick zu Danny reicht mir, um zu wissen, dass wir beide das Gleiche denken.

»Ich meine es ernst. Ich werde Sie wegen Widerstands gegen die Staatsgewalt festnehmen, wenn Sie nicht auf das hören, was ich sage, klar?«

Als wäre mir das nicht so was von egal ...

»Keine Heldennummern. Sie könnten damit das Leben Ihrer Freundinnen in Gefahr bringen; das kann ja wohl kaum Ihr Anliegen sein, oder?«

Fuck, jetzt hat er uns an den Eiern. Das ist es natürlich nicht. Aber ich kann und werde auch nicht untätig hinter einer Düne herumsitzen und warten, bis ...

»Sie werden warten! Sonst lege ich Ihnen beiden sofort Handschellen an.«

Kann er Gedanken lesen? Unheimlich, der Typ.

Wir sind an den Dünen angelangt.

Moore packt Danny und mich am Ellbogen.

»Bleiben Sie ruhig. Schlimm genug, dass ich hier Zivilisten angeschleppt habe. Wenn Ihr Bruder«, sagt er an Danny gewandt und erdolcht ihn fast mit seinem Blick, »nicht wäre, wären Sie überhaupt nicht hier, also tun Sie uns allen einen Gefallen und hören Sie auf mich.«

Wir nicken erneut und halten die Klappe. Ob wir uns daran halten, kann ich für meinen Teil jedoch nicht versprechen.

Die sechs Officers, die uns gefolgt sind, zücken ihre Waffen und ich bin so angespannt, dass ich wie Spiderman die Wände hochgehen könnte. Mein Puls ist auf dreihundertsechzig, meine Hände sind schweißnass.

Durch das helle Mondlicht, das auf die idyllische Landschaft scheint, wird das große Bootshaus am Strand hell beschienen.

Moore weist uns einen Dünenkamm zu und zieht uns an den Armen dahinter.

»Sie bleiben hier, bis ...« Weiter kommt er nicht.

Ein ohrenbetäubender Schuss zerreißt das Rauschen der Wellen und mein Herz hört auf zu schlagen.

48

Sam

Kent, dieses Arschloch. Er kann mich einfach nicht in Ruhe lassen. Weder der Sohn, der mich nach siebeneinhalb Jahren immer noch in meinen Albträumen verfolgt, noch dieser Drecksack eines Vaters.

Das darf doch alles nicht wahr sein!

Aber doch, es ist offensichtlich. Sonst säßen wir nicht in dieser alles erdrückenden Scheiße fest. Ich könnte kotzen, und zwar am besten mit voller Wucht auf diese drei Oberschweine.

Sie sitzen mittlerweile lässig auf den Ledersesseln und beweihräuchern sich selbst mit ihrer ach so großartigen Heldentat, drei Fliegen mit einer Klappe geschlagen zu haben. Sie haben uns Todesangst eingejagt mit ihren Geschichten über Videos und Frauen, die vor laufender Kamera ...

O Gott, zu viel Speichel. Viel zu viel Speichel im Mund.

Schlucken. Noch mal schlucken. Und noch mal, sicher ist sicher.

Meine Gedanken rasen ungefiltert und wirr durch mein Gehirn.

Ruhig, Sam. Immer langs ...

Halt die Klappe mit deinem immer langsam. Das hat mich noch nie irgendwo hingebracht, wo es gut war, das weißt du ganz genau.

Ja, aber letztes Mal, als du uns fast umgebracht hättest, kamen die Männer rechtzeitig. Dieses Mal steht noch aus ...

Ist mir klar, aber ich werde tun, was ich kann. Wenn es nicht reicht, reicht es eben nicht, aber ich werde auf *keinen Fall* zulassen, dass wir hier in irgendeinem Horrorstreifen als Unterhaltung für irgendwelche Perverslinge herhalten müssen. Da sterbe ich lieber gleich.

Jetzt schinden wir erst mal Zeit und dann ...

Bist du taub? Hast du Jerry beim Telefonieren nicht zugehört? Zeit ist genau das, was wir *nicht* schinden könnten. Das Boot ist jeden Moment hier und sobald wir da drauf sind, gehen unsere Chancen gegen null, jemals gefunden zu werden. Abgesehen davon klang es nicht so, als hätten wir generell noch viel Zeit im Leben. Jetzt halt die Klappe und lass mich nachdenken.

Ich schiele zu Junie.

Nicht, dass ich viel sehen könnte, dafür haben die Wände mich viel zu fest im Griff, aber dank meines alten Freundes Adrenalin nicht fest genug. Und dieser mordsmäßige Zorn, der mehr und mehr in mir aufwallt, drängt sie immer weiter zurück.

Junies Blick ist auf ihren Schoß gerichtet und scheint sich dort wohlzufühlen.

Mein Hirn versucht krampfhaft eine Lösung für unser Problem zu finden, aber es scheitert.

Es muss doch irgendwas geben, es muss …

»Wie lange noch?«, fragt einer der Vin Diesels.

»Zwanzig Minuten. Nicht mehr«, antwortet der andere gelangweilt.

»Zwanzig Minuten …« Jerry drückt seine dritte Kippe auf einem Messingtellerchen neben seinem Sessel aus, steht auf und kommt auf mich zu. Er sieht aus, als hätte er gerade eine mordsmäßig gute Idee.

Scheiße. Das ist nicht gut.

»Kleine, süße Sam. So viel Ärger hast du uns gemacht. Tststs.« Er bleibt stehen und geht dicht vor mir in die Hocke. Seine Hände legt er links und rechts an meine Knie und fährt mit ihnen auf meiner nackten Haut meine Oberschenkel nach oben.

O Gott, mir wird kotzübel.

Sie fühlen sich rau und kalt an. Ich könnte wetten, dass es ihn zusätzlich anturnt, wie sehr meine Beine zittern. Mich hingegen nervt es wahnsinnig, aber ich kann es nicht ändern.

Mein Magen dreht sich um, als er mit seinen Händen den Saum meines Kleides immer weiter nach oben schiebt.

Vielleicht wäre Kotzen keine so schlechte Idee, es gibt doch nichts Abturnenderes.

»In zwanzig Minuten können wir noch ein wenig Spaß haben, was meint ihr?« Er dreht seinen Kopf zu den Zwillingen, die dreckig grinsen und ebenfalls aufstehen. In den Chinos des einen zeichnet sich bereits eine Beule ab, der andere fährt sich mit der Hand in den Schritt und beide blicken gierig auf mich hinunter.

Der Trigger in mir rastet aus und ich gebe mein Bestes, tief in den Bauch zu atmen. Kotzen kann ich immer noch, wenn mir nichts Besseres einfällt.

Das betäubte Mädchen im Sessel neben mir hat anscheinend vor, einen auf Dornröschen zu machen, und Junie auf der anderen Seite starrt nach wie vor mit leerem Blick auf ihre Knie. Wie ausgecheckt. Heruntergefahren.

Mein Herz hat mir schon mindestens zwei Rippen gebrochen, so stark prügelt es auf meinen Brustkorb ein.

Jerrys Hände sind inzwischen an den Seiten meines Slips angekommen und endlich habe ich einen Geistesblitz.

Da er sich so weit über mich beugt, dass sein Kopf auf Höhe meiner Knie ist, ist es nicht besonders schwer für sie, ihr Ziel zu treffen.

Und das tun sie.

Punktgenau.

Es ertönt ein lautes Klacken, als ich sie mit voller Wucht nach oben unter Jerrys Kinn ramme.

Er fällt nach hinten und jault vor Schmerz laut auf, was ich extrem befriedigend finde. Vermutlich deshalb, weil ich weiß, dass ich es zehnmal zurückbekommen werde. Doch kampflos aufgeben lag noch nie in meiner Natur.

Prompt bekomme ich die Rechnung und werde von einem der Zwillinge nahezu aus dem Sessel katapultiert.

Das reicht allerdings aus, um Junie aus ihrer Schockstarre zu reißen. Sie schreit laut auf und aus den Augenwinkeln kann ich sehen, dass sie taumelnd aufgesprungen ist.

Dann geht alles so schnell, dass ich nicht weiß, wie mir geschieht.

Junie stürzt sich auf den Zwilling, der ihr den Rücken zugewandt hat und greift nach etwas, das anscheinend in seinem hinteren Hosenbund steckt. Danach klickt es hörbar.

Die Dreckskerle erstarren.

Junie geht mit ausgestreckten Armen noch einen weiteren Schritt zurück. Mehr kann ich nicht erkennen, da Vin Diesel mir die Sicht versperrt.

Aber ich kann ihre Stimme hören.

Glockenhell war gestern, sie kommt so rau und dunkel wie aus einem tiefen Brunnen und knurrt: »Lass sie sofort los oder ich schieß dir die Eier weg!«

49

Junie

Mich überkommt eine tödliche Ruhe, die Glock in meinen gefesselten Händen zittert nicht einmal. Egal was jetzt noch passiert, ich werde abdrücken.

Ich kenne mich mit Waffen ein wenig aus. Nicht besonders gut, doch es reicht, um zu wissen, wo ich sie entsichern muss und wo der Abzug ist. Mein Vater hat mich einige Male auf den Schießstand mitgenommen. Nicht, dass wir viele Waffen zu Hause hätten, aber eine zur Verteidigung haben auch meine Eltern – wie beinahe jeder Amerikaner. Mein Vater hat Wert darauf gelegt, dass Mary und ich uns im Ernstfall zu wehren wissen, und das hier ist so was von ernst.

Der Zwilling, der Sam an den Armen gepackt hat, lässt von ihr ab und geht langsam, ohne sich umzudrehen, einen Schritt nach vorn. Wenigstens ist er nicht so dämlich, wie er böse ist.

Jerrys Gesichtsausdruck ist pures Gold wert. Es ist eine Mischung aus überrascht und stinksauer. Er rappelt sich vom Boden auf und greift mit einer Hand nach hinten.

»O Jerry, mach das besser nicht.« Meine Stimme hört sich ruhig und gefasst an. Keine Ahnung, warum das so ist. Ob es an der Sicherheit, die mir die Waffe in meiner Hand vermittelt, liegt, oder ob ich nach mehreren Stunden in der Gewalt solcher Monster einfach nicht mehr panisch sein kann, weil mein Herz sonst aufgeben würde.

Ich weiß es nicht und es ist mir auch egal, ich habe sowieso keine Zeit darüber nachzudenken.

»Geht nach hinten und streckt die Hände vor euren Körper.« Ich deute mit dem Lauf der Waffe auf die Wand hinter den Ledersesseln. Je weiter sie von uns entfernt sind, desto besser ist es.

»Du glaubst doch nicht im Ernst, dass du …«, setzt Jerry an und bewegt sich einen Schritt auf Sam zu.

Das reicht mir aus. Mir reicht's sowieso. Mit allem.

Mein Zeigefinger krümmt sich fester um den Abzug und Jerry bleibt stehen.

Er runzelt die Stirn und grinst spöttisch.

»Du hast nicht den Mumm, abzudrück …« Weiter kommt er nicht, denn mein Finger zieht durch.

Ich habe ja gesagt, mir reicht's.

Die Patrone löst sich aus der Kammer, der Schuss ist ohrenbetäubend laut. Der Schmauch des Mündungsfeuers wabert im Raum umher und es stinkt nach Schwefel.

Meine Ohren klingeln. Ich kann aufgrund des Qualms nicht erkennen, ob ich jemanden getroffen habe.

Noch dazu kommt, dass ich blöderweise vollkommen vergessen hatte, wie heftig der Rückstoß beim Schuss einer Glock ist. Die Schmerzen, die jetzt durch meine kaputte Schulter jagen, sind kaum auszuhalten.

Die Waffe fällt aus meinen Händen und ich sauge zischend Luft in meine Lunge.

Scheiße.

Eine Zehntelsekunde später wird mir klar, dass das ein Kapitalfehler war, der mir nicht hätte passieren dürfen.

Jerry, den ich knapp verfehlt habe, wirft sich ruckartig zu Boden und greift nach der Glock. Sam ist jedoch schneller, kickt sie erst mit ihrem Fuß weg und schmeißt sich anschließend mit ihrem zierlichen Körper darauf. Jerry aber lässt nicht locker und schmettert seine Faust in ihren Rücken, bevor er sie unter seinem Körpergewicht zu zerquetschen droht.

Weil ich nicht weiß, was ich sonst machen kann, bücke ich mich, packe Jerry mit meinen gefesselten Händen an den Haaren und ziehe mit all meiner verbliebenen Kraft daran. Schlimmer können die Schmerzen eh nicht mehr werden und aufgrund der Tatsache, dass mein Hirn gerade einmal mehr kapiert hat, dass es sehr akut um unser Leben geht, schüttet es genug Adrenalin aus, um das verdammte Stechen kurzzeitig zu verdrängen.

Das hätte es mal machen sollen, bevor ich die Waffe fallen gelassen habe.

Nun mischen auch die Zwillinge wieder mit und stürzen sich auf mich, sodass wir alle zu Boden gehen.

Ich schlage, beiße, kratze, trete um mich, alles passiert so rasend schnell, dass ich keine Zeit habe über irgendetwas nachzudenken; hier geht es um unser nacktes Überleben.

Sam sehe ich kaum noch, allerdings schafft sie es, ihre Hände auf die Seite zu drehen. Nachdem ich neben ihr auf den Boden gedrückt werde, kann ich das Schwarz der Glock darin aufleuchten sehen.

Ihr Blick trifft auf meinen. Ihre Augen sind riesengroß und beinahe schwarz, als sie mir zuzwinkert. Mehr kann sie nicht tun, da im gleichen Moment Jerry ihren Kopf nimmt und ihn mit der Stirn voran auf den Boden donnert.

Zeitgleich greife ich nach der Waffe, versuche mich seitwärts zu drehen und zu zielen. Ich muss verflixt aufpassen, dass ich weder Sam noch das nach wie vor bewusstlose Mädchen im Sessel treffe, aber mit den beiden Mistkerlen auf dem Rücken ist mein Vorhaben so gut wie aussichtslos. Das Risiko ist viel zu hoch, aber habe ich eine andere Wahl? Sterben werden wir ansonsten ohnehin.

Doch bevor ich bewusst den Abzug durchziehen kann, tritt einer der beiden Schweine mit seinem Turnschuh auf meine Arme. Die Waffe lasse ich nicht mehr los, eher krepiere ich. Sie ist das Einzige, das uns vor einem sicheren und bestimmt qualvollen Tod bewahren könnte, zumindest, wenn man Jerry glauben mag.

Mit aller Kraft ziehe ich meine Arme an den Körper und so unter seinem Turnschuh hervor. Dabei löst sich ein weiterer Schuss, während gleichzeitig die Tür zum Bootshaus aufgetreten wird und krachend an der Wand landet.

Meine Augen brennen von dem ganzen Qualm um mich herum, der Gestank nach Schwefel und Schmauch wird immer schlimmer, aber ich reiße sie trotzdem auf. Mein Blick scannt panisch Sam, von der ich unter Jerry kaum etwas ausmachen kann.

Doch was ich sehe, ist eine dunkle, dickflüssige Lache, die sich immer weiter unter ihr ausbreitet und unaufhaltsam auf mich zurinnt.

50

Connor

Bevor Danny und ich reagieren können, hat Moore uns blitzschnell zu Boden geworfen. Respekt. Das muss erst mal jemand schaffen. Er sieht nicht unbedingt aus wie der nächste Bruce Lee, der alle Kerle, ohne mit der Wimper zu zucken, umnieten kann, und wir sind alles andere als Leichtgewichte.

David und Nick haben sich hinter uns gekauert, als Moore auch schon seine Waffe zückt, Williams ein Zeichen gibt und die beiden nebst Police Officers zügig und geduckt auf die Hütte zuschleichen.

Danny neben mir atmet schwer. Im Mondlicht erkenne ich, wie stark seine Sehnen an Hals und Armen hervortreten. Er steht genauso unter Strom wie ich.

Scheiße.

Wenn Moore nicht gesagt hätte, dass wir das Leben unserer Mädchen gefährden könnten, sollten wir uns einmischen, wäre ich im Eifer des Gefechts sicher nicht draufgekommen und würde nun mit Danny und den anderen die Dünen hinunterstürmen.

Die Warterei bringt mich um. Sie macht mich mürbe und ich bin vollgepumpt bis zum Anschlag – mit aufgestauter Aggression, Sorge und Panik. Ich darf gar nicht daran denken, was passiert, wenn ihnen etwas geschehen ist.

Doch dazu komme ich ohnehin nicht; ein zweiter Schuss dröhnt durch die Nacht.

Wie zwei Klappmesser springen Danny und ich auf und hetzen über die Dünen, dicht gefolgt von Nick und David. Ich kann die Officers erkennen, die sich in Windeseile aufteilen; zwei verschwinden vor dem Haus, vier von ihnen gehen hinten herum und die Detectives sehe ich schon längst nicht mehr. Schreie, Flüche und gebrüllte Befehle der Polizei dringen aus dem Bootshaus zu uns.

Meine Füße spüre ich kaum, so schnell bewegen sich meine Beine. Wir schlittern um die Ecke des Hauses zur Vordertür, die bereits eingetreten ist. Aus dem Inneren dringt der Gestank von Schwefel in meine Nase.

Danny kommt neben mir vor dem Türrahmen, von dem nicht mehr viel übrig ist, zum Stehen. Ich kann ihn gerade noch am Arm packen und festhalten, bevor er mitten in den Raum stürzt.

Meine Augen fliegen viel zu hektisch von links nach rechts, um die Szene so rasch wie möglich meinem Gehirn zu verklickern: Die Vin-Diesel-Zwillinge, die mit gespreizten Beinen und den Händen hinter den Köpfen vor zwei Cops an der Wand stehen; eine bewusstlose Frau in ungefähr unserem Alter, die auf einem uns zugewandten Ledersessel mehr liegt, als sitzt; Jerry mit dem Gesicht auf dem Boden und Williams, der gebeugt über ihm steht.

Junie und Sam sehe ich nicht, dafür aber eine riesige Blutlache neben Jerry. Ein schlanker, nackter Unterschenkel ragt hinter einem umgekippten Sessel hervor.

Wa …?

Ich lasse Danny los und wir stürmen zusammen auf die Stelle zu.

»Leute, sollten wir nicht auf die Entwarnung von Moore …«, ruft David uns nach, doch keiner hört auf ihn.

Und da sehe ich sie.

Ein überirdisches Poltern rumpelt durch meinen gesamten Körper, als der Himalaja auf meinem Herzen auf den Fußboden donnert.

Holy fucking shit!

Anscheinend hatte ich die Luft angehalten, da ich jetzt wie ein bescheuerter Fisch auf dem Trockenen danach schnappe.

Ich knie mich vor Junie, die auf ihrem Hintern sitzt und mit vor Schock geweiteten Augen auf den kleinen Körper starrt, der bäuchlings vor dem umgekippten Sessel in der größer werdenden Blutlache liegt.

O Gott, Sam! Das darf doch nicht …

Von irgendwoher fragt jemand: »Wer hat geschossen?«

Keiner antwortet.

Mein Gehirn weigert sich konsequent zu verarbeiten, was meine Augen ihm für Bilder übermitteln.

Moore kauert sich neben Sam und zerschneidet die Fesseln zwischen ihren Händen, die halb unter ihrem Bauch liegen, während ein anderer Officer mit seinem Funkgerät einen Krankenwagen ruft.

»Die Frau hatte die Waffe in der Hand.« Ein Officer hinter Junie deutet mit einem Finger auf sie und hebt seine andere Hand, an deren Finger eine schwarze Glock baumelt.

Ich ignoriere ihn. Wenn mein Sunshine geschossen hat, hat sie es aus absoluter Notwehr getan.

Danny lässt sich auf der Höhe von Sams Kopf fallen und gibt ein seltsam heiseres Wimmern von sich. Es hört sich derartig verzweifelt an, dass mir ganz anders wird.

Wir sind alle wie erstarrt und können nicht fassen, dass Sam tatsächlich getroffen wurde. Schlimm getroffen. Bis zuletzt habe ich nicht wirklich daran geglaubt, dass eine von den beiden ernsthaft verletzt oder gar getötet werden könnte.

Das wird mir allerdings erst jetzt bewusst, während ich auf die Blutlache starre, die sich unter Sams Bauch immer weiter ausbreitet.

»Sieht nicht gut aus.« Williams, der immer noch über Jerry gebeugt ist, wirft Moore einen Blick zu. Der tastet unter Sams Haaren, die vom Blut ganz verklebt sind, nach ihrem Puls.

Danny neben mir schluckt unaufhörlich, seine großen Hände fliegen flatterig an Sams Seite auf und ab.

Der Detective scheint ihren Puls gefunden zu haben. So genau kann ich das unter dem Wirrwarr an Haaren nicht erkennen, die seine Hand regelrecht verschluckt haben.

Als ich meine Hand auf Dannys Schulter legen will, ertönt ein leises »Nichtanfassenfingerwegsofortsonstbeißichsieab« aus der Blutlache vor uns. Zwar ziemlich zittrig und schwach, aber wir wollen mal nicht so sein.

Fuck!

Ich glaub's nicht! Habe ich schon erwähnt, dass diese Frau einen wirklich irremachen kann?!

Moore zieht seine Hand aus ihren Haaren und runzelt irritiert die Stirn.

»Ich meinte den Mann. Nicht die Frau«, spricht Williams ihn an.

Holy, kann er das nicht gleich sagen?

In Sam kommt ein wenig Leben, nur leider in der falschen Form. Ihr Rücken, der vorher wie leblos gewirkt hat, hebt sich inzwischen viel zu hektisch, als sie versucht, auf die Knie zu kommen.

Während Moore sich zu ihr beugt, um ihr aufzuhelfen, schreitet Danny ein, springt auf und schiebt seine Hand resolut zur Seite.

»Ich mach das. Das ist eine Panikattacke, die wird nur schlimmer, wenn Sie sie berühren.«

»Aber sie könnte verle …«, setzt Moore an, wird jedoch von Danny unterbrochen.

»Wenn sie es ist, wird sie sich untersuchen lassen. Aber jetzt erst mal nicht.« Seine Stimme klingt unnachgiebig.

Bevor Sam sich auf allen vieren krabbelnd im Schneckentempo aus dem Staub machen kann, kniet er sich vor sie.

»Jerry hat ihren Kopf übel auf den Boden geschlagen. Mit der Stirn zuerst. Sie muss kurz weggewesen sein«, murmelt Junie kraftlos neben mir und das bewirkt, dass ich aus meiner Erstarrung aufwache und sie in meine Arme ziehe. Vorsichtig, da ich keinen Plan habe, ob und falls ja, wo sie verletzt ist.

O holy, bin ich froh, sie halten zu können!

Ich vergrabe meine Nase in ihren Haaren, die nach verbrannten Äpfeln und schwefeligen Kirschen stinken und ich schwöre, es ist das Beste, was ich je gerochen habe.

Zwei der Officers haben die Zwillinge währenddessen abgeführt, zwei andere heben die bewusstlose Frau vom Sessel hoch und tragen sie nach draußen.

Williams dreht Jerry auf den Rücken und jetzt kann ich eine Schusswunde an seiner Seite auf Höhe des Brustkorbs ausmachen. Ich bin kein Arzt, doch die Menge an Blut, die er verliert, spricht für sich. Sein Gesicht ist fahl, beinahe grau und seine Lippen bläulich. Mag grausam sein, aber es ist mir scheißegal.

Ich lockere meine Arme, die ich um Junie gelegt habe, umschließe mit den Händen ihr blasses Gesicht und sehe sie aufmerksam an.

»Alles okay? Haben sie euch etwas angetan? Bist du verletzt?« Mein Blick bohrt sich in ihre hellbraunen Augen, die mich abwesend anstarren.

Der goldene Ring um die Iriden fehlt, als wäre er ausgelöscht worden. Ihre Haut fühlt sich eiskalt unter meinen warmen Händen an und sie zittert.

»Meine Schulter tut weh, aber ansonsten bin ich okay«, flüstert sie.

Auch wenn ich am liebsten sofort alles wissen will, muss ich damit warten. Das hat Zeit. Hauptsache, wir haben die beiden wieder.

Ich blicke zu Danny, der immer noch versucht Sam einzufangen. Mittlerweile hat sie sich an ihm vorbeigedrückt und wimmernd an einen Sessel gepresst.

Sie sieht aus, als wäre sie direkt aus einem Splatter-Film geklettert. Überall an ihrer Haut und dem Kleid klebt Blut, die Haare hängen ihr in verklumpten Strähnen wirr ins bleiche Gesicht und wenn Junie schon zittert, schlottert Sam geradezu.

Danny versucht, sie so gut es geht, vor Blicken abzuschirmen, aber Moore und Williams sind ohnehin vollauf mit Jerry beschäftigt und beginnen bei ihm mit einer Herzdruckmassage.

Ich stehe auf, um Junie auf ihre wackligen Beine zu helfen. Ihre Schulterschlinge ist verrutscht und ich versuche sie wieder einigermaßen an ihren Platz zu rücken.

»Mein Handy ist noch da drin.« Während sie mit der anderen Hand in der Schlinge herumfummelt, fällt ihr Kopf kraftlos an meine Schulter.

Meine Augen werden feucht, als ich sie in meinen Armen halte und so unfassbar erleichtert bin, dass alles mehr oder weniger glimpflich ausgegangen ist. Behutsam packe ich sie an den Hüften, da sie sich kaum noch auf den Beinen halten kann, und als sie ihr Smartphone gefunden hat, muss ich trotz allem schmunzeln.

»Du gehst ohne das Teil noch nicht mal pinkeln, oder?« Ich ziehe sie noch fester an mich. »Fuck, was bin ich froh, dass du das nie tust.«

»Ich war das. Ich habe geschossen und wenn er stirbt, habe ich einen Menschen umgebracht. Genau genommen noch einen«, nuschelt sie an meiner Brust. Bevor ich etwas dazu sagen kann, schiebt sie kaum hörbar hinterher:

»Mir ist schlecht. Ich glaub, ich muss …« Sie reißt sich mit einer verblüffenden Kraft, von der bis vor zwei Sekunden nichts zu spüren war, von mir los und dreht sich um.

Mit einem weit von sich gestreckten Arm taumelt sie an David und Nick vorbei, die an der Tür auf uns warten, und stolpert aus dem Bootshaus in die Nacht hinaus.

51

Junie

Ich glaube, ich habe in meinem Leben noch nie so gekotzt. Ich kann es ehrlich nicht eleganter formulieren, an dem ganzen Akt ist ja auch nichts Vornehmes. Er ist brutal und ich habe mich noch nie so gefühlt wie jetzt. Meine Speiseröhre ist von all der Säure wund und obwohl mein Magen längst leer ist, kann ich nicht aufhören zu würgen.

Gott, ist das ekelhaft.

Wenn ich das schon so ekelhaft finde, will ich gar nicht an Connor denken, der mich mit seinen Händen um die Hüften gepackt festhält. Aber mein Schamgefühl vor ihm ist in der Nacht gestorben, in der ich ihm von meiner Abtreibung erzählt habe.

Bei David, der neben uns steht und mir die Haare zurückhält, sieht das allerdings anders aus. Andererseits habe ich im Moment wahrlich andere Sorgen als dämliche Schamgefühle.

Und wäre Nick nicht gewesen, der mich gerade noch halten konnte, als ich kopfüber aus dem Bootshaus gestolpert bin, läge ich nun vermutlich der Länge nach in meiner eigenen Kotze. Kein schönes Bild.

Meine Augen tränen vom ganzen Würgen und meine Wangen fühlen sich eiskalt an, was der kühle Wind vom Meer nur noch verstärkt. Keine Ahnung, wie meine Beine mich noch tragen können, sie fühlen sich an wie Schaumstoff.

Ein vorherrschender Gedanke schleudert in meinem Kopf herum wie in der Trommel einer Waschmaschine: Ich habe auf einen Menschen geschossen. Ob angeschossen oder erschossen, bleibt noch abzuwarten. An die Entführung, die Gefahr, in der wir geschwebt haben, und dass es pure Selbstverteidigung war, denke ich komischerweise nicht. Mein Kopf spult immer nur mantraartig einen Satz ab, und das in Dauerschleife: *Ich habe geschossen, ich habe getroffen, ich habe vielleicht sogar getötet.*

»Ruhig, Sunshine, atme tief ein«, murmelt Connor an meinem Ohr, als er sich zu mir vorbeugt.

Tief einatmen? Der ist witzig. Ich bin schon froh, dass ich zumindest zwischendurch flache Atemzüge zustande bekomme.

Er lässt mit einer Hand meine Hüfte los und beginnt, mir langsam und ruhig über den Rücken zu streichen. Seine Hand fühlt sich warm und stark an, die monotone Bewegung hat etwas extrem Beruhigendes an sich. Immer wieder streichelt er über meine teils nackte Haut und die Gänsehaut geht allmählich zurück.

Mein Magen hört auf zu zucken und ich richte mich langsam auf. Dabei klammere ich mich vorsichtshalber mit der Hand der heilen Schulter an den vor mir stehenden Nick fest.

Nach einer Weile stabilisiert sich meine Atmung und ich habe nicht mehr das Gefühl, dass es gleich wieder von vorn losgeht.

Connor dreht mich zu sich um und zieht mich wieder in die Arme. Es fühlt sich an, als würde jemand meine weiche, kuschlige Lieblingsdecke über mir ausbreiten.

So gut.

So sicher.

So geborgen.

Ich kann knapp über seine Schulter linsen und sehe, wie Danny mit Sam auf den Armen durch die Tür kommt. Anscheinend hat er es geschafft und ist zu ihr durchgedrungen.

Einige Sanitäter kommen über die Dünen gestolpert und ich bin froh, dass die Liege, die sie dabeihaben, diesmal weder für mich noch für Sam bestimmt ist.

Einer von ihnen steuert auf Danny zu.

Sam sieht so aus, als würde sie am liebsten in Danny hineinkriechen.

»Alles okay?«, ruft der Sanitäter schon von Weitem und fängt an zu rennen.

»Ja, alles in Ordnung, das ist nicht ihr Blut«, beeilt sich Danny zu antworten. »Aber da drin wird Hilfe benötigt.«

Der Sanitäter biegt Richtung Haustür ab und verschwindet im Bootshaus.

Ich kann ihm nicht hinterhersehen. Meine Augen weigern sich konsequent.

»Wir brauchen einen Defi! Schnell!«, brüllt er zwei Sekunden später seinen Kollegen zu, die sich sputen, ins Haus zu kommen, um einen Wiederbelebungsversuch zu starten.

Zum Glück ist nichts mehr in meinem Magen, der sich erneut zusammenballt.

Die zwei Detectives, an deren Anzügen Blut klebt und die ebenso abgekämpft aussehen, wie ich mich fühle, treten über die Türschwelle nach draußen.

Der Größere von beiden wischt sich erschöpft über die Stirn und wendet sich an mich. »Eine Kurzversion brauchen wir leider heute noch. Sie sind Ms Chaplan und Sie Ms Mathison, ist das so korrekt?«

Danny setzt sich mit Sam auf dem Schoß kurzerhand in den Sand. Ihr Gesicht ist in seiner Halskuhle vergraben, seine Arme hat er beschützend um ihren Rücken gewickelt.

Eigentlich bin ich nicht mehr in der Lage, etwas zu berichten, auszusagen oder zu erzählen. Ich kann nicht mehr.

Nachdem Sam jedoch noch weniger kann, muss ich mich ein letztes Mal am Riemen reißen. Es hilft ja nichts.

Also lasse ich den mit Abstand beschissensten Abend meines Lebens Revue passieren.

***

»Das Kleid werfe ich weg. Selbst wenn ich das ganze Blut herausbekommen sollte, ich werde es nie wieder tragen können.« Sam runzelt die Stirn und sieht auf die Plastiktüte in ihrer immer noch leicht zittrigen Hand. Dannys Shirt und Shorts stecken ebenfalls darin. Auch mein Kleid ist voll mit Jerrys Blutspuren, Connor hat durch mich ebenfalls etwas abbekommen.

»Es gibt Schlimmeres«, ruft Connor aus unserem Schlafzimmer und kommt mit unseren Sachen im Arm raus.

Wir alle waren erst einmal lange duschen und stehen jetzt vor der großen Kücheninsel versammelt.

»Oder magst du …?«, fragt Connor mich, doch ich schüttle nur den Kopf.

Ich bin voll und ganz Sams Meinung. In mein Kleid schlüpfe ich nie wieder.

Also nimmt er Sam die Tüte aus der Hand, stopft alles hinein und geht mit langen Schritten zur Haustür hinaus.

Als er wieder hereinkommt, meint er nur: »Das wäre erledigt.«

Er nimmt meine Hand, zieht mich auf die Terrasse auf eine der Liegen und zwischen seine Beine.

Basilikum und Mandarinen umhüllen mich, als ich seinen ganz eigenen Geruch einatme. Seine Unterarme liegen locker an meinen Schultern, seine Hände verschränken sich vor meinem Bauch. Dank der Schmerzmittel tut meine Schulter nicht mehr allzu weh. Laut Sanitäter sitzt sie immer noch an Ort und Stelle, doch der heutige Tag war nicht unbedingt eine Wellnessbehandlung.

Müde lege ich meinen Kopf auf seiner Brust ab und kann sein Herz schlagen hören. Ruhig und gleichmäßig.

Das Chaos in mir hat sich ein wenig gelegt, aber vieles habe ich noch gar nicht richtig begriffen. Es wird sicher länger dauern, bis ich die heutige Nacht verarbeitet habe.

Ich schiele zu Sam, die gerade von Danny auf die Liege neben uns gezogen wird.

Ihre Bewegungen sind immer noch abgehackt, ihr Körper nach wie vor angespannt und abgesehen von dem Satz über die Klamotten hat sie bisher kein Wort von sich gegeben. Lange Zeit war sie mit Danny in ihrem Schlafzimmer verschwunden, sodass Connor und ich bereits dachten, sie wären eingeschlafen. Ich bin mir sicher, Tracy, ihre Therapeutin von damals, wird in nächster Zeit wieder ein paar Stunden für sie freimachen müssen. Und für mich ebenso.

Keine Ahnung, wie ich reagiere, sollte Jerry tatsächlich sterben. Klar weiß ich, dass sich der Schuss, der ihn getroffen hat, unabsichtlich gelöst hat und es ebenso die Schuld dieses Vin-Diesel-Arschlochs war. Aber ich weiß auch, dass ich so oder so abgedrückt hätte, sobald ich sicher gewesen wäre, Sam nicht zu treffen.

Bevor meine Gedanken einmal mehr anfangen können Tischtennis mit zwanzig Bällen auf einmal zu spielen, blicke ich aufs Meer hinaus.

Am Horizont erscheint ein silbriger Streifen, der immer heller wird. Es ist kurz vor fünf Uhr morgens und langsam geht die Sonne auf.

Keiner sagt ein Wort.

Connor streichelt mit seinem Daumen über meinen Bauchnabel unter dem Shirt und seine Wärme, sein Duft und sein Herzschlag bringen meine Gedanken zur Ruhe und holen mich nach Hause.

Der Himmel verfärbt sich leicht rosa, danach wird ein dunkleres Pink von einem kräftigen Orange abgelöst, der ganze Himmel wird mit sämtlichen Rottönen überzogen und die Sonne vertreibt das letzte bisschen Tiefschwarz, das von dieser Horrornacht übrig geblieben ist.

»Ich dachte ehrlich, so was sehe ich nie wieder«, murmelt Sam mit dem Kopf an Dannys Bauch.

»Ich auch nicht, Grinch.« Ich strecke meine Hand nach ihrer aus. Wie immer ist sie kalt, als sie in meine rutscht.

»Ich sollte dir einen Ortungschip implantieren lassen«, nuschelt Danny mit geschlossenen Augen. Er hört sich an, als wäre er kurz vorm Einschlafen. »Damit ich dich immer finden kann.«

»Gute Idee. Kauf gleich einen Zweierpack.« In Connors Brustkorb brummt es, während er spricht.

»Wir sind doch keine Welpen«, protestiere ich erschöpft.

»Nein. Ihr seid wesentlich schlimmer. Ständig rutscht ihr in die übelste Scheiße. Ihr könnt nichts dafür, schon klar, aber euer Karma ist ernsthaft unterirdisch«, bringt Danny gähnend hervor, während Connor sich von mir löst.

»Wartet kurz, bin gleich wieder da.«

Träge blinzle ich ihm hinterher. Er muss mich heute ins Bett tragen, ich kann keinen Zentimeter mehr gehen.

Mit zwei Decken im Arm kommt er wieder zurück.

Alles klar. Dann schlafen wir hier. Guter Plan.

Eine Decke wirft er auf Sam, die andere legt er mir über die Beine. Bester Mann ever. Habe ich schon erwähnt, oder?

»Junie?«, flüstert er und kniet sich vor mich neben die Liege.

Ich blicke schläfrig zu ihm hinunter.

Seine Augen funkeln so türkisblau wie die Karibik an einem verflixt schönen Tag, die blonden Haare fallen ihm noch feucht von der Dusche in die Stirn.

Er soll wieder auf die Liege kommen, ohne ihn ist es nur halb so kuschlig. Aber irgendetwas lässt mich ein wenig wacher werden.

»Wenn du mir noch einmal abhaust …« Er nimmt meine linke Hand in seine warme.

Was? Das hatten wir doch sch …

»… oder dich noch einmal entführen lässt, kriegst du diesen Chip wirklich. Das stehe ich nicht noch mal durch.«

Neben mir brummt Danny zustimmend und blinzelt aus seinen halb geschlossenen Augen.

Sam setzt sich aufrecht hin und blickt abwartend zu uns.

»Ich würde es nicht überleben, wenn dir etwas passieren würde und du nicht bei mir wärst. Aber ich will, dass du bei mir bleibst, Sunshine. Für den Rest unseres Lebens. Ist mir egal, dass deine Nägel immer viel zu bunt lackiert sind. Ist mir egal, dass du schnarchst, wenn du zu viel getrunken hast.« Er grinst mich an und ein Grübchen bohrt sich fest in sein Kinn.

Oh.

Mein.

Gott.

»Ist mir egal, dass du null kochen kannst. Ist mir egal, dass wir keine eigenen Kinder kriegen können. Es gibt zu viele Waisen, die auf ein schönes Zuhause warten, das wir ihnen bieten könnten.« Er drückt meine Hand.

Mir strömen schon längst wieder diese verflixten Tränen die Wangen hinunter. Ich habe noch nie so viel geheult wie in den letzten zwei Wochen. Es grenzt an ein Wunder, dass ich noch nicht ausgetrocknet bin.

»Ich kriege einfach nicht genug von dir, Sunshine. Von deiner Lebensfreude, deinem Humor, deiner Wildheit, deiner Schönheit, deiner Stärke. Ich will dich. Nur dich. Ständig und für immer. Und ich wäre so verdammt glücklich«, seine Hände zittern leicht, als er die kleine dunkelblaue Schmuckschatulle aus seiner Shorts zieht und öffnet, »wenn du Ja sagen würdest. Ohne dich geht's einfach nicht.«

Er nimmt einen schmalen filigranen Silberring mit einem einzelnen von zarten Silberfäden umrahmten funkelnden blauen Stein heraus. Er erinnert mich sofort an das Meer. An wilde Wellen mit winzigen Schaumkrönchen obendrauf.

»Hätte ich gewusst, was in diesem Urlaub alles passiert, hätte ich dir den Ring gleich am ersten Tag angesteckt und davor einen GPS-Tracker einbauen lassen«, schmunzelt er und sieht mich dann nervös an. Sein Adamsapfel hüpft ein paar Mal auf und ab.

Sam hinter mir schnieft leise.

Und ich?

Ich kann gar nichts tun.

Ich bin wie erstarrt, während Tausende Endorphine durch meine Blutbahn knallen.

»Willst du meine Frau werden, Juniper Chaplan?«, flüstert er mit rauer Stimme und ich kann nicht glauben, dass er überhaupt nervös ist, da ich natürlich seine Frau werden will. Herrgott, was denn sonst?

Aus den Augenwinkeln sehe ich, wie die Sonne immer höher den Himmel hinaufklettert und die Wellen regelmäßig an den Strand platschen.

»Es ist jetzt ohne großes Drumherum, ich weiß schon, aber ...«, beginnt er und endlich kann ich mich bewegen.

»Halt die Klappe«, unterbreche ich ihn und stürze mich beinahe auf seine Lippen. So weich, so warm, so lecker, so salzig. »Es ist perfekt«, kann ich nur hauchen. »Natürlich will ich, du Idiot!«

Connor drückt mich von sich und sieht mich so strahlend an wie die Sonne, die eben vor uns aufgegangen ist. Sanft streift er den Ring über meinen Ringfinger und küsst ihn.

Meine Güte.

Ich kriege gleich einen Romantik-Koller.

Und Gott fühlt sich das gut an.

Ich blicke auf den Ring, der in dem schwachen Morgenlicht bereits dermaßen funkelt, dass ich es kaum erwarten kann zu sehen, wie er im gleißenden Sonnenschein aussieht.

Connor schließt seine Hände um meinen Kopf und zieht mich wieder an seine weichen Lippen.

Ich merke erst, dass Danny und Sam weg waren, als sie mit der Flasche Champagner und vier Gläsern wiederkommen.

Sams vorherige Angespanntheit ist beinahe vollständig verflogen.

Mittlerweile ist auch Danny wieder hellwach und brummt fröhlich: »Gratuliere!« Anerkennend boxt er Connor kräftig auf die Schulter. »Du hast es ja doch noch auf die Reihe gekriegt.«

»Und so romantisch.« Sam schnappt sich meine Hand. »Zeig her, zeig her, oah, ist der schön!«, kiekst sie und einfach so hat es Connor geschafft, für diesen einen Moment der Nacht das ganze Grauen auf einen Schlag auszusaugen.

Ich schätze mal, so etwas bekommt man nur mit Liebe hin. Er hätte sich keinen besseren Augenblick für seinen Antrag aussuchen können.

Ich blicke in die Runde. Mir wird ganz warm, als ich in die strahlenden Gesichter der besten Menschen der Welt blicke.

Liebe.

Yep, das Wort trifft es ziemlich gut.

Epilog

Junie – einen Monat später

»Sag mir bitte, bitte, dass du jetzt alles hast!«, hört Connor mal wieder nicht auf mich zu drängeln.

Männer.

Nur noch diese eine kleine Kiste da und …

»Das ist nicht dein Ernst, oder?« Sam starrt mich entgeistert von der Seite an. Sie hält bereits den Türgriff der Beifahrerseite des Vans in der Hand, als ich mit Connors Hilfe den letzten Karton in den Laderaum wuchte.

Sie übertreiben alle maßlos. Ich habe nicht viel Zeug. Na, ein bisschen vielleicht schon. Ich bin ja auch eine Frau. Aber ich liege völlig im Durchschnitt.

»Schon gut, Leute«, schnaufe ich und wische mir meine wieder etwas längeren Haare aus dem Gesicht.

Der Pony, den ich mir neu habe schneiden lassen, fällt mir ständig in die Augen, aber ich werde mich daran gewöhnen. Der ist allemal besser als die riesige Narbe, die quer über meine Stirn verläuft. Sie ist zwar im Gegensatz zu vorher gut verheilt, aber dennoch. Ich weiß, dass sie da ist und alle anderen auch, wenn sie genauer hinsehen. Der Pony ist definitiv das kleinere Übel.

Connor schlägt die Türen zum Laderaum zu und wir schwingen uns hinter Sam in den großen Umzugsvan, den wir schon seit zwei Tagen angemietet haben. Gestern haben wir Sam und Danny bei ihrem Umzug geholfen und heute Abend ist unserer hoffentlich auch durch.

Connor hat seine Sachen bereits gestern bei Danny zwischengelagert, als der sein Zeug aus seinem Elternhaus in New Haven geholt hat, sodass wir uns den Weg wenigstens einmal sparen konnten. Wie auch Danny hat Connor seine Sachen über den Sommer bei seinen Eltern geparkt, die ebenfalls in New Haven wohnen.

Danny sitzt hinterm Steuer und fädelt das Riesenmonster umsichtig in den Stadtverkehr von Plymouth ein. Auf der MA-3 S in Richtung Boston ist wieder die Hölle los und an einem Freitagmittag sowieso.

Es ist Ende August und die Hitze hat den ganzen Sommer über kein Ende genommen. So flirrt sie auch jetzt über den Asphalt und die Klimaanlage läuft auf Hochtouren.

Wir sitzen zusammengepfercht im Van. Der Körperkontakt tut sein Übriges, dass wir beinahe zerfließen. Das wäre alles nicht so tragisch, wenn wir wüssten, dass wir bald im kühlen Nass sein werden. Blöderweise erwartet uns heute nur ein kräftezehrendes Kisten- und Möbelgeschleppe.

Dabei fällt mir ein ...

»Haben wir die Getränke dabei?«, frage ich erschrocken, woraufhin Sam sich mal wieder schlapp lacht.

»Gott, Junie! Bier und Wein sind hinterm Beifahrersitz. Beruhige dich.«

»Komm schon. Es wäre schon ein ordentlicher Downer, wenn wir nach getaner Arbeit auf der Dachterrasse sitzen und keine kühlen Drinks hätten.«

Der Kühlschrank steht bereits angeschlossen in der Wohnung und die Gartenmöbel auf der Dachterrasse sind ebenfalls geliefert worden.

Connors Vertrag mit den Pats hat, wie zu erwarten war, ordentlich Geld in unsere Kasse gespült, obwohl die Saison erst Anfang September beginnt. Die Wohnung, die wir uns ausgesucht haben, ist schon fast peinlich bonzig, so groß, wie sie ist. Das unübertroffen Beste ist allerdings, dass Danny und Sam nur eine Querstraße weiter wohnen.

»Hast du eigentlich was von Sean gehört?«, fragt Connor Danny.

O Mann, davon will ich eigentlich überhaupt nichts wissen. Auch Sam verkrampft sich merklich. Man kann nicht behaupten, dass wir beide über die Ereignisse im letzten Monat hinweg sind. Wirklich nicht.

Sean ist der stellvertretende Staatsanwalt in unserem Entführungsprozess gegen die Vin-Diesel-Zwillinge.

Eine Verbindung zu den nach wie vor verschwundenen beiden Frauen und der Leiche sowie zu Jerrys und Olivers Vater, Mr Kent, konnte ihnen bisher nicht nachgewiesen werden, und die zwei sind stumm wie die Fische. Zwar hat man eine Razzia in Kents Villa durchgeführt, doch es wurde kein belastendes Material gefunden. Keine Frauen, keine Videos, nicht der Raum, in dem gedreht wurde.

Allerdings hat eine Sache die Behörden aufhorchen lassen: Mr Kent konnte einige horrende Geldeinnahmen auf seinem Konto nicht erklären. Auch wenn diese Sache nicht viel erschien im Verhältnis zu den anderen Gräueltaten.

Traurig eigentlich. Wenn es um Geld und Betrug geht, horchen die Behörden sofort auf und setzen alle Hebel in Bewegung, damit der Schuldige zur Rechenschaft gezogen wird. Bei allem anderen scheinen sie weniger motiviert zu sein.

Wie dem auch sei, diese finanziellen Ungereimtheiten haben gereicht, um Mr Kent auf das Radar des Finanzamts zu bringen. Im Moment wird er von etlichen Behörden auseinandergenommen sowie überwacht. Hoffentlich können sie ihm endlich mal etwas anhaben.

Bei Noah konnten ebenfalls keine Videos gefunden werden. Sie sind wie vom Erdboden verschluckt. Als hätte jemand Kent und Noah gewarnt.

Vorerst werden daher nur die zwei Vin-Diesel-Verschnitte wegen des Kidnappings von uns und der anderen jungen Frau angeklagt. Körperverletzung, Verstoß gegen das Betäubungsmittelgesetz und Androhung gegen unser Leben stehen unter anderem ebenfalls auf der Liste. Nachdem die beiden noch auf Bewährung sind, werden sie dieses Mal für lange Zeit hinter Gitter wandern.

»Nein, noch nicht. Nur dass es wohl ziemlich sicher ist, dass ihnen noch vor Weihnachten der Prozess gemacht wird«, antwortet Danny.

Ich schiele zu Sam.

Ruhelos zupft sie an ihrem Gummiband herum.

»Super. Ich steh ja so auf Prozesse.«

Danny legt ihr kurz seine Pranke aufs Handgelenk, bevor er wieder das Lenkrad umschließt.

»Sieh's mal so, Grinch: Diesmal bist du nicht allein«, versuche ich sie aufzumuntern. Und auch ein wenig mich selbst. »Wir sind aus der ganzen Scheiße doch einigermaßen gut herausgekommen.«

Erstens sind wir mit dem Leben davongekommen und zweitens wurde keine Anklage gegen mich erhoben; es konnte eindeutig nachgewiesen werden, dass ich Sams und mein Leben verteidigen musste, als sich der Schuss aus der Waffe gelöst hat.

Jerry ist noch in derselben Nacht im Krankenhaus seinen schweren Verletzungen erlegen.

Daran darf ich nie allzu lange denken. Ich komme immer noch schwer damit klar, ein Menschenleben auf dem Gewissen zu haben, ganz egal, wie sehr er es auch verdient haben mag. Aber ich arbeite daran.

Tracy hat mit Sam und mir im Moment alle Hände voll zu tun. Diese Frau ist Buddha höchstpersönlich, so geduldig, wie sie mit uns ist. Außerdem kennt sie bei uns keine Wochenenden oder Feierabende und geht immer an ihr Telefon.

»Es hilft ja nichts. Ein Prozess mehr oder weniger ist auch schon egal, was?« Sie grinst mich schief von der Seite an, richtet sich leicht auf und zieht die Schultern zurück. »Außerdem haben wir etwas, auf das wir uns danach freuen können.«

Keine Ahnung, worauf sie gerade anspielt.

»Madame hier kann sich nicht entscheiden, ob es eine Winter- oder eine Sommerhochzeit werden soll«, seufzt Connor leicht genervt, legt jedoch seinen Arm um meine Schulter, die inzwischen komplett verheilt ist.

Ich bin in der Tat sehr unentschlossen, schließlich heirate ich nur einmal im Leben. Da will alles wohl überlegt sein, und beides hat seinen Charme.

»Drängle mal nicht so, ich entscheide mich schon noch. Gut Ding will Weile haben.« Ich lehne mich noch mehr an seine Seite, während die Skyline von Boston vor uns auftaucht.

Mit Connors Arm um meine Schultern, der besten Freundin und dem tollsten Kumpel, den man haben kann, gemeinsam einen neuen Lebensabschnitt anzufangen ... das fühlt sich verflixt gut an.

Wenn ich in den letzten eineinhalb Jahren etwas gelernt habe, dann, dass so gut wie jeder Mist zu überstehen ist, wenn man solche Menschen an seiner Seite hat.

Trotz der schwülen Hitze kuschle ich mich fest an Conner, sauge eine Brise Basilikum und Mandarine in mich ein und betrachte meinen wunderschönen Meeresring.

Ich hatte recht. In der hellen Sonne blitzt und blinkt er wie die Schaumkrönchen auf den Wellen.

Keine Ahnung, was die Zukunft uns bringen wird, doch eines steht fest: Wir sind bereit.

Und zwar so was von.

ENDE von Band 2

Triggerwarnung

Diese Geschichte enthält folgende sensitive Themen:
Körperliche Gewalt
Emotionale Gewalt
Sexualisierte Gewalt
Verlust und Trauer
Schuldgefühle
Entführung

Danksagung

… oder auch: das zweite fiktive Interview.

***

»Hier sind wir also wieder«, begrüßt der Journalist mich freundlich.

Wie letztes Mal lasse ich mich auf den Stuhl ihm gegenüber plumpsen, zwischen uns ist nach wie vor das kleine Tischchen, auf dem heute sogar Kekse stehen.

Mmh.

»Yep.« Ich lächle ihn glücklich an, während er auf den kleinen Knopf seines Aufnahmegerätes drückt.

»Nun sind wir also beim zweiten Band der Reihe angekommen. Kann ich die Danksagung vom letzten Mal übernehmen oder kommt jemand hinzu?«

»Nein, Sie können die Danksagung eigentlich genau so übernehmen. Die Familie und Freunde haben sich nicht geändert – und werden es auch nicht. Auch der Verlag ist der gleiche und wird es für die komplette Reihe bleiben.« Zufrieden schnappe ich mir einen Keks. Mit Carlsen Impress zusammenzuarbeiten ist sehr angenehm. Das ganze Team ist superprofessionell. Besonders Nicole Boske und Julia Feldbaum, meiner Lektorin, danke ich sehr. Ich bin glücklich. Absolut. »Klarissa Klara Klein, Sissy Kaiser, Ismene Garber-Arndt und Marina Ocean sind natürlich nach wie vor meine vier Musketiere.«

»Vier Musketiere? Ich dachte, es gäbe nur drei?« Erstaunt blickt er mich an.

»Ach, bei mir ist alles immer ein wenig anders.« Der Keks verschwindet mit einem großen Happs in meinem Mund. »Wie schon letztes Mal erwähnt: Ohne meine vier Musketiere läuft gar nichts mehr. Und natürlich Tatjana

Dunker, die die Chefin meiner Fanseite und ebenfalls Testleserin und Bloggerin ist. Auch meine Blogger-Ladys leisten nach wie vor ganze Arbeit und unterstützen mich, wo sie nur können.«

»Die Testleser sind ansonsten die gleichen geblieben?«

»Yep. Gaby, Caro, Dele und Susanne. Auch Nova Cassini sowie Kate Novella, ebenfalls Autoren-Kolleginnen, haben mich sehr unterstützt«, befinde ich nachdrücklich.

Der Journalist blickt auf seinen kleinen Block, den er wieder dabeihat. »Gut, damit blieben noch Ihre Leser.«

»Natürlich. Ohne sie und ihre Freude am Lesen, ihre Meinung, ihre Rezensionen und ihren Support würde das Schreiben keinen Sinn machen.« Wie sehr es mich freut, dass ich inzwischen viele treue Leser habe … Niemals hätte ich das gedacht.

»Kommen wir nun zum dritten Band der Reihe, der ja auch noch dieses Jahr erscheinen wird.«

»Yep.«

»Sind Sie schon aufgeregt, wie dieser Band bei Ihren Fans ankommen wird?« Er grinst verschmitzt.

»Aufgeregt ist gar kein Ausdruck.« Ich atme quasi schon seit Monaten in Tüten.

»Wollen Sie schon etwas verraten?« Neugierig blickt er mich an.

»Eigentlich nicht.« Stirnrunzelnd überlege ich. Ich will ja nicht zu viel preisgeben … »Eine Sache vielleicht: Dieses Mal kommt David zu Wort. Und David ist sehr, nun ja … humorvoll, würde ich sagen.« Der klassische Scherzkeks. »Und dominant.«

»Humorvoll *und* dominant? Passt das denn zusammen?«

»Wieso nicht?« Ich zucke mit den Schultern.

»Ich dachte immer, dominante Menschen sind eher düster. Die klassischen Bad Guys eben.«

Ich lache laut auf. Mag sein, aber … »David nicht. Und wie gesagt: Bei mir ist immer alles etwas anders.«

»Dann können wir weiterhin gespannt sein?«

»Ich hoffe, ja.«

Und am allermeisten hoffe ich, dass ich euch, meine zucker-fucking-süßen Lesejunkies, nicht enttäusche …

***

Falls ihr mich suchen solltet, könnt ihr mich wie immer auf Facebook & Instagram finden.

FUNKEN SPRÜHENDE
SPORTS ROMANCE

Mimi Heeger
SECRET CRUSH. DER STAR DER MANNSCHAFT
ISBN 978-3-551-30259-5
Softcover
Auch als E-Book erhältlich

Die schüchterne Journalistik-Studentin Lauren kann sich wirklich Schöneres vorstellen, als zwei Wochen lang einem arroganten Fußballstar an den Fersen zu hängen. Ausgerechnet sie soll über den berüchtigten Frauenheld Scott Peterson berichten und den verboten gut aussehenden Sportler in der Öffentlichkeit als einen repräsentablen und sympathischen jungen Mann darstellen.

Genovefa Adams
RISKY GAME. KÜSSE AUF DEM EIS
ISBN 978-3-551-30228-1
Softcover
Auch als E-Book erhältlich

Avery liebt die Sonne und Wärme der Südstaaten über alles. Als sie ihr Zuhause und ihre Freundinnen verlassen soll, bricht für sie eine Welt zusammen. Doch Averys neue Heimat hält nicht nur Schnee für sie bereit, sondern auch den charmanten Tyler. Er setzt alles daran, das Geheimnis um seine Identität zu bewahren, und führt Averys Herz dabei mehr und mehr aufs Glatteis.

WWW.IMPRESSBOOKS.DE

Impress

Die Macht der Gefühle

Wir produzieren nachhaltig

- Klimaneutrales Produkt
- Papiere aus nachhaltigen und kontrollierten Quellen
- Hergestellt in Europa

MIX
Papier aus verantwortungsvollen Quellen
FSC® C083411

Impress
Ein Imprint der Carlsen Verlag GmbH
Juli 2022

Lektorat: Julia Feldbaum
Coverbild & Covergestaltung: www.bookcoverstore.com
ISBN 978-3-551-30452-0
www.impressbooks.de